लोमहर्षिणी

लोमहर्षिणी

कन्हैयालाल माणिकलाल मुंशी

राजकमल प्रकाशन

ISBN : 978-81-7178-944-3

मूल्य : ₹695

पहला संस्करण : 1948
ग्यारहवाँ संस्करण : 2024

प्रकाशक : राजकमल प्रकाशन प्रा.लि.
1-बी, नेताजी सुभाष मार्ग, दरियागंज
नई दिल्ली-110 002
शाखाएँ : अशोक राजपथ, साइंस कॉलेज के सामने, पटना-800 006
पहली मंजिल, दरबारी बिल्डिंग, महात्मा गांधी मार्ग, प्रयागराज-211 001
1, अनमोल सोराबजी संतुक लेन, धोबी तलाव, मरीन लाइंस, मुम्बई-400 002
वेबसाइट : www.rajkamalprakashan.com
ई-मेल : info@rajkamalprakashan.com

मुद्रक : बी.के. ऑफसेट
नवीन शाहदरा, दिल्ली-110 032

LOMHARSHINI
Novel by K.M. Munshi

आमुख

१६२१-२२ में महाभारत और पुराणों की प्रेरणा से मैंने पौराणिक विषयों पर नाटक लिखना प्रारम्भ किया। उस समय से मेरा संकल्प था कि मैं महाभारत के प्रसंगों की पूर्वकथा की कृतियों की एक माला लिखूँ।

इसी के लिए जो मैंने कुछ थोड़ा-बहुत अध्ययन किया था वह निम्नांकित लेखों में प्रकट किया है।

(१) प्राचीन भारतीय इतिहास के सीमाचिह्न ('समालोचक', १६२२)।

(२) महिष्मती (इण्डियन एंटिकेरी, १६२३)।

(३) अर्ली आर्यन्स इन गुजरात (बम्बई विश्वविद्यालय में १६३८ में दिये हुए ठसनजी माधवजी के व्याख्यान)।

(४) परशुराम आख्यान (सन् १६४४ में पूना के भांडारकर ओरियण्टल रिसर्च इंस्टिच्यूट में दिया हुआ भाषण)।

(५) दि आर्यन्स ऑफ़ दि वेस्ट कोस्ट (ग्लोरी दैट वाज़ गुर्जर देश, प्रथम खण्ड)।

पहले मेरा बारह नाटकों का एक (इसे कदाचित् महाकाव्य ही कहा जा सकता है) महानाटक लिखने का संकल्प था और इसके अनुसार मैंने १६२२ में 'पुरन्दर विजय', १६२३ में 'अविभक्त आत्मा', १६२४ में 'तर्पण', और १६२६ में 'पुत्र समोवड़ी' लिखे। १६३२ में इसी महानाटक के उपोद्घात के रूप में 'विश्वरथ' उपन्यास लिखा गया। फिर तीन नाटक 'शम्बर-कन्या', 'देवे दीधेली' और 'विश्वामित्र ऋषि' लिखे गए। ये चारों 'लोपामुद्रा' के चार भागों में प्रकट हुए हैं। तब मैंने

इस महानाटक का उत्तरार्ध उपन्यास-रूप में लिखने का ही विचार किया। उसे दो विभागों में विभाजित किया, 'लोमहर्षिणी' और 'परशुराम'। 'लोमहर्षिणी' आज प्रकट होता है।

यह महानाटक चार स्वाभाविक स्कन्धों में बँट जाता है।

पहला स्कन्ध

(१) देव और दानवों का युद्ध। मानवों का राजा ययाति दानवों के गुरु शुक्राचार्य की पुत्री देवयानी से विवाह करता है। ययाति इन्द्रासन प्राप्त करता है और गँवा देता है। दानवों और मानवों की कायरता से उकताकर शुक्राचार्य उन्हें छोड़कर चले जाते हैं। पुत्र-विहीन पिता के लिए पुत्र-रूप बनी हुई देवयानी भी उन्हीं के साथ चली जाती है। इस प्रकार भृगुओं में आदि-पुरुषवत् शुक्राचार्य से कथा प्रारम्भ होती है। ('पुत्र समोवड़ी')

(२) सप्तऋषियों के साथ अरुन्धती को कैसे स्थान मिला, आर्यों को सप्तसिन्धु आने में किन-किन कठिनाइयों का सामना करना पड़ा, पति और पत्नी की तन्मयता का आदर्श आर्यों को कैसे प्राप्त हुआ, उसका दर्शन। ('अविभक्त आत्मा')

(३) नर्मदा-तट पर बसे हुए शार्यातों की राजकन्या भृगुओं में श्रेष्ठ च्यवन ऋषि के साथ ब्याही गई, नर्मदा-तट पर आर्य सर्वप्रथम आये और च्यवन द्वारा इन्द्र के पराजित होने का प्रसंग। ('पुरन्दर-पराजय')

इस स्कन्ध की वस्तु ऋग्वेद काल में भी कथा-रूप ही थी। इस प्रकार मानव-इतिहास के उषःकाल में आर्य-संस्कृति के दर्शन करने का प्रयत्न इस स्कन्ध में है।

दूसरा स्कन्ध

इसमें ऋग्वेद काल के आरम्भिक दर्शन हैं। जिन घटनाओं के चारों

ओर इसकी रचना हुई है, उनमें से कितनी ही ऋग्वेद के मन्त्रों से ली गई हैं।

(१) आर्यों और दस्युओं के बीच युद्ध चल रहा है। तृत्सुओं का राजा दिवोदास दस्युओं के राजा शम्बर को मारकर उसके गढ़ ले लेता है।

(२) ऋषि लोपामुद्रा महर्षि अगस्त्य का संवरण करती हैं और उनसे विवाह कर लेती हैं।

(३) तृत्सुओं का पुरोहितपद, जो महर्षि अगस्त्य के पास था, विश्वामित्र को प्राप्त होता है।

(४) विश्वामित्र ऋषि गायत्री मन्त्र का दर्शन करते हैं। इसके साथ कितने ही पुराणों की बातें भी ली गई हैं।

(क) भार्गव ऋचीक नर्मदा-तट पर स्थित महिष्मती की हैहय जाति के राजा महिष्मत को शाप देकर नर्मदा-तट से सरस्वती-तट पर आते हैं; गाधि-राज की लड़की से वे विवाह करते हैं। उन्हें जमदग्नि नाम का पुत्र उत्पन्न होता है। गाधि-राज के भी विश्वरथ नाम का पुत्र उत्पन्न होता है। मामा-भानजे दोनों साथ ही पाले-पोसे जाते हैं।

(ख) विश्वामित्र और वसिष्ठ में वैर स्थापित होता है।

(ग) विश्वरथ भी राजपद छोड़कर ऋषि बन जाते हैं और विश्वामित्र के नाम से पुकारे जाते हैं।

इन बातों के आधार पर 'विश्वरथ', 'शम्बर-कन्या', 'देवे दीधेली' और 'विश्वामित्र ऋषि' रचे गए हैं।

तीसरा स्कन्ध

ऋग्वेद में समाविष्ट मुनि वसिष्ठ और महर्षि के मन्त्र जिस काल में उच्चरित किये गए—जिसे सच्चा ऋग्वेद-काल कहा जा सकता है—उस समय की यह कथा 'लोमहर्षिणी' है। इसे निम्नाङ्कित घटनाओं के आधार पर विकसित किया गया है—

(१) तृत्सुओं के राजा सुदास का जो पुरोहितपद विश्वामित्र के पास था उसे वसिष्ठ ले लेते हैं।

(२) एक ओर वसिष्ठ द्वारा प्रेरित सुदास और दूसरी ओर विश्वामित्र द्वारा प्रेरित दस राजाओं में परस्पर युद्ध छिड़ जाता है, जिसे 'दशराज्ञ' कहा गया है।

(३) विश्वामित्र आर्य-दस्यु के भेद को दूर करने के लिए प्रयत्नशील थे। वसिष्ठ मुनि आर्यों की सनातन शुद्धि और विद्या के प्रतिनिधि थे।

(४) अजीगर्त के पुत्र शुनःशेप का नरमेध हो रहा था, उसे विश्वामित्र ने रोका। इस प्रसंग का उल्लेख ऐतरेय ब्राह्मण में आता है।

(५) राजा सुदास के सहायक जो वीतहव्य थे, वे ही पुराणों में वर्णित नर्मदा-तट पर स्थित हैहय-तालजंघ जाति के लोग थे। पुराणों में कहीं भी परशुराम का बालपन वर्णित नहीं है।

चौथा स्कन्ध

(१) इसमें भगवान् परशुराम का जीवन आ जाता है। इसका कथानक पुराणों से लिया गया है। ऋग्वैदिक काल और ब्राह्मण-ग्रन्थों में वर्णित काल में कैसे परिवर्तन हुआ तत्सम्बन्धी कथा इसमें है।

(२) इसके उपसंहार-रूप 'तर्पण' हो सकता है जिसमें और्व जाकर परशुराम से जामदग्न्यास्त्र प्राप्त करते हैं।

इस प्रकार शुक्राचार्य से लेकर सगर राजा तक की कथाओं का इन चार स्कन्धों में समावेश होता है।

इस महानाटक के लिए जो आधार हैं वे कुछ नाटकों में श्री दुर्गाशंकर शास्त्री द्वारा दी गई टिप्पणियों में और ऊपर दिये हुए शोधनात्मक लेखों में प्राप्त होंगे।

ये पुराण-कथाएँ एक अर्वाचीन उपन्यासकार द्वारा गत पच्चीस वर्षों में रची गई कृतियाँ हैं। महाभारत, रामायण और भागवत् के कर्ताओं ने बहुत सी काल्पनिक सामग्री का समावेश किया है, पर उसे तो

शताब्दियों ने पवित्र बना दिया है। मैंने जिस सामग्री का समावेश किया है उसे कितने ही सज्जन अक्षम्य भी मानेंगे।

किन्तु मेरे सम्मुख तो एक ही प्रश्न था—वैदिक और पुराण-काल के दर्शन करने और कराने का। यह स्वनियोजित कर्तव्य पूरा करने में सामग्री की शोध के लिए मैंने ऋग्वेद और पुराण की यथासम्भव सहायता ली है। पर वह तो सामग्री ही है। यह महानाटक तो उससे रची हुई स्वतन्त्र कलाकृति है। मानव-जीवन के मेरे आदर्श और मेरी जो कुछ सर्जन-शक्ति है, उसीसे यह भवन चिना गया है।

१६२२ से १६४५ तक २३ वर्षों में यह महानाटक पूरा हुआ है। मैंने प्रचण्ड व्यक्तियों और प्रचण्ड प्रसंगों के जो स्वप्न देखे थे उन्हें इसमें आलिखित करने का प्रयत्न किया गया है।

वसिष्ठ-अरुन्धती के उद्‌गार, शम्बर-कन्या और विश्वरथ का प्रेम, लोपामुद्रा की मोहिनी शक्ति, राम जामदग्नेय की बाल-चेष्टा, विश्वामित्र का अभय संशोधन और परशुराम के कितने ही जीवन-प्रसंग मैं अपने कथानक में पूर्णतया सफल मानता हूँ।

शुक्राचार्य से और्व तक की अविच्छिन्न परम्परा इसमें है। इस प्रकार की गगनचुम्बी मानवता के बिना सनातन आर्य संस्कृति का पाया कभी नहीं बन सकता था। आर्यत्व और आर्यावर्त दोनों के दर्शन मुझे इनके द्वारा हुए हैं।

मुझ पर एक आक्षेप अवश्य किया जायगा कि इस महानाटक में मैंने भृगुवंश के महापुरुषों से ही कथा प्रारम्भ की है। मैं भड़ौच का भार्गव ब्राह्मण हूँ, इसलिए गुजराती ऐसा ही कहेंगे। किन्तु जो अध्ययनशील हैं वे तो समझ सकेंगे कि भृगुवंश वैदिक और पुराण-काल का महाप्रचण्ड तेज था। शुक्राचार्य, देवयानी, च्यवन, सुकन्या, सत्यवती और रेणुका, ऋचीक और जमदग्नि, परशुराम और कवि चायमान, और्व और मार्कण्डेय आदि बड़े प्रतापी नाम हैं। भृगु-संहिताओं का स्थान-स्थान पर उल्लेख मिलता है। महाभारत भृगुओं का महाकाव्य

है, यह तो स्व० डॉ० सुखठणकर जैसे विद्वान भी प्रतिपादित कर गए हैं। और ऋषियों में यदि कोई ईश्वर के अवतार स्वीकृत किये गए हों तो वह अकेले भगवान् परशुराम ही हैं। हिमालय में स्थित परशुराम-शृङ्ग से लेकर त्रावणकोर तक के स्थान-स्थान उनकी पुण्य-स्मृति से अङ्कित हैं। सम्पूर्ण महाभारत उनके प्रताप से देदीप्यमान हो जाता है।

भारतीय कल्पना ने सहस्रों वर्षों तक इस महत्ता के आदर्श सजीव रखे हैं। इस सजीवता में अर्वाचीन काल के उपयुक्त यदि मैं अणुमात्र भी वृद्धि कर सकूँ तो अपनी एक-चतुर्थ शताब्दी की उल्लासमय तपस्या को पूर्णतया सफल मानूँगा।

२६-१-४५ कन्हैयालाल मुन्शी

विषय-सूची

पहला खण्ड

मुनियों में श्रेष्ठ

: १ :

आर्यावर्त में जो अनेक जातियाँ बसती थीं उनमें तृत्सु जाति बहुत बलवान थी।

तृत्सुओं के राजा महाबाहु दिवोदास अतिथिग्व ने मुनि अगस्त्य की सहायता से सौ दुर्गों के स्वामी दस्युराज शम्बर को हराकर आर्यावर्त की आन रखी।

आर्यावर्त का दूसरा नाम सप्तसिन्धु था, क्योंकि उसमें सात नदियाँ बहती थीं। उसकी सीमा वर्तमान काबुल से दिल्ली तक फैली हुई थी।

आर्यावर्त में पतितपावनी सरस्वती नदी के किनारे भरत नाम की आर्य जाति का ग्राम था। भरतों की इस प्रतापी जाति के राजा विश्वरथ ने देवों की कृपा से ऋषि-पद प्राप्त करके विश्वामित्र नाम धारण किया और राजा दिवोदास का पुरोहित-पद प्राप्त किया।

इसके पश्चात् ऋषि विश्वामित्र ने राजपद छोड़कर दिवोदास के तृत्सुग्राम के निकट ही परुष्णी के तीर पर एक आश्रम स्थापित किया जहाँ सम्पूर्ण आर्यावर्त की विद्या, तप और शौर्य केन्द्रीभूत हो गए। वहाँ भरत लोग रहते थे, राजपुत्र धनुर्विद्या और अश्वविद्या सीखते थे और आर्य तथा दस्यु राजा वैर भूलकर एकत्र हुआ करते थे।

विश्वामित्र के भानजे भृगुओं में श्रेष्ठ ऋषि जमदग्नि ने भी परुष्णी के ही तीर पर दूसरा आश्रम स्थापित किया। वे परुष्णी के उस पार बसी हुई अनु और द्रुह्यु जाति के पुरोहित थे।

देवाधिदेव वरुण के ऋत का सदैव दर्शन करने वाले भरतश्रेष्ठ विश्वामित्र ऋषि ने जमदग्नि ऋषि के साहचर्य में रहकर अनेक अमर मन्त्रों के दर्शन किये और उन्होंने अपनी प्रेरणा से भरत, तृत्सु और भृगु की सेनाओं को अपूर्व विजय प्राप्त करवाई।

विश्वामित्र के ऋषि होने के पश्चात् जब सूर्य देवता सत्रह बार मकर राशि में संक्रान्ति कर चुके तब राजा दिवोदास यमलोक सिधारे और वीरों में अप्रतिरथ उनके पुत्र राजा सुदास तृत्सुओं के प्रतापी सिंहासन पर आसीन हुए। ऋषि विश्वामित्र ने राजा सुदास को भी विजय प्राप्त करवाई; भरत और तृत्सुओं का बल बढ़ाया।

जंगलों और पर्वतों के उस पार स्थित अनूप देश के अधिपति व वीतहव्यों में श्रेष्ठ महिष्मत के पुत्र अर्जुन वहाँ आये और अगस्त्य मुनि तथा उनकी भार्या लोपामुद्रा को आर्य-संस्कारों का उद्धार करने के लिए अपने देश ले गए।

वेधस् के पुत्र राजा हरिश्चन्द्र ने सप्तसिन्धु में दीर्घकाल तक अकृत-पूर्व नरमेध यज्ञ अपने यहाँ कराने के लिए विश्वामित्र तथा जमदग्नि को अपने ग्राम में निमन्त्रित किया।

अपनी पत्नियों तथा शिष्यों सहित ये दोनों ऋषि हरिश्चन्द्र के गाँव में गये।

जब विश्वामित्र और जमदग्नि ने इस अदृष्टपूर्व और केवल श्रुतपूर्व भयंकर यज्ञ में जाना स्वीकार किया तो समस्त सप्तसिन्धु में खलबली मच गई।

मुनि अगस्त्य और ऋषि लोपामुद्रा की प्रेरणा से, ऋषि विश्वामित्र के अप्रतिम उत्साह से और ऋषि जमदग्नि के विद्या-बल से भरतों और भृगुओं ने तृत्सुओं के राजा सुदास को सम्राट् बनाया था, फिर भी तीनों जातियों में बहुत असन्तोष था। भरत और भृगु समझते थे कि हमारे ही कारण तृत्सु इतने बड़े हुए। उधर तृत्सु समझते थे कि हमारे ही शौर्य से प्राप्त की हुई समृद्धि और यश में भरत व भृगु लोग व्यर्थ ही

भागी बनने आते हैं। विभिन्न प्रसङ्गों के कारण इन तीनों जातियों का वैमनस्य बढ़ता ही जाता था।

तृत्सुओं के प्रतिष्ठित बड़े-बूढ़े समझते थे कि इस समय तृत्सुओं के राजा सुदास चुपचाप किसी उधेड़-बुन में लगे हुए हैं।

भरतों और भृगुओं की सेनाओं के संयुक्त सेनापति भार्गववृद्ध कवि चायमान तीनों जातियों की ऐसी मैत्री को अस्वाभाविक मानते थे। ऋषि जमदग्नि युद्ध-प्रेमी नहीं थे, तो भी अपने पिता ऋचीक की ज्वलन्त कीर्ति सुरक्षित रखने के लिए वे भृगुओं को लड़ाकू बनाने में लगे थे।

: २ :

मध्यरात्रि व्यतीत हुई थी। राजा सुदास द्वारा रक्षित तृत्सुग्राम गाढ़ निद्रा में सो रहा था। राजा सुदास के काका के पुत्र और तृत्सुओं के सेनापति हर्यश्व का महालय भी इस प्रकार निःशब्द पड़ा था मानो सो रहा हो। ऐसे समय इस महालय के उद्यान के बाड़े के पास दो पुरुष खड़े थे।

बाड़े के पीछे से पक्षी का शब्द सुनाई दिया। बाहर खड़े हुए दो पुरुषों में से एक ने भी वैसा ही शब्द किया। तुरन्त ही बाड़े के भीतर से पहले एक स्त्री आई; उसने चारों ओर देखा और पुरुषों को पहचानकर धीरे से शब्द किया। उत्तर में बाड़े के भीतर से बहुमूल्य ऊनी वस्त्र धारण किये हुए एक स्त्री निकली।

दो पुरुषों में से छोटे ने एकदम आगे बढ़कर इस स्त्री का आलिङ्गन करके चुम्बन लिया।

शुक्र के तारे के प्रकाश में भी दोनों के रङ्ग का अन्तर स्पष्ट दिखाई दे रहा था।

स्त्री हिम के समान श्वेत वर्ण की थी, पुरुष का रङ्ग श्याम था। एक आर्या थी, दूसरा दास था।

हाथ-में-हाथ डाले वे दोनों स्त्री-पुरुष पीछे के गुप्त द्वार से नदी की

ओर निकल गए। बड़ी अवस्था का मनुष्य थोड़ी दूर तक पीछे-पीछे चारों ओर देखता हुआ हाथ में नंगी तलवार लेकर आया।

वह वृद्ध स्त्री गुप्त द्वार के पास ही बैठ गई। युवती और पुरुष दोनों झटपट वृक्षों के झुरमुट में घुस गए और बाहर वह वृद्ध पहरा देता हुआ खड़ा रहा। झाड़ी में पहुँचकर वह युवक एक वृक्ष के नीचे पत्थर पर बैठ गया। स्त्री ने ओढ़नी उतार डाली और मन्द स्मित के साथ पुरुष की गोद में बैठकर अपने हाथ से उसका मुख अपने मुख के पास खींच लिया।

आकाश के शुक्र वृक्षों की छाया में से झाँक रहे थे।

: ३ :

वही शुक्र उसी समय परुष्णी नदी में जाती हुई एक नाव भी देख रहे थे। तारों का भव्य मण्डल नदी में चमक रहा था। नाव खेने के तालबद्ध शब्द के अतिरिक्त सर्वत्र शान्ति ही व्याप्त हो रही थी।

राजा सुदास अपने जीवन से विश्वामित्र को पृथक् करने की अत्यन्त उत्कट किन्तु सदैव दुष्प्राप्य बनी हुई इच्छा की पूर्ति करना चाहते थे।

बचपन से ही विश्वामित्र ने उनका जीवन निष्फल कर दिया था। बचपन में ही गुरु अगस्त्य के आश्रम में वे सुदास से आगे बढ़ गए और गुरु का हृदय चुरा लिया। युवावस्था में उनके नगर में आकर उन्होंने सुदास के पिता दिवोदास का हृदय हर लिया। भरतों के राजपद को छोड़ने का ढोंग करके दिवोदास का पुरोहित पद लेकर वे उनके राजपद के स्वामी बन बैठे थे। अब सुदास को यथार्थ में आर्यावर्त का चक्रवती पद प्राप्त करना था। जीवन-भर दबाई हुई महत्त्वाकांक्षा और अपनी शक्ति दोनों के लिए उसे अवकाश की आवश्यकता थी।

राजा सुदास चमकते हुए शुक्र के तारे पर दृष्टि जमाये हुए नाव के बीच की पटिया पर बैठे हुए थे।

मल्लाह नाव को किनारे ले आए। उसमें से उतरकर सुदास नदी के

तीर-तीर चलने लगे। अनुचर नाव से उतरकर वहीं खड़ा रहा।

कुछ क्षण चलकर सुदास ने चारों ओर देखा। नदी में कोई स्नान करता दिखाई दिया और वह उसकी प्रतीक्षा करता हुआ खड़ा रहा।

मुनि अगस्त्य के भाई और तपस्वियों में श्रेष्ठ वसिष्ठ स्नान करके पीने के पानी का घड़ा कन्धे पर रखकर नदी से बाहर निकले।

जब उनके पूज्य भाई अगस्त्य ने आर्य संस्कार की अवगणना करने वाली लोपामुद्रा से विवाह किया, जब दास-कन्या उग्रा के साथ भरतों के राजा विश्वरथ ने घर बसाया, तब पापाचार से त्रस्त होकर उन्होंने राजा दिवोदास का पुरोहितपद और तृत्सुग्राम दोनों का परित्याग कर दिया। अरुन्धतीपद का उपभोग करने वाली साध्वी पत्नी और विद्या तथा तप के निधि पुत्र शक्ति से सेवित वसिष्ठ ने पापभूमि में न रहने की प्रतिज्ञा पूरी करने के लिए तृत्सुग्राम से दूर परुष्णी के तट पर जंगल में नया आश्रम स्थापित किया। देवों की आराधना करके आर्य-संस्कारों को विशुद्ध रखते हुए और पूजन करने वाली की पूजा स्वीकार करके उन्होंने लगभग बीस वर्ष तक बन का सेवन किया। उन महाभाग ने मन, वाणी और कर्म को नियन्त्रण में रखकर स्तुति और निन्दा को समान मानते हुए मुनियों को भी दुष्प्राप्य तप किया था।

राजा ने मुनि के चरण छुए और आदरपूर्वक कहा, "गुरुवर्य, मैं प्रणाम करता हूँ।"

"शतंजीव, सुदास !"

"मुनिश्रेष्ठ, आपने मुझसे कहा था न कि एक वर्ष के पश्चात् आना," कहकर सुदास मुनि के साथ चलने लगे।

"हाँ, क्या कहना है ?"

"एक वर्ष पहले मैंने जो कुछ कहा था वही। आप तृत्सुग्राम पधारें और तृत्सुओं का पुरोहितपद लें।"

"राजन्, मैंने तुम्हें बारह महीने विचार करने के लिए दिये थे। मेरे आने से तुम पर क्या-क्या बीतेगी, उस पर तुमने सब सोच लिया ?" मुनि

ने पूछा।

"जी हाँ, सब सोच लिया है। अब आपको चलना ही पड़ेगा।"

"तुम तो मेरी प्रतिज्ञा जानते ही हो कि जहाँ विश्वामित्र रहता हो वहाँ मैं पैर भी नहीं धर सकता। और फिर राजा हरिश्चन्द्र के यज्ञ से वह लौट आयेंगे तब?"

"उन्हें लौटने में अभी दो महीने लगेंगे। मैं आपको पुरोहितपद पर स्थापित कर दूंगा तो वह स्वयं भी नहीं आयेंगे," सुदास ने कहा।

"सुदास, मुझमें और विश्वामित्र में वैयक्तिक द्वेष नहीं है। वरुण देव ने मुझे ऐसे द्वेष से सदा ही अस्पृष्ट रखा है, पर विश्वामित्र ने ऋत का द्रोह किया है, दासों के आर्यत्व प्राप्त कराने के भ्रष्टाचार को उन्होंने धर्म माना है। जहाँ यह भ्रष्टाचार हो वहाँ मैं नहीं रह सकता," मुनियों में श्रेष्ठ वसिष्ठ ने कहा।

"गुरुवर्य, मुझे भी इस भ्रष्टाचार से आर्यों को बचा लेना है। मेरे पिता इस बात में विश्वास करते थे। विश्वामित्र में उन्हें श्रद्धा थी। पर इन दासों के कारण मैं कायर बन रहा हूँ।"

"या विश्वामित्र और भरतों के तेज से द्वेष करने के कारण ही तुम जलते हो? क्या तुम मुझे इसीलिए ले जाना चाहते हो?" वसिष्ठ हँसे। मनुष्य-हृदय के रहस्यों से वह अपरिचित न थे।

"गुरुवर्य, आपके सामने मेरा मिथ्या बोलना किस काम का? वह मेरे राज्य के स्वामी बन बैठे हैं। मैं भी उनसे ऊब गया हूँ और मेरे तृत्सु भी ऊब उठे हैं," व्याकुल होकर सुदास ने कहा।

"तो भरतों के साथ युद्ध करना पड़ेगा।"

"इसके लिए मैं प्रस्तुत हूँ। मैं भरतों से निपट लूंगा," सुदास ने कहा।

मुनि ने थोड़ी देर मौन धारण किया—"सुदास, इस समय हमें दो टूक बात कर लेनी चाहिए। मेरी बात यदि तुम्हारा मन स्वीकार न करे तो निमन्त्रण वापस ले लेना। यदि वरुणदेव मुझे आज्ञा देंगे कि यह

कर्तव्य मुझे पूरा करना चाहिए तो मैं चलूंगा, पर···"

"पर क्या ?" सुदास फूला नहीं समाया।

"सुदास," मुनिश्रेष्ठ ने कहा, "मैं अनेक बार देव से प्रार्थना करता हूँ, पर मुझे स्पष्ट आज्ञा नहीं मिलती। किन्तु यदि मेरे आदेशों का तुम पालन करो तो मैं समझता हूँ कि देव मुझे अवश्य मार्ग-प्रदर्शन करेंगे।"

"कहिए, क्या आदेश है ?"

"तुम्हें ऐसा प्रबन्ध करना होगा कि तृत्सुग्राम में विश्वामित्र पैर न रख सकें।"

"इसके लिए मैं तैयार हूँ," सुदास ने कहा।

"कदाचित् मेरे बड़े भाई महर्षि अगस्त्य अनूप देश से लौट आएँ तो उन्हें और···" वसिष्ठ का स्वर कुछ रुका····"उनकी पत्नी को अपने राज्य में न रहने देना।"

"मैं अर्जुन से कहूँगा। वह मेरा मित्र है। इतना तो वह कर ही देगा।"

"अच्छा, "वसिष्ठ आगे बढ़े, "और दास हो या दासी-पुत्र, उसे आर्यों से दूर रखना होगा। विश्वामित्र ने जिस वर्णसंकरता का आरम्भ किया है उसके सम्पूर्ण विनाश के बिना आर्यों की वर्ण-शुद्धि सुरक्षित नहीं की जा सकती।"

"देवों ने आपको इस विनाश के लिए ही तो जन्म दिया है। मैं हूँ, मेरे तृत्सु महाजन हैं, सृञ्जय हैं, वीतहव्य हैं। आपके शिष्य तो गाँव-गाँव में भी हैं। यह केवल देव की कृपा से ही हो सकता है।"

मुनि ने कहा, "विश्वामित्र की विद्या और उसका तप अपार है। उसके भरत और अन्य शिष्यों की संख्या सहस्रों तक है।"

"पर आप मेरे साथ हो जायँ, फिर मुझे और कुछ नहीं चाहिए," सुदास ने कहा।

"देव ! क्या इसीलिए मुझे जीवित रख छोड़ा है ?" वसिष्ठ ऊपर

देखकर बड़बड़ाने लगे और कुछ दूर तक चुपचाप चलते रहे। केवल उनके घड़े में छलकते हुए पानी की ध्वनि सुनाई पड़ रही थी।

"सुनो सुदास," मुनिश्रेष्ठ ने धीरे-धीरे कहा, "जब पितृतुल्य मुनि अगस्त्य ने भगवती लोपामुद्रा से विवाह किया और विश्वामित्र भी राजपद त्यागकर तुम्हारे पिता के पुरोहित बने, तभी मुझे प्रतीत होने लगा था कि मेरे तप का अन्त हो गया। जब यह माना जाने लगा कि आर्यों की शुद्धि में तप नहीं है, मैं मंत्रद्रष्टा नहीं हूँ असत्य का द्रष्टा हूँ, तब मैं तुम्हारे पिता को छोड़कर यहाँ अरण्य में आकर रहने लगा। जो मुझे सत्य प्रतीत होता था उसे छोड़ने के लिए मैं तैयार नहीं था।" वसिष्ठ मुनि रुक गए और उन्होंने आकाश की ओर देखा।

पूर्व क्षितिज पर श्वेत रेखाएँ दिखाई देने लगी थीं। उसके प्रकाश में सुदास ने धवलप्राय दाढ़ी और लम्बी जटाओं में मढ़े हुए वसिष्ठ के तेजस्वी मुख पर छाई हुई दीनता की छाया ध्यानपूर्वक देखी।

"सुदास," वसिष्ठ आगे बढ़े, "यहाँ देवों ने मेरे पास सैकड़ों शिष्य भिजवाए। मेरा पुत्र शक्ति भी विद्या और तप के कारण मुनियों में अग्रगण्य स्थान प्राप्त कर सका। कितने ही आर्य राजाओं ने मुझे गुरुपद पर स्थापित किया। जिस संस्कार-शुद्धि के लिए मैं जीवित हूँ वह असत्य नहीं है, वही ऋत है, ऐसा बहुतों को विश्वास भी हुआ। तुम्हारे पिता जैसे महान् राजा के पुरोहितपद पर रहकर गुरुपद का उपभोग करना तो सरल बात थी, किन्तु आज बीस वर्ष हुए, केवल मेरे तपोधन से ही देवों ने मुझे अधिक शक्ति दी। निःसन्देह देवगण मेरा उपयोग करना चाहते थे।"

"मुनिवर, आप तो सप्तसिन्धु के उद्धारक हैं।"

वसिष्ठ ने सुदास की आँखों में द्वेष और उसके मुख पर गाम्भीर्य देखा और वह हँस दिए, "सुदास, तुम मेरे पास अपने स्वार्थ के लिए आये हो। विश्वामित्र को देखकर तुम्हारी नस-नस में विष फैल जाता है, और मेरे बिना तुम उनसे पार नहीं पा सकते।"

"गुरुवर्य, मैं वर्णसंकरता का भी द्वेषी हूँ।"

"वह मैं मानता हूँ," वसिष्ठ मुनि ने स्वीकार किया, "दासवर्णी लोग आर्य जातियों में स्थान पाते जा रहे हैं, इससे तुम और तुम्हारे महाजन सब व्याकुल हो गए हैं।"

"यह सत्य है," सुदास ने कहा।

"गत वर्ष तुम जब मुझे पुरोहितपद देने आये तब मैंने तुम्हें एक वर्ष की अवधि दी थी। इसका कारण जानते हो? मैं तुम्हारी स्थिरता को कसौटी पर कसना चाहता था।"

"आप जिस कसौटी पर चाहें मुझे कस सकते हैं, मैं तैयार हूँ। इसीलिए तो आज मैं आपके पास आया हूँ।"

"तुम्हें देखते ही मुझे ऐसा भान हुआ कि मुझे तुम्हारा पुरोहितपद स्वीकार करने की देवाज्ञा हो जायगी," वसिष्ठ ने कहा।

"फिर विलम्ब किसलिए?"

"कल सूर्योदय तक मैं देव की आज्ञा माँगूँगा। यदि आज्ञा प्राप्त हुई तो मैं तुम्हें 'हाँ' कहूँगा।"

"गुरुदेव, नाहीं न करना," सुदास ने विनती की।

"यह बात मेरे हाथ में नहीं है, देवों के हाथ में है। और फिर मुझे चोरी से विश्वामित्र का पद नहीं लेना है।"

"ऐं?" सुदास ने पूछा।

"तुम आज जाकर अपने महाजनों से ये सब बातें कहना और जो वे कहें उसकी सूचना कल भिजवाना।"

"उनकी तो सम्मति है ही।"

"नहीं, उन्होंने मेरे प्रतिबन्धों को बिना जाने ही सम्मति दी है, नहीं तो तुम इस प्रकार छिपकर क्यों आते?"

सुदास को यह उपालम्भ थप्पड़ जैसा अपमानजनक जान पड़ा, पर इस समय उसे सहन करने के अतिरिक्त दूसरा चारा भी नहीं था।

"और यदि देव ने मुझे यह पद स्वीकार करने की आज्ञा दे दी तो

शक्ति को मैं विश्वामित्र के पास पूछने भेजूंगा," मुनि ने कहा।

"विश्वामित्र के पास ?" सुदास ने चौंककर पूछा, "किसलिए ?"

"मैं उनसे पुछवाऊँगा कि सुदास जो पुरोहितपद मुझे देना चाहते हैं उसे मैं स्वीकार करूँ या नहीं," धीरे से वसिष्ठ ने कहा।

"अरे, क्या यह भी सम्भव है ? इससे उनका क्या सम्बन्ध ?" सुदास को सब खेल उलटता-सा दिखाई दिया।

"मैं चोर नहीं हूँ। उनका और मेरा सत्य भिन्न है। इस बात से उनके जैसे मंत्रद्दष्टा अनभिज्ञ न होंगे।"

"वे नाहीं कर देंगे तो मेरा क्या होगा ?"

"वे नाहीं न करेंगे, पर यदि वे नाहीं कर देंगे तो मैं तुम्हारा दिया हुआ पद नहीं लूँगा। ब्राह्मण कभी ब्राह्मण की चोरी नहीं करता," मुनि ने सूत्र का उच्चार किया।

"पर इस प्रकार मेरा किया-कराया सब मिट्टी हो जायगा," सुदास ने व्याकुल होकर कहा। पुरोहितों से उकताकर वह मन में उत्पन्न होते हुए क्रोध को ज्यों-त्यों दबाए रहे।

"देव की इच्छा के बिना किसी का कुछ नहीं बिगड़ता। सुदास, मुझे पुरोहितपद की लालसा नहीं है और मैं समझता हूँ कि उन्हें भी नहीं है। यदि वह मुझे पुरोहितपद लेने से रोकेंगे तो यह तभी सत्य होगा जब वे सच्चे तपस्वी होंगे। यदि वह अधूरे हुए तो यह असत्य से धारण किया हुआ पद उन्हें नहीं पचेगा।"

"पर गुरुदेव, मेरे राज्य का, मेरे तृत्सुओं का कुछ हित होगा या नहीं ?" मुनि की दृष्टि परखने में अशक्त राजा ने पूछा।

"ऋत का सेवन किये बिना आर्यों के संस्कार मैं किस प्रकार सुरक्षित कर सकूँगा ?" सरलता से वसिष्ठ ने पूछा।

सुदास ने निःश्वास छोड़ा, "जैसी गुरुदेव की इच्छा !"

"अच्छा, कल किसी को भिजवाना। मैं उत्तर भिजवा दूंगा। किन्तु उससे पहले एक विचार भी कर लेना है।"

"क्या ?"

"लोमहर्षिणी का क्या करने का विचार किया है ?"

"लोमहर्षिणी ?" सुदास की आँखें फैल गईं। यह विषय उन्हें बहुत टेढ़ा जान पड़ा।

"अर्जुन वीतहव्य उससे विवाह करने के लिए आतुर है, पर लोमा तो हँसा ही करती है।"

"और हँसा ही करेगी, यदि हमने शिथिलता धारण की तो। लोमा को ठीक किये बिना आर्य-संस्कार कभी विशुद्ध न होंगे। वह उस···" 'उस' शब्द के मुँह से निकलते ही वसिष्ठ ने ओंठ चबाया, "मुनिवर अगस्त्य की पत्नी की मुख्य शिष्या है।"

"उसी के आश्रम में भी रहती है।"

"उसे मर्यादा सिखानी होगी। यदि राजा दिवोदास की पुत्री आर्य-संस्कारों की सँभाल न करे तो अन्य आर्याएँ किस प्रकार करेंगी ?"

"वह तो हमारे संसर्ग में आने पर सुधर जायगी।"

मुनि उत्तर में चुप रहे। अगस्त्य-जैसे मुनिवर विचलित हो गए तो इसके समान तुच्छ क्या कर सकेंगे ! किन्तु यह स्पष्ट दिखाई देता था कि जब तक तृत्सुओं में लोपामुद्रा का प्रभाव रहेगा तब तक संस्कार-शुद्धि नहीं आएगी। थोड़ी देर में वे बोले, "तुम जाकर दो घोषणाएँ कराओ—जो आर्य अपने कुल की स्त्री को कुल-धर्म गँवाने से न रोकेगा उसे पचास गायें दण्ड में देनी होंगी। और जो दास किसी भी आर्य-स्त्री के साथ सम्बन्ध स्थापित करेगा उसका वध होगा।"

"दूसरा शासन तो सरल है। सब महाजन उस शासन को कार्यान्वित करने के लिए तैयार हो जायँगे। हमारे यहाँ कर्दम नायक की टोली तैयार हुई है। उसका उद्देश्य ऐसे दासों को दण्ड देना ही है।"

"यह काम तो राजा का है, पर पहला शासन इससे भी अधिक आवश्यक है। आर्या का अर्थ है आर्यों की जननी। यदि वही धर्म का लोप करे तो फिर आर्यत्व की रक्षा किस प्रकार की जा सकती है ?"

"जैसी आज्ञा !"

"मेरे वहाँ आने पर लोमर्हषिणी क्या करेगी, यह भी मुझे सूचित करना।" आश्रम पर पहुँचते ही मुनि खड़े हो गए, "तुम्हें आश्रम में चलने की आवश्यकता नहीं है। कल दोपहर को हर्यश्व के हाथ सन्देश भिजवा देना।"

"गुरुदेव, आशीर्वाद दीजिए," सुदास ने साष्टाङ्ग दण्डवत् प्रणाम किया।

आशीर्वाद देकर पीछे देखे बिना ही स्थिर पद से जब मुनिश्रेष्ठ वसिष्ठ अपने आश्रम में चले जा रहे थे तब उनके तेजस्वी नयन सदा की भाँति भूमि पर ही गड़े हुए थे।

: ४ :

आश्रम से वापस लौटते समय तृत्सुओं के राजा सुदास के हृदय में शुद्ध उत्साह या आनन्द नहीं था। उनकी बात रखी तो जा रही थी किन्तु उनके सोचे हुए ढङ्ग से नहीं।

वसिष्ठ यदि पुरोहित हो भी गए तब भी वे अपनी मनमानी कितनी कर सकेंगे इस सम्बन्ध में उन्हें जो शङ्का थी वह अब पक्की हो गई। किन्तु विश्वामित्र के चले जाने पर वसिष्ठ को दूर करने में देर न लगेगी, यह विश्वास उनके हृदय में निश्चय रूप से विद्यमान था। मुनि के पास सेना नहीं थी। उनके पीछे भरत और भृगु जैसी प्रतापी जातियाँ नहीं थीं। वे तो केवल एक तपस्वी मात्र थे। आवश्यकता पड़ने पर उन्हें निकालने में कितनी देर लगेगी? पर इस समय उनके बिना कोई मार्ग भी नहीं था।

अन्त में सुदास ने इसके लिए कमर कस ली। इस क्षण के लिए उसने वर्षों बाट देखी थी और तैयारियाँ की थी। उसने तृत्सुओं की सेना अपने हाथ में कर ली थी। तृत्सु और भरत महाजनों के बीच वैर का बीज बो दिया था। अर्जुन वीतहव्य जैसे क्रोधी स्वभाव वालों को भी

मित्र बनाया था। और यदि लोमा का विवाह उससे हो सके तो वह सदा दास बनकर रहने वाला था।

उसके पिता राजा दिवोदास की मृत्यु हो जाने पर उसने अधीरता से मुहूर्त देखना प्रारम्भ किया था। अर्जुन को बहकाकर उसने मुनि अगस्त्य और उनकी पत्नी भगवती लोपामुद्रा को अनूपदेश जाने का निमन्त्रण दिलवाया था। जब वे दोनों सप्तसिन्धु छोड़कर चले गए तब उसने वसिष्ठ की आराधना प्रारम्भ की थी। वसिष्ठ की सहायता के बिना विश्वामित्र जैसे पूज्य माने जाने वाले ऋषि से झगड़ा मोल लेने में उसे अपनी विजय दिखाई नहीं देती थी।

कल मुनि वसिष्ठ की दी हुई बारह मास की अवधि पूरी हुई थी।

बड़े परिश्रम से उसने ऐसी भी योजना बनाई कि इसी प्रसङ्ग पर ऋषि विश्वामित्र राजा हरिश्चन्द्र के यहाँ यज्ञ में जायँ। इस यज्ञ में जाकर लौटने में उन्हें कम-से-कम तीन मास लगेंगे, यह तो निश्चित ही था।

ऐसा अवसर फिर प्राप्त नहीं होने वाला था। अर्जुन को सेना लेकर आने का निमन्त्रण उसने कभी से भिजवा रखा था। अब केवल मुनि वसिष्ठ के आने-भर की देर थी, और आज उन्होंने अपनी स्वीकृति दे ही-सी दी थी। वसिष्ठ से जब वह मिलता तब उसे बड़ी व्याकुलता होती। उसे ऐसा लगता मानो वह चोर है। इस समय भी ऐसा ही हुआ। उसके समान बड़े राजा के पुरोहितपद की भी मुनि को अपेक्षा न थी। वह विश्वामित्र का विनाश करने के लिए तैयार था, किन्तु झूठा ढकोसला करके और अनेक प्रतिबन्धों के बिना मुनि वसिष्ठ भी आना स्वीकार कर लें, यह भी सम्भव न था।

ऐसे मुनि के बिना काम चल सकता है या नहीं, इस बात पर उसने और हर्यश्व ने अनेक बार विचार किया था। किन्तु वे चाहे जितना विचार करें पर एक बात दोनों को स्पष्ट दिखाई देती थी कि जब तक वसिष्ठ उनकी पीठ पर न हों तब तक विश्वामित्र से वे लोहा नहीं ले सकते थे।

तृत्सु महाजन तो भरतों के साथ टंटा करने को तैयार ही बैठे थे,

अतएव उन्हें तो यही चाहिए था कि वसिष्ठ पुरोहितपद स्वीकार करें। दासों को जो स्वातन्त्र्य मिला था वह उन्हें पसन्द न था। कितने ही आर्य भी दासियों से विवाह करने लगे थे, यह बात भी बहुत से आर्यों को खटकती थी। इसलिए दासों पर अंकुश रखने वाला शासन उनके बहुत मन का ही था, पर आर्याओं पर अंकुश रखने का शासन उन्हें अच्छा नहीं लगेगा। उससे घर-घर झगड़े होंगे। महाजन यदि इस शासन का अनुमोदन भी करेंगे तो भी एक-दूसरे पर कटाक्ष किये बिना न रहेंगे। वह स्वतः लोमा द्वारा ही इस शासन का पालन कैसे कराएगा ?

लोमा को वश में रखना कठिन काम था। राजा दिवोदास ने इस लड़की को बहुत सिर चढ़ाया था। जो बचा-खुचा था वह लोपामुद्रा ने पूरा कर दिया था। आर्यों का एक भी ऐसा शिष्टाचार नहीं था जिसे वह तोड़ती नहीं थी। प्रायः वह पुरुषों का वेश बनाती, धनुष-बाण चलाती, जंगल में घूमती, दासों के घर जाती और बड़े-बड़े आर्यों की लड़कियों पर प्रभुत्व जमाकर उनके घर फोड़ती थी। वह जंगली बिल्ली है, सुदास ने स्नेह से विचार किया। उसमें लोपामुद्रा के सब दोष आ गए थे, यह बात सच थी, किन्तु उनके अनूपदेश जाने के पश्चात् तो वह अत्यन्त निर्लज्ज हो गई थी। किसी का कहा मानने को वह तैयार न थी, तब उसके आचार को वह किस प्रकार ठीक करता ? इस बिल्ली के प्रति उसे बहुत बड़ा स्नेह था। जब-जब वह आती अपने साथ प्रोत्साहन लाती थी। उसके अल्हड़पन में जो आवेश था वह उसे जान पड़ता था मानो मेरे अपने हृदय में जलती हुई महत्त्वाकांक्षा का ही स्वरूप हो। सब लोग उसके डर से या स्वार्थ से उसकी ओर प्रवृत्त होते थे, किन्तु लोमा ही एक ऐसी थी जो किसी की चिन्ता किये बिना निःस्वार्थ भाव से ही खूब जी-भर के चाहती थी।

इस जंगली बिल्ली को किस प्रकार शासन-बद्ध किया जाय यह पहेली उसके सामने उपस्थित हुई। उसने तो सोचा था कि वसिष्ठ आएँगे और उसे फुसलाकर ठीक कर लेंगे। उसके मन में कुछ ऐसा भी था कि लोमा ही वसिष्ठ को तंग करके कुछ ठीक मार्ग पर ले आएगी।

कुछ मास पूर्व जब अर्जुन अपने अशिष्ट ढंग से लोमा के साथ बात करने लगा तब किस चातुर्य से लोमा ने उसे ठीक कर दिया था ? उसी प्रकार यदि वह वसिष्ठ को भी ठीक कर दे तो कैसा आनन्द आए ! पर वसिष्ठ ने तो यह काम उस पर ही डाल दिया। इस सम्बन्ध में वसिष्ठ व्यर्थ की ही ढाँय-ढाँय मोल ले रहे थे। लोमा स्वच्छन्द और स्वेच्छाचारिणी थी। वह उन्नीस वर्ष की हो चुकी थी, पर उसका चरित्र निष्कलङ्क था। हाँ, थोड़ी पगली थी, इतना ही दुःख था।

यह काम राजा सुदास को तनिक भी न भाया। राजा के घरेलू झगड़ों को यदि पुरोहित न मिटा सके तो वह है किस काम का ? उसके जीवन का सबसे बड़ा दाव वसिष्ठ के बिना जीता नहीं जा सकता था।

सविता देवता के आकाश में ऊँचे चढ़ने के पहले ही सुदास तृत्सुग्राम पहुँच गया और पहुँचकर सेनापति हर्यश्व को आज्ञा दी कि तृत्सु महाजनों को तुरन्त ही बुलाओ।

हर्यश्व तृत्सु महाजनों का अग्रिणी था। वह राजा दिवोदास के छोटे भाई का पुत्र और तृत्सु सेना का नायक था। सुदास का वह परम मित्र और परामर्शदाता था और आर्यत्व का उसे बहुत अभिमान था। वह कभी इस बात को नहीं भूलता था कि मैं तृत्सु हूँ। इसलिए विश्वामित्र का प्रभुत्व, भरतों का प्राबल्य और दासों का दिया हुआ स्वातन्त्र्य उसे काँटे के समान कसकता था। किन्तु तृत्सु महासत्ता के विश्वकर्मा राजा दिवोदास ने उसे पाला-पोसा था, समृद्ध किया था और सेनापति बनाया था, भृगुकवि चायमान जैसे शस्त्र-विद्या में विशारद उसके गुरु थे, अतएव जब तक दिवोदास, अगस्त्य, विश्वामित्र और कवि चायमान आदि चार व्यक्ति थे तब तक उसने मुंह बन्द करके भरतों और भृगुओं के साथ रहकर तृत्सुओं को विजय दिलवाई थी। सुदास सदा तृत्सु-सेना को सशक्त करने में अपनी शक्ति लगाता रहता और हर्यश्व सदा ऐसी युक्ति करता कि वह तृत्सुवीरों का लाड़ला बना रहे। जब दिवोदास जीवित थे तब पिता-पुत्र दोनों अकेले हर्यश्व में विश्वास करते थे। पिता समझते

थे कि ऐसे चतुर सेनापति के कारण ही सुदास की संकुचित मनोवृत्ति उदार बनी रहती है और पुत्र समझता था कि हर्यश्व के समान मित्र के कारण ही पिता पर हमारा अंकुश बना रहता है।

जब राजा दिवोदास यमलोक सिधारे तब एक मन वाले राजा और सेनापति ने विश्वामित्र को हटाकर एकचक्र राज्य करने की योजना को कार्यरूप देना प्रारम्भ कर दिया। उसी के परिणामस्वरूप अर्जुन वीतहव्य अगस्त्य को अनूप देश ले गया और सुदास जाकर वसिष्ठ को निमन्त्रित कर आया।

जितने तृत्सु महाजन थे वे दासों से द्वेष और भरतों से ईर्ष्या करते थे। उन्हें हर्यश्व सदा अपनी मुट्ठी में रखता। किन्तु वसिष्ठ ने जो अन्तिम प्रतिबन्ध बताया उससे उनकी योजना पर पानी फिर गया। विश्वामित्र को मुक्त करने के लिए पूरी योजना को सिद्धान्त का रूप दिया जा रहा था। महाजनों की सम्मति लेने का अर्थ था वसिष्ठ मुनि का सम्मान और स्त्रियों पर अंकुश लगाने का अर्थ था घर-घर आग लगाना।

राजाज्ञा के अनुसार तृत्सु महाजन तुरन्त ही राज-सभा में आ पहुँचे और उनकी सब योजना सुनकर बड़े प्रसन्न हुए। सेनापति हर्यश्व ने पहले ही से सब व्यवस्था कर ली थी, इसलिए वसिष्ठ के प्रतिबन्धों को स्वीकार करने में किसी को कोई आपत्ति नहीं हुई। जो आपत्ति करने वाले थे वे एक-न-एक बहाना निकालकर दूसरे गाँव चल दिए थे।

: ५ :

राजा और सेनापति दोनों उद्यान में टहलते हुए नई योजनाएँ गढ़ रहे थे। इतने में ही दो व्यक्तियों के दौड़ते हुए आने की आहट सुनाई दी, और एक युवती का शब्द क्रोधपूर्वक आज्ञा करता हुआ सुनाई दिया, 'राम, धीरे-धीरे दौड़ो।'

राजा और हर्यश्व दोनों जहाँ-के-तहाँ खड़े हो गए। सुदास का हृदय

थर्रा उठा। जिससे वह मिलना चाहता था यह उसी की ध्वनि थी। पर इस समय वह ध्वनि न सुनाई पड़ी होती तो बहुत अच्छा होता। वह जंगली बिल्ली न जाने क्या-क्या कर बैठे?

पेड़ों की झुरमुट से एक युवती और एक लड़का दौड़े चले आ रहे थे।

उन्नीस वर्ष की लोमहर्षिणी का नन्हा भोला-सा मुखड़ा इस समय दौड़ने से और व्याकुलता से लाल हो गया था। उसकी आँखें चपलता से नाच रही थीं और उसके खुले बाल पीछे उड़ रहे थे। उसके सब अंग सुन्दर और सशक्त थे।

लड़के के समान उसने भी मृगचर्म का काछ बाँध रखा था। केवल छाती पर बँधे हुए कपड़े के बन्धन से उसने अपना स्त्रीत्व स्वीकार किया था। उसे देखकर ऐसा जान पड़ता था मानो मनोहारिणी सुन्दर अश्विनी छलाँगें भरती हुई पवन वेग से दौड़ी चली आ रही हो।

लोमा के साथ दौड़कर आने वाला बालक होगा तो लगभग चौदह वर्ष का, पर लगता था सत्रह-अठारह वर्ष का। उसका शरीर अच्छे डील-डौल का और सुन्दर था। उसके चमकते हुए मुख पर इस अवस्था की दृष्टि से गाम्भीर्य था। उसकी काली—बहुत काली—आँखों में तेज था और विकराल प्राणी की आँखों में रहने वाली त्रासदायक और स्थिर ज्योति इस समय उनमें चमक रही थी।

सुदास से थोड़ी दूरी पर लोमा खड़ी हो गई—हाँपती हुई, अपने उछलते हुए छोटे-छोटे स्तनों से मोहक लगती हुई और अपनी क्रोधाग्नि से जलती हुई दृष्टि से सुदास को जलाती हुई। उसके पास वह बालक खड़ा रहा—गठीले बलवान शार्दूल जैसा स्वस्थ और छलाँग मारने को तत्पर।

"भाई!" दाँत पीसकर बोलती हुई क्रोधाविष्ट लोमा ने पूछा, "क्या आपने मुनि वसिष्ठ को पुरोहितपद पर प्रतिष्ठित किया है, ऋषि विश्वामित्र के स्थान पर?" एक से दूसरे की ओर वह देखती रही। सुदास अवाक् हो गया। उसने लोमा को डाँटने की जो योजना बाँधी थी वह ढीली पड़ गई।

"हाँ, क्यों ?" उसने उत्तर दिया।

लोमा ने पैर चौड़े कर जमा लिए, कमर पर हाथ रखकर और सिर पीछे करके साँप के फूत्कार के समान स्वर में पूछा, "किसे पूछकर यह सब किया ?"

पिछले वर्षों से हर्यश्व को लोमा के स्वभाव का परिचय था, किन्तु आज उसका स्वरूप कुछ निराला ही था। पर राजा और राजा की बहन के बीच झगड़ा होने के समय उपस्थित न रहने का उसका निश्चय आज पाला नहीं जा सकता था। दो पग पीछे हटकर उसने भाई-बहन के इस स्नेहोपचार के प्रति तटस्थ वृत्ति धारण करने का प्रयत्न किया।

लोमा के प्रश्न से सुदास गरम हो गया। चाहे जितनी भी लाड़ली बहन हो पर यदि वह सेनापति के सामने मर्यादा तोड़े तो उसे ठीक करना उसका धर्म हो गया—"लोमा, मुझे किससे पूछने की आवश्यकता है ? मैं राजा हूँ।"

"आप राजा दिवोदास के पुत्र हैं तो मैं उनकी पुत्री हूँ," लोमा ने क्रोधपूर्वक कहा। "मैं भी देखती हूँ कि आप वसिष्ठ मुनि को किस प्रकार ले आते हैं, और वह भी ऋषि विश्वामित्र के पीठ-पीछे नपुंसक के समान।"

"चुप रहो," सुदास ने भी वैसे ही क्रोध से कहा, "तुम अब सयानी हो गई हो। कुछ तो समझ होनी चाहिए। आर्य स्त्री की मर्यादा में नहीं रहोगी तो ठीक कर दी जाओगी। जाओ रनिवास में और···"

"ओहो," लोमा ने उत्तर दिया, "आज जो राजघोषणा की गई है, क्या उसका उपयोग करना चाहते हो ? मूँछों वाले काका," कहकर हर्यश्व के मूँछ पर ताव देने के अभ्यास का उसने अनुकरण किया, "इस राजाज्ञा की आपने घोषणा तो की है, पर स्मरण रखना कि अपनी पुत्रवधू शशीयसी के कारण प्रतिदिन आपको भी पचास गायें दण्ड में देनी होंगी।"

इतना ही नहीं कि इन दोनों के झगड़े में वह व्यर्थ ही घसीट लिया गया, प्रत्युत अपनी रूपवती और मर्यादाशील वधू की भी ख्याति की चर्चा प्रारम्भ होते देख हर्यश्व भौंचक्का रह गया।

"लोमा," सुदास ने कहा, "चुप हो जाओ नहीं तो···"

"नहीं तो क्या करोगे ?" फिर कमर पर हाथ रखकर लोमा ने ऐंठ के साथ कहा। सुदास ने लोमा का हाथ पकड़कर उसे धकेल दिया—"जाग्रो, घर में जाग्रो। थोड़े दिनों में ग्रर्जुन ग्राता है न ? ग्रब तुम्हें बन्धन में डाले बिना न रहूँगा।"

हरिणी के समान उछलकर उसने ग्रपना हाथ छुड़ाया, "स्मरण रखना, वसिष्ठ मुनि को जो बुलाएगा, उसके मैं प्राण ले लूँगी। ग्रपने पिता की जमाई हुई व्यवस्था मैं किसी को बिगाड़ने न दूँगी, समझे ? ग्रब मैं समझी कि पुत्र के रहते हुए भी राजा दिवोदास ने विश्वामित्र को पुत्र क्यों माना था।"

इस वाग्बाण से सुदास का हृदय बिंध गया। वह ग्रागबबूला हो गया। लाड़ली बहन द्वारा किया हुग्रा भी यह ग्रपमान सहन नहीं किया जा सकता था। उसने लोमा के एक तमाचा लगा दिया। तमाचे की चटाक के होते ही सुदास के मुँह से एक ऐसी चीख निकली मानो उसके प्राण निकल रहे हों, "दुष्ट !"

हर्यश्व झपटकर राम को खींचकर हटाने लगा। राम ने सुदास के बाएँ हाथ पर रुधिर से परिपूर्ण ग्रर्धचन्द्राकार बना दिया था और राजा भी उस समय क्रोध भूलकर वेदना का ग्रनुभव करने लगे थे।

वेदना होते ही सुदास ने तलवार खींचनी चाही, पर राम तो विद्युत्-वेग से काम करता था। राजा के हाथ में काटकर फिर उसने पास ग्राये हुए हर्यश्व के पेट में इतने वेग से सहसा सिर मारा कि वह गिरते-गिरते बचा, पर उसका हाथ छूट गया।

इस ग्रकल्पित ग्राक्रमण के सुदास और हर्यश्व की समझ में ग्राने से पहले ही राम और लोमा दोनों हाथ-में-हाथ डालकर निकल चुके थे। सुदास दो लहराती हुई केशावलियाँ और चार उछलते हुए पैर सामने क्रोध-पूर्वक देखते रहे। उनका वश चलता तो वे क्या-क्या न कर डालते ! बहन तो जंगली बिल्ली थी, और वह बालक नाग के समान विषैला था; पर जिसे लोग देव मान बैठे हों उसका किया ही क्या जा सकता है ?

"इस लड़की को ठीक करना चाहिए," हाथ में फूंक मारते हुए राजा ने कहा। सेनापति चुपचाप खड़ा रहा। लड़कियों के स्वतन्त्र हो जाने के दुष्परिणाम की उसे पूरी जानकारी थी। पिछले पांच वर्ष से शशीयसी उसके घर में एक-चक्र राज्य करती थी और उसे जगत् के उपहास की सामग्री बनाती थी।

हाथ सहलाते हुए सुदास ने अन्त में कहा, "हर्यश्व, शशीयसी और लोमा दोनों को ठीक करना ही पड़ेगा। मैं अभी पौरवी को कहता हूँ कि लोमा को बन्द करके रखें।"

लोमा और राम कुछ दूर तक तो दौड़े, फिर श्वास लेने के लिए ठहर गए।

"राम," लोमा ने कहा, "चलो, तुम्हारे आश्रम में चलकर वृद्धा से मिलें। इसका कोई उपाय निकालना ही होगा।"

ऋषि जमदग्नि और रेणुका अपने पुत्रों और पट्ट-शिष्यों के साथ हरिश्चन्द्र के यज्ञ में गये थे और विश्वामित्र तथा जमदग्नि दोनों अपने आश्रम सप्तसिन्धु में अप्रतिम वीर समझे जाने वाले वृद्ध कवि चायमान को सौंप गए थे। ये दोनों वृद्ध कवि को 'वृद्धा' कहते थे।

"अच्छा चलो," राम ने कहा। फिर वह रुक गया। उसकी आँखें तेज से चमक उठीं, "लोमा, तुम जाकर वसिष्ठ मुनि से कह आओ कि वे यहाँ न आएँ।"

लोमा स्नेहपूर्वक राम को देखती रही। "धन्यवाद," उसने कहा, "तुम्हें सहसा ऐसी बात कहाँ से सूझती है? पर चलो, पहले वृद्धा से तो पूछ देखें।"

: ६ :

जब स दण्ड की बात प्रारम्भ हुई तब से हर्यश्व की चिन्ता का पार न था। उसका पुत्र कृशाश्व और दस्युओं के स्वर्गीय राजा शम्बर का पुत्र राजा भेद दोनों परम मित्र थे। जब विश्वामित्र समस्त सप्तसिन्धु में आदर-

णीय माने गए तब उनकी स्वीकृत पत्नी उग्रा का भाई भी अपने पुत्र का परम मित्र हो, यह बात हर्यश्व को बहुत अच्छी लगी थी। किन्तु जब से राजा सुदास के साथ विश्वामित्र की अनबन करने की योजना प्रारम्भ की गई तब से उसने कृशाश्व को कहना प्रारम्भ कर दिया कि राजा भेद के साथ अपना सम्बन्ध कम करो।

अब कठिनाइयाँ बढ़ चलीं। दुष्ट लोगों ने यह अपवाद फैला रखा था कि कृशाश्व की रूपवती स्त्री शशीयसी को राजा भेद के बिना चैन नहीं है। यह भी सब जानते थे कि अभिमानी तृत्सु युवकों ने भेद से बदला लेने का भी निश्चय किया था।

शशीयसी को टोकने में भी उसे अभी तक बुद्धिमत्ता नहीं जान पड़ी थी। सुदास के पुत्र नहीं था, इसलिए कृशाश्व के राजा बनने की सम्भावना भी थी। उधर शशीयसी भी शृंजय राजा सोमक की पुत्री थी और ऐंठू स्वभाव की थी। अपने घर तथा अपने पिता के घर वह अपनी आज्ञा के बिना कुछ भी नहीं होने देती थी।

अब क्या होगा ? यदि कोई दुष्ट बालक दण्ड के अनुसार राजा भेद का वध कर दे तो समस्त सप्तसिन्धु में उसकी और उसकी पुत्रवधू की बदनामी हुए बिना न रहेगी। दस्युओं के राजा शम्बर के पुत्रों में से केवल भेद को पाल-पोसकर विश्वामित्र ने एक छोटे-से प्रदेश का राजा बनाया था। किन्तु जंगल में बैठकर अपना राज्य चलाने के बदले उसे तृत्सुग्राम में आनन्द लेना अधिक प्रिय था।

विश्वामित्र के आश्रम में उसे आर्यों की शिक्षा मिली थी। आर्य रहन-सहन का वह परम भक्त था।

सप्तसिन्धु में समस्त दास भी उसकी पूजा करते थे। विश्वामित्र के साले का सभी आर्य और विशेषतः भरत तथा भृगु लोग बड़ा आदर करते थे। वह राजकीय ठाठ-बाट से रहता था और नये व्यसनों के आवेश में आर्यों के दूषणों का भी सेवन करता था। पूरे गाँव में सुन्दरतम घोड़े उसके पास थे। घृत और सुरा दोनों जितने अधिक उसके पास रहते उतने

बड़े-से-बड़े आर्यों के घर भी नहीं मिल सकते थे। उसकी उदारता और उसके आतिथ्य-सत्कार की प्रशंसा सभी लोगों के मुँह से सुनी जाती थी। आनन्दी आर्य-युवक उसी के मत्थे खाते-पीते, उससे ही भेंट में गौएँ लेते और फिर उसीकी पीठ-पीछे उसका उपहास करते तथा उसके श्याम वर्ण से जलते और द्वेष फैलाते थे।

दासों की सिग्रुजाति के राजा शुष्णु की पुत्री से उसने विवाह किया था। किन्तु अपने संस्कार के अनुरूप आर्य सुन्दरियों की संगति किये बिना उसका जी नहीं मानता था।

"उसीका खटका था," हर्यश्व धीरे से बड़बड़ाया। क्या उस मुनि ने मुझे ही ठीक करने के लिए उस दण्ड-विधान की घोषणा कराई है—यह सोचता हुआ सेनापति हर्यश्व अपने घर आया और शशीयसी तथा कृशाश्व की खोज करने लगा। सूर्यास्त हो गया था फिर भी दोनों लौटे नहीं, यह जानकर उसकी चिन्ता और बढ़ गई।

राम का सिर इतने वेग से उसके पेट में लगा था कि अभी तक भी वह भूला नहीं था। कुछ पीड़ा से और कुछ क्रोध से उसकी व्याकुलता बढ़ती ही चली जा रही थी।

"अन्नदाता!" परिचर ने आकर कहा, "कर्दम आपसे मिलने आये हैं। अग्निशाला में बैठे हैं।" हर्यश्व चौंका। दुष्ट और अभिमानी तृत्सु युवकों का यह नेता कुछ-न-कुछ गड़बड़ करने ही आया होगा। शंकित होकर वह अग्निशाला में गया।

"क्यों कर्दम ?"

युवक ने प्रणाम किया। "तृत्सुश्रेष्ठ," कर्दम ने कहा, "आज जिस दण्ड-विधान की घोषणा की गई है उसीके सम्बन्ध में आपसे कुछ बात करने आया हूँ।"

"अच्छा, आओ बैठो," हर्यश्व ने कहा, "कहो, क्या बात है ?"

"आपने निश्चय किया है कि जिस दास के साथ कोई भी आर्या सम्बन्ध रखती हो, उसे समाप्त कर दिया जाय।"

"हाँ, यह तो दण्ड-विधान ही है। ठीक है।"

"तो हम राजा भेद से ही प्रारम्भ करेंगे।"

"राजा भेद ! क्या कहते हो ? इससे तो खलबली मच जायगी। राजा बिगड़ खड़े होंगे।"

"इसीसे ही आपको अपने साथ ले जाने के लिए आया हूँ।"

"मुझे ? किसलिए ?"

"दण्ड-विधान के अनुसार आपका कर्तव्य होगा कि शशीयसी को आप नियन्त्रण में रखें और सेनापति के रूप में आप ही भेद का वध भी करें।"

"क्या ?" कड़ाई से हर्यश्व ने पूछा।

"क्षमा कीजिएगा, किन्तु आर्याओं में श्रेष्ठ आपकी पुत्रवधू का व्यवहार देख-देखकर हमारा तो रक्त खौल उठता है।"

"झूठ बात है।"

"तो चलिए मेरे साथ। दण्ड-विधान की घोषणा होते ही शशीयसी गई है भेद को सूचना देने। मेरे मित्रगण भेद के प्रासाद को घेरे बैठे हैं। तृत्सुओं के सिर से यह कलंक आज हमें दूर करना ही होगा।"

"कृशाश्व कहाँ है ?"

"उसे मैंने अपने यहाँ बिठा रखा है। शशीयसी यदि कुछ भी गड़बड़ करेगी तो उसे और कृशाश्व को दूसरे गाँव भिजवा देंगे, नहीं तो तृत्सुओं की बड़ी बदनामी होगी।"

"जान पड़ता है तुम सबने बड़ी योजना की है," कटाक्ष से हर्यश्व ने कहा।

"आपकी प्रतिष्ठा ही हमारा सर्वस्व है," उत्साही कर्दम ने कहा।

"पर तुम्हें यह कैसे विश्वास हुआ कि दोनों में वैसा ही सम्बन्ध है जैसा तुम कहते हो ?"

"अभी तक भी आप अविश्वास करते हैं ? वह कब जाती है, कहाँ मिलती है, यह सब हम जानते हैं। चलिए मेरे साथ, मैं विश्वास करा

देता हूँ।"

हर्यश्व बिद्युत्-वेग से विचार कर रहा था, फिर भी वह सँभलकर किसी प्रकार बोलता ही जा रहा था जिससे कर्दम उसकी घबराहट न भाँप ले। वत्स, देखो मुनि वसिष्ठ के पास मुझे अभी तत्काल राजा सुदास का सन्देश ले जाना है। एक क्षण भी मैं ठहर नहीं सकता। तुम जो चाहो सो करो, पर मैं अपनी, तृत्सुओं की, राजा दिवोदास के कुल की लज्जा सब तुम्हारे हाथ सौंपता हूँ। शशीयसी भी साधारण कुल की नहीं है। उसकी और उसके पिता शृंजय के कुल की लज्जा भी रखना।"

"हमें तो किसी प्रकार यह भ्रष्टाचार रोकना है।"

"मेरा आशीर्वाद है, वत्स!" हर्यश्व ने मुँह से कह तो दिया, पर उसका मस्तिष्क अत्यन्त वेग से काम कर रहा था। इस हठी युवक को इस समय रोकने का प्रयत्न करने पर तृत्सुओं में अपमानित होने की आशंका थी। यदि मैं न जाऊँ और ये लड़के जाकर कुछ-का-कुछ कर आएँ इसकी अपेक्षा तो यही ठीक है कि मैं स्वयं चला जाऊँ। कोई उपाय तो निकल ही आएगा। शशीयसी की बदनामी होगी तो क्या होगा? विश्वामित्र इस बदनामी से क्या समझेंगे? सुदास क्या कहेंगे? और गर्विष्ठा रानी पौरवी कैसे क्षमा करेंगी? और यह जो आशा थी कि किसी-न-किसी दिन शशीयसी तृत्सुओं की रानी बनेगी उसका क्या होगा?

अन्त में मन में इस पहेली का समाधान हो गया। उसने कहा, "भाई तुम्हारी बात सच है। तृत्सुओं के अग्रणी होने के नाते मुझे अपना कर्तव्य पालना ही चाहिए। यदि शशीयसी ऐसी ही हो तो कुलपति के नाते उसे नियन्त्रण में रखना मेरा काम है। भेद का वध भी मेरे हाथों होना चाहिए।"

कर्दम गर्व से हँसा—"इसे कहते हैं सच्चा तृत्सु। चलिए, आप तो हमारे सिरमौर हैं।"

"अच्छा बैठो," हर्यश्व ने कहा, "मैं घर में खोज लूं। यदि शशीयसी घर में हुई तो वहाँ हमारी बड़ी हँसी होगी।"

वह रनिवास में गया और अपने विश्वासपात्र सेवक को उसने बुलाया, "घोड़े पर शीघ्र जाओ और सेनापति वृद्ध चा:मान से कहो कि भेद के प्राण संकट में हैं।"

"जा आज्ञा," कहकर परिचर चला गया। हर्यश्व ने लौटकर कर्दम से कहा कि कृशाश्व को साथ में लेते चलना चाहिए। तृत्सु महाजन के नाते मेरे पुत्र का भी धर्म है कि यह परम कर्तव्य अपने ही हाथ से पूरा करे।

कर्दम इस सीधी बात को अस्वीकार न कर सका और वे दोनों कृशाश्व को लिवाने चल दिए।

: ७ :

मध्याह्न के पश्चात् जब दण्ड-विधान की घोषणा हुई और तृत्सुग्राम में हाहाकार मच गया, तब राजा भेद अपने प्रासाद के विशाल उद्यान में दो-चार मल्लों के साथ मल्ल-युद्ध कर रहे थे।

श्याम नाम का एक ऊँचा और रूपवान् मल्ल था। वह सभी युद्ध-कलाओं में कुशल था। प्रत्येक वस्तु का उपयोग वह अपने आनन्द के लिए ही करता था; वह घोड़े पर चढ़ता, किन्तु घोड़ा नचाने या घुड़दौड़ में दौड़ाने के लिए ही; वह मल्लयुद्ध करता, किन्तु केवल नये-नये दाव-पेचों से बड़े-बड़े अनुभवी मल्लों को आश्चर्यचकित करने के लिए; वह धनुर्विद्या में नैपुण्य प्राप्त करता, केवल अद्‍भुत् प्रयोग करने के लिए। विश्वामित्र से उसने बहुत-कुछ सीखा था, पर उनके ध्येय और गाम्भीर्य ने उसे स्पर्श नहीं किया।

उसने मल्लयुद्ध पूरा करके शरीर में तैल-मर्दन प्रारम्भ किया। तब उसका विश्वासपात्र गृद्ध आता दिखाई दिया और वह भी सिर खुजलाता हुआ।

जब वह सिर खुजलाते हुए आता तब शशीयसी का सन्देश लेकर आता था, ऐसा दोनों में संकेत बंधा हुआ था। इस वेला में उसके लिए उस सुन्दरी का क्या सन्देश होगा ?

भेद के प्रासाद के एक ओर शशीयसी की विधवा मामी का प्रासाद था और दूसरी ओर अगस्त्य और लोपामुद्रा का आश्रम था। इन दोनों स्थानों में होकर भेद के उद्यान में जाने का मार्ग था। वहाँ एकान्त में एक झोंपड़ी थी। यहीं पर वे दोनों मिलते थे। वह कही तो जाती थी गृद्ध की झोंपड़ी, पर रात्रि में बहुत देर तक गृद्ध और उसकी स्त्री झोंपड़ी में रहने के बदले उसके आसपास चौकसी करते रहते थे।

गृद्ध भी राजा भेद का बड़ा विश्वासपात्र सेवक था। घर में उसकी बहुत चलती थी और उसकी स्त्री ने तो भेद को अपना दूध पिलाकर बड़ा किया था; इसलिए सगी माता से भी अधिक वह भेद की रक्षा करती थी।

गृद्ध को सिर खुजलाते देखकर भेद तुरन्त ही तैल-मर्दन बन्द करके उसके पास गया।

"क्यों ?"

"आई हैं ?"

"अभी ? कहाँ ?"

गृद्ध ने आँख से संकेत किया—"मेरे यहाँ।"

"आया," कहकर भेद ज्यों-त्यों तेल पोंछकर गृद्ध के साथ हो लिया।

घुड़साल और नौकरों के आवास के पास दो दास सदा पहरा देते थे। उनके पास से निकलकर वे सघन पेड़ों के नीचे से होते हुए एक रमणीय स्थान में जा पहुँचे। छोटे-से सरोवर में हंस तैर रहे थे। उसीके पास एक छोटी-सी झोंपड़ी थी जो गृद्ध की झोंपड़ी कहलाती थी। उससे थोड़ी दूर पर एक दूसरी झोंपड़ी थी जिसमें वह वास्तव में रहता था।

अधीर होकर दौड़ता हुआ भेद उस छोटी झोंपड़ी में घुसा और सौन्दर्य तथा सुवर्ण की आगार एक लावण्यमयी युवती सिसकियाँ लेती हुई उससे लिपट गई।

"भेद, भेद !"

भेद ने अपने सशक्त हाथों से उसका आलिङ्गन किया, "क्या है ? कुछ कहो भी तो ?"

"भेद, हम लोगों का अन्त आ पहुँचा। तुम्हारा क्या होगा?" शशीयसी ने विदीर्ण हृदय से कहा।

"पर बात क्या है यह तो बताओ," शशीयसी के आँसू पोंछकर भेद ने पूछा।

"राजा चाहते हैं कि विश्वामित्र को निकालकर वसिष्ठ को पुरोहित-पद दे दें।"

"तो उससे क्या?" भेद सहसा समझ न पाया।

"अर्थात् तुम और मैं पृथक् हो जायँगे। अभी राजा ने घोषणा कराई है कि जो भी दास आर्याओं के साथ सम्बन्ध रखता हो उसका तत्काल वध कर दिया जाय। इसलिए मैं आई हूँ भेद, तुम भाग जाओ। तुम्हें तृत्सु नहीं छोड़ेंगे।" शशीयसी की आँखों से आँसू बरस पड़े। भेद ने उनका चुम्बन ले लिया।

"तुम क्यों घबराती हो? किसकी शक्ति है कि मेरा बाल भी बाँका कर सके?"

"भेद, तुम इन लोगों को जानते नहीं हो। कितने ही माह से सब लोग हम दोनों के विषय में कितनी बातें कर रहे हैं। और यह घोषणा भी तुम्हारे ही लिए की गई है।"

"तुम बैठो तो सही। थोड़ा शान्त हो जाओ तब हम लोग विचार करेंगे," कहकर भेद ने उसे दोनों हाथों से उठाकर सुन्दर मृगचर्म के बिछौने पर सुला दिया और उसके पास बैठकर उसके स्तनों पर अपना सिर रख दिया।

भेद की रसिकता में डूबी हुई शशीयसी जिस कारण से आई थी उसे भूल गई और इस प्रणयी के हाथ में कालचक्र की गति भी रुक गई।

अँधेरा हो चला।

थोड़ी देर में गृद्ध की चिल्लाहट सुनाई दी और दोनों चौंककर अलग हो गए।

"अरे बाप रे, बहुत देर हो गई। मुझे जाने दो," कपड़े ठीक करते

हुए शशीयसी ने कहा।

एक ऊँची काली परछाईं द्वार में आकर खड़ी हो गई—"भेद, जहाँ हो वहाँ से न हटना। मैं हूँ वृद्ध कवि।"

भेद और शशीयसी काँप उठे—सप्तसिन्धु की सेनाओं से त्राहि कराने वाले ये वृद्ध सेनापति यहाँ कहाँ से?

झोंपड़ी का द्वार खोलकर वृद्ध कवि ने प्रवेश किया और बोले, "मूर्ख! तेरे लिए यम तड़प रहा है और तूने यह क्या काण्ड मचाया है? चलो दोनो मेरे साथ।" उनका स्वर काँप रहा था। उनसे प्रश्न पूछने का दोनों में से एक का भी साहस नहीं था।

हर्यश्व और कर्दम दोनों जब राजा भेद के घर पहुँचे तब उसके प्रासाद के पास एक लड़के ने कर्दम को सूचना दी कि शशीयसी और भेद अभी गृद्ध की झोंपड़ी में ही हैं। हर्यश्व और उसके साथी पास के मार्ग से होकर एक प्रवेश-द्वार के पास पहुँचे। वहाँ सात-आठ लड़के हाथ में खड्ग लेकर पहरा दे रहे थे।

"क्यों, वे दोनों भीतर हैं?" कर्दम ने पूछा।

"हाँ, झोंपड़ी में ही हैं। मैंने दोनों को अपनी आँखों से भीतर जाते देखा है।"

वृद्ध कवि को भेजा हुआ सन्देश निष्फल समझकर हर्यश्य की घबराहट का पार न रहा। इन लड़कों के सामने अपनी मिटती हुई मर्यादा किसी भी प्रकार बचानी ही चाहिए, ऐसा संकल्प करके वह कर्दम को अलग ले गया।

"क्या तुम्हें विश्वास है कि शशीयसी चोर के समान इस प्रवेश-द्वार से आती होगी?"

"जी हाँ, बहुत बार। या तो अपनी मामी के प्रासाद में होकर या उस ओर अगस्त्य के आश्रम में होकर आती है।"

"अच्छा?" शङ्कायुक्त स्वर में हर्यश्व ने पूछा।

"हाँ, मैंने स्वयं उसे आते देखा है।"

"तब हम लोग एक काम करें। मैं झोंपड़ी के पीछे खड़ा रहता हूँ, और तुम अपने दो मित्रों के साथ झोंपड़ी के आगे खड़े रहो। पीछे से शशीयसी निकलेगी तो मैं पकड़ लूंगा और तुम भेद को पकड़ लेना। मैं नहीं जानता था कि तृत्सुओं की कुलकलङ्किनी मेरे घर पनपेगी। बाहर बात जायगी तो आर्यों में हम सबकी बड़ी बदनामी होगी।"

कर्दम भी हर्यश्व का आदर करता था, इससे उस पर दया कर उसने यह योजना स्वीकार कर ली। हर्यश्व जाकर गृद्ध की झोंपड़ी के पीछे खड़ा हो गया और लड़के आगे के द्वार पर खड्ग उठाकर खड़े हो गए। पेड़ों की छाया के कारण झोंपड़ी में अँधेरा था। केवल किसी पक्षी के पंखों की फड़फड़ाहट से ही नीरवता भंग होती थी।

एक घड़ी वीती, दो घड़ियाँ बीतीं, पर झोंपड़ी में से निःश्वास तक सुनाई न दिया। अन्त में लड़कों ने द्वार पर कान लगाए, तो जान पड़ा कि झोंपड़ी निर्जन है।

कर्दम भी जाकर हर्यश्व को बुला लाया, और उसने द्वार में धक्का मारा। द्वार खुल गया। एक ने चकमक रगड़कर दिया जलाया। झोंपड़ी में कोई नहीं था। देव ने ही मेरी रक्षा कर ली, इस प्रकार मन में बड़बड़ाकर उसने कर्दम को एक तमाचा जड़ा, "क्यों लड़के!" वह क्रोध में चिल्लाया, "मुझसे भी ठट्ठा!" और किसी को बोलने का अवसर दिये बिना ही वहाँ से वह पैर बढ़ाकर निकल गया।

इस महासंकट से मुक्त हो जाने पर विचार करता हुआ जब वह अपने प्रासाद में पहुँचा तब राजा सुदाम्र का संदेशवाहक उसकी प्रतीक्षा में बैठा था।

"अन्नदाता ने कहलाया है कि जब आप मुनि के आश्रम में जायँ तब राजप्रासाद से होकर जायँ। आपके साथ राजमहिषी और आपकी पुत्रवधू शशीयसी भी जाने वाली हैं।"

"मेरी पुत्रवधू शशीयसी?" बेसुध-से होकर हर्यश्व ने पूछा।

"जी हाँ, वे राजमहिषी के साथ में ही हैं और आपके आने तक वे

वहीं रहेंगी।"

मैं जागता हूँ या नहीं, यह निर्णय करने में भी असमर्थ बना वह एकटक देखता रहा।

कर्दम और उसके साथी आपस में झगड़ने लगे। किसने यह परिहास किया है? किसने शशीयसी को देखा? किसने भेद का स्वर सुना? झगड़ा करते-करते जब वे सब थक गए तब उन्हें सुध आई कि भेद के सेवक हमें देखेंगे तो मार डालेंगे। सब शान्त होकर प्रासाद की ओर बढ़े तो देखा कि वहाँ निःशब्द अंधकार फैला हुआ है।

अन्त में वे प्रासाद के पास पहुँचे तो जान पड़ा कि वहाँ भी कोई नहीं है। धीरे-धीरे उन्हें साहस आया और उन्होंने दीये जलाए। वे चारों ओर घूमे पर उन्हें कोई दिखाई नहीं दिया। उन्होंने घुड़साल में से घास-फूस बटोरी और प्रासाद में आग लगा दी।

प्रासाद में आग लगते ही लड़कों में उत्साह भर आया। वहाँ जो बड़े-बडे दास रहते थे, वे उनके घर में आग लगाने का प्रयत्न करने लगे। इन प्रयत्नों में वे अधिक सफल न हुए, तो वे लड़के और इस काण्ड में योग देने वाले आर्य सब मिलकर उधर पहुँचे जिधर दूसरे दास रहते थे। वहाँ जितने दास मिले उन सबको मारा और कितनों के घर भस्म कर दिये। प्रातःकाल की वेला निकट आने पर ये तृत्सुवीर अग्नि महोत्सव मनाकर अपने-अपने घर लौट गए।

: ८ :

राजा सुदास के चले जाने पर मुनिश्रेष्ठ वसिष्ठ, पुनः देवों की आज्ञा माँगने बैठे। यह अयाचित पुरोहितपद लें या न लें, यह प्रश्न उन्होंने देव वरुण से पूछा, और पक्षियों के पथ जाननें वाले देवाधिदेव ने उन्हें यह पद लेने की आज्ञा दी या नहीं, यह वे निश्चित न कर सके। किन्तु जिस अवसर के लिए वे जीवन-भर प्रयत्नशील रहे वह सामने उपस्थित हो गया है, यह उन्हें निश्चित प्रतीत होने लगा।

प्राचीन ऋषियों में जिन वसिष्ठों को देवगण सर्वाधिक प्रिय मानते थे उनकी विद्या और तप की पैतृक सम्पत्ति जबसे उन्हें गुरु के आश्रम में प्राप्त हुई थी तभी से जीवन के इस परम कर्तव्य के बारे में उन्हें कभी शंका नहीं हुई।

यदि उन्हें यह परम कर्तव्य पूरा करना न होता तो बालकपन में ही वसिष्ठों के विशाल आश्रम में तप करने वाले सैकड़ों शिष्यों में उनका श्रेष्ठत्व क्यों स्वीकार किया जाता, और छोटी ही अवस्था में उन्हें वसिष्ठों का कुलपतिपद क्यों प्राप्त होता? उन्हें तभी से स्पष्ट भान होने लगा था कि आर्यों के संस्कार, विद्या और विधि को यथापूर्वक पूर्णतया शुद्ध रखने का परम कर्तव्य देवों ने उनके ही सिर डाला है। गत सत्तर वर्षों के अपने जीवन-पट पर वसिष्ठ ने दृष्टिपात किया तो उन्हें स्पष्ट दिखाई देने लगा कि इस कर्तव्य को पूरा करने की आवश्यक योग्यता प्राप्त करने में उन्होंने प्रत्येक क्षण और प्रत्येक वृत्ति का उपयोग किया है।

साथ ही देवों ने उन्हें कसौटी पर कसने में कोई बात उठा न रखी थी। उनके बड़े भाई अगस्त्य के प्रखर व्यक्तित्व के विरुद्ध उन्हें कितने ही वर्षों तक अकेले ही लोहा लेना पड़ा था। राजा दिवोदास निरन्तर दस्युओं के साथ युद्ध किया करते थे। उसके परिणामस्वरूप आर्य अपने कुलाचार छोड़कर अपने घरों में दास रखने लगे, उनकी स्त्रियों के साथ सम्बन्ध करने लगे, और उनके पुत्र आर्यों के संस्कार कलुषित करने लगे। कितनी ही आर्याएँ भी दासों के साथ सम्बन्ध रखने लगी थीं। देवों की आराधना में स्खलन होने लगा था। कितने ही आर्य तो दासों के देवता की भी आराधना करने लगे थे।

उन्होंने बहुत तप भी किया, किन्तु इस अधोगति से आर्यों का उद्धार करने का मार्ग उन्हें नहीं सूझा। अपने तप के बल से वे केवल तपस्वियों के आचार शुद्ध रख सके।

आज उनके विस्मृत भीषण प्रसंगों की स्मृतियाँ पुनः हरी हो उठीं। यह प्रयत्न भी देवों ने सफल न किया। विद्या और तप में अद्वितीय ऋषि

लोपामुद्रा ने दासों के साथ परिचय बढ़ाकर उनके संस्कार के लिए आर्यों का जो तिरस्कार किया था उसे भी कम कराया। फिर तो देवों ने वसिष्ठ को कसौटी पर कसने में कोई कसर न छोड़ी।

फिर शम्बर का वध किया गया, पर मरते-मरते भी वह आर्यत्व को मृतप्राय कर ही गया। सहस्रों दास आकर आर्यों के घरों में नौकरी करने लगे। उनके और उनकी स्त्रियों के स्पर्श से आर्यत्व भ्रष्ट हो गया। अगस्त्य ने लोपामुद्रा से विवाह किया और विश्वामित्र ने उग्रा को स्वीकार किया।

"देवाधिदेव ! कैसा भयंकर काण्ड है," उनके मुँह से निकला।

उनकी विचारमाला आगे बढ़ी। उस समय उन्हें ऐसा संशय हुआ था कि उनका जीवन-कर्तव्य असत्य है, और उसी क्षण प्राण त्यागने का विचार भी उनके मन में आया था।

किन्तु उन्हें ऐसा भी भान हुआ था कि किसी ऐसे ही काम के लिए देवगण उन्हें जीवित रखे हुए हैं, यह बात भी उन्हें स्मरण हो आई।

उन्होंने भीष्मप्रतिज्ञा की—जहाँ विश्वामित्र वहाँ मैं नहीं। जहाँ आर्यत्व की शुद्धि न हो, वहाँ वसिष्ठ नहीं रह सकते।

देवों ने उन्हें विचित्र शक्ति प्रदान की और सम्पूर्ण आश्रम-सहित वे तृत्सुग्राम से चल दिए। आर्य-संस्कार की विशुद्ध ज्योति लेकर उन्होंने निरभिमान होकर अपने मन-ही-मन इस अभिनिष्क्रमण का वर्णन किया।

देदों द्वारा दिया हुआ आश्वासन आज उन्हें सफल होता दिखाई देता था। अब इस ज्योति द्वारा आर्यों के संस्कार सतेज करने की आज्ञा प्राप्त होने का समय आ पहुँचा था। तीसरे दिन मुनियों में श्रेष्ठ वसिष्ठ सूर्यदेव को अर्घ्य देकर सदा के समान अपनी कुटी के आगे यज्ञकुण्ड के पास बैठे अग्नि की आराधना कर रहे थे।

अरुन्धतीपद की अधिकारिणी उनकी पत्नी उनकी प्रत्येक चेष्टा भक्ति-भाव से निरख रही थी। उनका बड़ा पुत्र शक्ति और उनके अग्रगण्य शिष्य सब गुरु पर दृष्टि जमाकर बैठे थे।

सब जानते थे कि गुरुदेव आज देव की जो आज्ञा माँग रहे थे वह

अभी तक प्राप्त नहीं हो सकी है। किन्तु जिस कर्तव्य के लिए उन्होंने देह धारण की है उसे फलते देखकर ये सब अननुभूत उल्लास का अनुभव कर रहे थे। मुनि जो कर रहे थे उसमें संयम दृष्टिगोचर होता था। वे जो समिधा अग्नि में डाल रहे थे, वह भी अभ्यास से और विचारपूर्वक। वे अग्नि की आराधना करते समय मौन होकर ऋत के रहस्य शोधने में ध्यानमग्न हो गए। अग्नि में ज्वाला प्रज्वलित हुई। इससे क्या सूचित होता था? एक शिष्य ने आकर इस प्रश्न का उत्तर-सा सूचित किया कि महिषी पौरवी, सेनापति हर्यश्व, उनकी पुत्रवधू शशीयसी और थोड़े-से तृत्सु महाजन आये हैं।

वे सब चले आये।

शशीयसी जब भेद से अलग हुई तब भी हृदय से वह वृद्ध कवि के साथ चली गई। सेनापति ने अपने परिचर के कपड़े ज्यों-त्यों उसे लपेट-कर अपने घोड़े पर बिठाकर उसे राजप्रासाद के पास उतार दिया।

"पौरवी रानी के पास चली जा। आज तो बच गई। फिर कभी ऐसा न करना," वृद्ध कवि ने जाते-जाते कहा। "तुझ जैसी आर्याएँ तो सर्वनाश करा बैठी हैं।"

बिना कुछ कहे शशीयसी राजप्रासाद में चली गई। स्वतः बच गई, इसलिए उसके शरीर से जो सुगन्धि अभी भी आ रही थी उस सुगन्धि के स्वामी का उसे स्मरण हो आया। भेद का क्या हुआ होगा?

कुछ करने की उसे उत्कण्ठा हो उठी। वह दौड़ती हुई रानी के पास गई और आज की बातों की जो चर्चा चल रही थी उसमें सम्मिलित हो गई। जब उसने सुना कि वसिष्ठ को निमन्त्रित करने के लिए हर्यश्व जाने वाले हैं तब उसने कहा कि ऐसे महत्त्वपूर्ण कार्य के लिए स्वयं रानी को ही जाना चाहिए। यह बात सबको अच्छी लगी और परिणामस्वरूप रानी स्वयं दलबलसहित मुनि वसिष्ठ के यहाँ चली आई।

"पुत्री, बहुपुत्रवती बनो," मुनि ने आशीर्वाद दिया। "हर्यश्व, शत-शरद् जीवित रहो; और बालिके," वसिष्ठ ने तटस्थता से शशीयसी को

सम्बोधित किया, "आर्यत्व को सुशोभित करने की देव तुझे शक्ति प्रदान करें। महाजनो! चिरंजीवी बनो।"

सब बैठ गए। शशीयसी के झुके हुए नयनों में जिज्ञासा और भय के साथ-साथ द्वेष भी था। ये भयंकर मुनि उसे और भेद को अलग करना चाहते हैं और अब उन्हीं के साथ रहना पड़ेगा! वह जाकर रानी के पास बैठ गई। कोई बोला नहीं।

थोड़ी देर तक मुनि अग्नि की ओर देखते रहे और फिर कहा, "महिषी, बड़ा अच्छा किया, आप आईं। कहिए क्या कहना है?"

"राजा ने प्रणाम कहलाया है," हर्यश्व ने कहा। "महाजनों ने आपके आगमन पर सहर्ष बधाई दी है।"

"हूँ।"

"आपने जो आदेश दिये थे उनकी घोषणा भी हो चुकी है।"

"दोनों की?"

"जी हाँ।"

शशीयसी ने एक द्वेष-भरी दृष्टि वसिष्ठ पर डाली। वसिष्ठ तो अग्नि की ओर ही देख रहे थे।

"हम सब आपका स्वागत करने के लिए आतुर हो रहे हैं," पौरवी ने कहा।

मुनि के मुख पर मन्द हास्य छा गया, "सब?"

"कुछ लोगों को भले ही अच्छा न लगता हो," रानी ने सुधार किया।

"क्या आप अब भी ऋषि विश्वामित्र को सन्देश भिजवाने की आवश्यकता समझते हैं?" हर्यश्व ने पूछा, "हमें तो आवश्यकता नहीं जान पड़ती।"

"तुम्हें न जान पड़ती हो यह मैं समझता हूँ, किन्तु उनकी अनुमति के बिना मैं नहीं आ सकता। बेटा," उन्होंने दूर बैठे हुए शक्ति की ओर देखकर कहा, "सूर्य तपने से पहले ही चले जाओ।" फिर हर्यश्व की ओर

देखकर उन्होंने कहा, "किन्तु जान पड़ता है अभी राजा सुदास का सन्देश पूरा नहीं हुआ।"

रानी ने कहा, "राजा ने लोमा बहन को मर्यादा में बाँधना प्रारम्भ किया है।" शशीयसी ध्यान से सुनने लगी।

"यह मैं नहीं जानना चाहता था," मुनि ने कहा।

"तब ?"

"मैंने तो पुछवाया था कि वह क्या करना चाहती है," मुनि ने कहा।

"वह तो जो राजा कहेंगे वही करेगी," रानी ने विश्वास दिलाया।

"अच्छा !" मुनि ने शंका की, "मैं नहीं मानता।"

मुनि की शंका को मूर्तिमान करते हुए सहसा लोमहर्षिणी और राम वहाँ आ पहुँचे। लोमा ब्रह्मचारी के वेष में थी।

उसका मोहक मुख और सुन्दर शरीर जटा और वल्कल में और भी आकर्षक प्रतीत होते थे। राम भी ऐसे ही वेष में था, पर उसके बाल खुले थे और उसके गम्भीर मुख से ऐसा भास होता था मानो सूर्य की किरणें फैलकर निकल रही हों। लोमा ऐसी लगती थी मानो अभी अन्तरिक्ष से उतरी चली आ रही हो।

हर्यश्व की जीभ तालु से चिपट गई। लोमा किसी से दबने वाली नहीं थी। उसने पहले कभी मुनि को देखा नहीं था, पर तुरन्त ही पहचान लिया। पैर छूकर वह बोली, "मुनिश्रेष्ठ, आशीर्वाद दीजिए। मैं लोमहर्षिणी राजा दिवोदास की पुत्री और ऋषियों में श्रेष्ठ भगवती लोपामुद्रा की शिष्या पाँव पड़ती हूँ।"

निःसंकोच भाव से उसने वसिष्ठ के पैर छुए। वहाँ बैठे हुओं को ऐसा धक्का लगा मानो पृथ्वी फट गई हो। इस आश्रम में मुनि की उपस्थिति में लोपामुद्रा का नाम लेना अकल्प्य था, और यहाँ तो उसकी शिष्या ही चली आई थी।

मुनि ने आँखें बन्द कर लीं। क्या होगा, वह सब अनिमेष दृष्टि से देखते रहे। उन्होंने जब आँखें खोलीं तब उनका तेज स्थिर और भाव-

विहीन था।

"मेरे आशीर्वाद की तुझे क्या आवश्यकता है ?" उन्होंने धीरे से पूछा, "मैं तो इतनी ही प्रार्थना आदित्यों से करता हूँ कि उनकी कृपा तुझ पर हो जिससे तुझे आर्यत्व प्राप्त हो। और···" मुनि की दृष्टि राम पर पड़ी। इस मस्त, स्वस्थ और तेजस्वी बालक की ओर उन्होंने प्रशंसा के भाव से देखा। उन्होंने बालक के विषय में बहुत सी बातें सुनी थीं।

"यह कौन ? जमदग्नि का पुत्र है ?" उन्होंने हँसकर पूछा।

राम ने प्रणिपात करके मुनि की चरण-रज सिर पर चढ़ाई। मुनि उसके सुन्दर शरीर और तेज-भरी मुख-कान्ति देखकर क्रोध भूल गए और उसके सिर पर हाथ रखा—"वत्स, अपनी तपस्या से आर्यों को तारना। तुम्हारा नाम क्या है ?"

राम ने हाथ जोड़कर कहा, "राम !"

यह रूप, विनय और कान्ति देखकर मुनि और भी अधिक आकर्षित हुए। "वत्स, इधर आओ," कहकर उन्होंने उसका हाथ खींचकर अपने पास बिठा लिया, "आर्यों की कीर्ति उज्ज्वल करेगा न ?" विमद ने आकर प्रणाम किया और मुनि ने जमदग्नि तथा रेणुका के समाचार पूछे।

"मुनिवर," लोमा ने कहा, "मैं आपसे कुछ कहने आई हूँ।"

मुनि पुनः तटस्थ हो गए, "क्या ?" और फिर अग्नि की ओर देखने लगे।

"यही कि मेरे भाई ने आपको पुरोहित बनने का निमन्त्रण दिया है, उसे आप स्वीकार न करें।"

"अरे ! यह क्या कहती है ?" रानी उसकी धृष्टता से घबराकर बोली।

"कहने दो उसे," मुनि ने कुछ हँसकर पूछा, "क्यों ?"

"सच्ची बात कह दूँ ?"

"यहाँ सत्य ही कहने आई है न ?"

"तो सुनिए, विश्वामित्र को मेरे पिताजी पुरोहित बना गए हैं। मैं अपने पिताजी के वचन अपने भाई द्वारा मिथ्या न होने दूँगी।"

"जो राजा हो वह पुरोहित की प्रतिष्ठा करे," मुनि ने कहा।

"इतने वर्षों के पश्चात् आप क्यों आते हैं? आप अस्वीकार कर दीजिए।"

"मुझे देव की आज्ञा होगी तो अवश्य आऊँगा।"

"किन्तु हमें तो विश्वामित्र ही चाहिए।"

"मेरे प्रति इतनी अरुचि क्यों?"

"मेरे पिता, गुरु अगस्त्य और भगवती लोपामुद्रा, ये तीनों जो कुछ कर गए हैं, वह सब आप मिटा देना चाहते हैं इसलिए।"

"यदि आर्य-संस्कार की पुनः स्थापना में दोष हो तो यह दोष ही लेने के लिए देव ने मुझे आयु प्रदान की है।"

"तो क्या मुनि अगस्त्य, भगवती और विश्वामित्र ऋषि आर्यत्व भ्रष्ट करते हैं?" कमर पर हाथ रखकर लोमा ने पूछा।

"लोमा, यदि मुझे यह विश्वास न होता तो मैंने कभी का यह शरीर त्याग दिया होता।"

"तो यह कहिए न कि आप हमारे पुरोहित होना चाहते हैं।"

"इसी लोभ को दूर करने के लिए ही तो मैं शक्ति को ऋषि विश्वामित्र के पास पूछने के लिए भिजवा रहा हूँ कि यह पद मैं लूं या न लूं।"

"और यदि वे स्वीकार न करें तो?"

"तो मैं ग्रहण नहीं करूंगा। और कुछ?"

लोमा खड़ी हो गई। "तो मैं जाती हूँ, ऋषि विश्वामित्र के पास। मुझे पुरोहित नहीं बदलने हैं। मैं जानती हूँ, आप आकर क्या करना चाहते हैं। संस्कार के नाम पर आप चारों ओर वैर और दुःख फैलाना चाहते हैं।"

"आर्यत्व के संरक्षण के लिए जो बलिदान देना पड़ेगा वह तो अवश्य दूंगा ही।"

"तो मुनिराज, मैं लोमहर्षिणी, भगवती की शिष्या," सिंहनी के समान उग्रता से लोमा गरजी, "आपको स्पष्ट कहे देती हूँ कि जब तक आपको

इस पद से हटा नहीं दूंगी तब तक चैन न लूंगी।"

"लोमा, लोमा," रानी पुनः बीच में बोल उठी।

"और अब मैं विश्वामित्र के पास जाती हूँ।"

"आप, लोमा जी ?" हर्यश्व ने पूछा।

"हाँ।"

"किन्तु आपके भाई क्या कहेंगे ?" रानी ने कहा।

"जिसने मेरे पिता की अवगणना की वह भाई काहे का ? मुझे जहाँ जाना होगा वहाँ मैं जाऊँगी। मुनिवर्य, जाती हूँ। किसी दिन स्मरण कीजिएगा कि मैंने क्या कहा था। चलो राम !"

"मुनिवर, आज्ञा दीजिए," राम ने अनुमति माँगी।

"तुम कहाँ जाते हो ?"

"मैं राजा हरिश्चन्द्र के यहाँ पिताजी के पास जाता हूँ।"

"लड़की," धीरे से किन्तु कड़ाई से वसिष्ठ ने कहा, "यह काम तुम्हारा नहीं है। तुम महिषी के साथ लौट जाओ। तुम्हारा स्थान तुम्हारे भाई के पास है।"

निर्लज्जता से लोमा हँसी। "स्वर्ग से देवताओं को उतार लाऊँगी, किन्तु भाई ने जो सोचा है वह कभी न होने दूँगी। चलो राम," कहकर क्रोध से भरी हुई लोमा जाने लगी।

हर्यश्व ने मुनि से पूछा, "क्या मैं इसे रोकूँ ? राजा सुदास क्या कहेंगे ?"

राम ने प्रश्न सुना और उसकी आँखें विकराल हो गईं। वह हर्यश्व तथा लोमा के बीच आकर खड़ा हो गया। मुनि ने विचार किया। "विमद, तुम साथ में हो न ?" उन्होंने पूछा।

"जी हाँ," विमद ने कहा।

"तो कोई चिन्ता नहीं हर्यश्व, शक्ति भी साथ में जाती ही है तो जाने दो।"

"पर अर्जुन वीतहव्य के आने पर उससे इसका विवाह करना है।"

"मेरा विवाह ?" लोमा ने कहा और सिर हिलाकर मुनि तथा रानी का तिरस्कार करती हुई लोमा राम को लेकर चली गई।

"मैं जानता ही था कि लोमा सरलता से नियन्त्रण में न आएगी। शक्ति, तुम इसे लौटा लाना। महिषी, आप सब भोजन करके जायँ।"

"जो आज्ञा। पर आपका उत्तर ?" रानी ने पूछा।

"मेरा या देवों का ? मुझे जान पड़ता है कि देव मेरा उपयोग अवश्य करेंगे, 'ना' नहीं कहेंगे।" मुनि ने विश्वास दिलाया।

: ६ :

अपने शस्त्र-विद्या के गुरु और भरत, तृत्सु तथा भृगुओं की संयुक्त सेना के नायक वृद्ध कवि की आज्ञा के अनुसार राजा भेद अपने सेवकों को साथ लेकर ऋषि जमदग्नि के आश्रम में आ पहुँचा। शाशीयसी के पास से जिस प्रकार उसे भागना पड़ा था वह उसे अच्छा नहीं लगा था। दासों से कितने ही आर्य जलते थे, इस बात को भी वह जानता था। तो भी उसे यह विश्वास नहीं था कि स्थिति इतनी गम्भीर हो जायगी।

वृद्ध कवि के सहसा आ जाने पर वह स्वतः कैसी अधम दशा में पड़ गया था, यह उसकी समझ में आया।

वसिष्ठ-विश्वामित्र का विरोध उसके लिए अवकाश के समय उपहास करने का विषय था। उसके जगत् में विश्वामित्र तो ध्रुव के समान निश्चल मध्यबिन्दु थे। इस मध्यबिन्दु को हटाने के प्रयत्न को वह अपने मन में बालिशता की पराकाष्ठा समझते थे। एकदम यह मध्यबिन्दु हट गया। वृद्ध कवि की उग्रता से उसने भाँप लिया कि बात बहुत गम्भीर हो चली है।

विश्वामित्र के चले जाने का अर्थ यह है कि उसकी और उसके जनों की बुरी दशा होगी। हर प्रकार से आर्यश्रेष्ठ की बराबरी करने वाले दासश्रेष्ठ को भी गाँव के बाहर रहना पड़ेगा। वह आर्यों के साथ बराबरी का सम्बन्ध नहीं रख सकेगा। अब से जो भी दास किसी आर्या के

साथ संसर्ग रखेगा वह पागल कुत्ते के समान वध करने योग्य समझा जायगा।

भेद क्रोध से आगबबूला हो गया। उसके पिता दिवोदास के समवयस्क थे। यदि दिवोदास हारे होते तो सुदास के स्थान पर आज वही राज्य करता होता। आज केवल विश्वामित्र की कृपा से ही वह इस प्रकार विचरण कर रहा था। वह दास था, इसीलिए ही उसे इस प्रकार भागना पड़ा।

आर्य राजाओं से वह किस बात में कम था ? उसके समान चतुर, चपल और संस्कारयुक्त बहुत थोड़े लोग थे। इतना ही नहीं, आर्यों के रहन-सहन को भी जितने अच्छे ढंग से उसने सुशोभित किया था, उतना किसी ने नहीं किया था। स्वयं विश्वामित्र ने उसे गायत्री सिखाई थी। उसने बड़े-बड़े यज्ञ करके देवों की भी आराधना की थी, तो भी वह दास था, पशु के समान उसका वध किया जा सकता था। उसे सिखाया गया था कि शम्बर व्यर्थ ही आर्यों के साथ लड़ा करता था। आज शम्बर की चतुराई उसकी समझ में आ गई। इस अधमता को सहन करने की अपेक्षा रणांगण में मरना ही श्रेयस्कर था।

प्रतिदिवस उसके चारों ओर लोभी आर्य मँडराया करते थे। आज उसके पास कोई नहीं दिखाई दे रहा था। इन सबमें अकेली शशीयसी ही उसे निःस्वार्थ-भाव से चाहती थी। पर वह गोरी, गोरे लोगों की थी। वह स्वतः काला था, दास था।

वृद्ध कवि ने उसे तुरन्त अपने राज्य में चले जाने की सम्मति दी थी। यदि उसे कुछ हो गया तो इसका क्या परिणाम होगा ? विश्वामित्र की आज्ञा के बिना भरत या भृगु लोग तृत्सुओं के साथ विग्रह मोल नहीं ले सकते थे।

कटुतापूर्वक भेद ने अपनी स्थिति का विचार किया। ये सब आर्य थे; वह दास था, वह विश्वामित्र का साला होते हुए भी आर्य नहीं था। उसके लिए आर्य परस्पर विग्रह कैसे कर सकते हैं ? वह तो काले वर्ण का था,

दास था।

काला, दास, अधम आदि शब्द उसके कान में कितनी ही देर तक गूंजते रहे।

इतने में उसे ढूंढ़ते हुए दास महाजन समाचार लेकर आ पहुँचे। आर्यों ने उसका प्रासाद जला दिया था। किसी-किसी दास पर मार भी पड़ी थी। किसी-किसी के घर आग भी लगा दी गई थी। नगर में दासों की हत्या हुई थी।

भेद का रक्त खौल उठा।

वह, उनका राजा, राजा शम्बर का पुत्र, इस प्रकार कायर के समान छिपकर घूम रहा था। अपनी अधमता वह भली प्रकार समझ गया। जो हारा वह मारा गया। आज वह तो दास था, काले वर्ण का था।

उसके हृदय में व्याप्त विष में से संकल्प का उदय हुआ। उसने तृत्सु-ग्राम से चोर के समान नहीं प्रत्युत विजेता के समान जाने का संकल्प किया। दासों के पास जितने घोड़े थे उतने उसने मँगवा लिए और उन्हें अपने राज्य में चलने की आज्ञा दी। पर उनमें से बहुतों ने उसके साथ जाना अस्वीकार कर दिया। उन्होंने हाथ जोड़कर कहा, "यह तो बादल आया है, उड़ जायगा और फिर पूर्ववत् स्थिति हो जायगी। हड़बड़ाना और घबराना उचित नहीं है।" भेद के क्रोध का पार न रहा, "जाओ, तुम लोग आर्यों के पशु बनकर रहने योग्य हो।"

दो सौ घुड़सवार तो उसके अपने थे। दूसरे पचास के लगभग महाजन साथ हुए, और इन सबको लेकर दिन निकलते ही उसने अपने राज्य का मार्ग पकड़ा। ग्राम छोड़ते समय उसने भी आर्यों के कितने ही घरों को फूंक डाला।

राजा भेद ने गाँव छोड़ते समय पीछे फिरकर दृष्टि डाली। यहीं वह बड़ा हुआ था, यहीं उसने पढ़ा-लिखा था, आनन्द मनाया था, और वह सुखी हुआ था। आज उसे किसी हिंसक और वध्य पशु के समान सब दूर हाँक रहे थे।

थोड़ी देर के पश्चात् उसने घोड़ा रोका और फिरकर इस प्रिय और परिचित स्थान के दर्शन किये। परुष्णी बह रही थी, कल्लोल करती हुई—इन सब द्वेषों से अस्पृष्ट। ग्राम में बहुत से स्थानों में उसी प्रकार की ज्वालाएँ उठती दिखाई दीं, जिस प्रकार उसके हृदय में उठ रही थीं। उसके चारों ओर प्रासादों और आश्रमों की सुशोभित घटाएँ शोभायमान थीं। फिर उसे ये सब कब देखने को मिलेंगे!

उसके हृदय में द्वेष की बाढ़ आ गई। ये सब उसके किस प्रकार हो सकते हैं? यह तो उसके शत्रुओं की सम्पत्ति है, जिसे उसके दासों ने कोड़े खा-खाकर तैयार किया है। और फिर भी वह काला दास भेड़िये के समान वध करने योग्य है। जो वह आर्य राजा होता तो वह भी शशीयसी के साथ आनन्द-विहार करता, उसे पूछने का भी कोई साहस न करता, किन्तु वह तो वध करने योग्य है।

इन सबमें केवल शशीयसी ही एक ऐसी थी, जिसे रंग-द्वेष नहीं था। उसके मुख का स्वाद अभी भी उसके मुख में व्याप्त था। वह तो अद्भुत थी। यदि वह स्वतः गोरा होता तो! उसने दाँत पीसे। पर वह तो काला था। भेड़िये के समान वह वध्य ही था।

उसके अङ्ग-अङ्ग में विष व्याप गया। कोई दिन ऐसा भी आएगा जब वह बता देगा कि वह राजा शम्बर का पुत्र है। पर कब? विश्वामित्र थोड़े महीनों के लिए ही हट गए तो उसकी यह दुर्दशा हुई; यदि वह न हों तो दास क्या कर सकते हैं? इस समय उसके साथ उसके राज्य में आने का भी दासों में साहस नहीं था, तो ये सब इकट्ठे होकर किस प्रकार आर्यों का सामना कर सकेंगे?

इस प्रकार विचार करते हुए राजा भेद ने अपने गाँव का मार्ग लिया। जब सूर्य सिर पर चढ़ आया तब उसने और उसके साथियों ने पेड़ों के तले बैठकर थकावट दूर की और घोड़ों को नहलाकर आराम दिया तथा फिर यात्रा प्रारम्भ कर दी।

कुछ आगे बढ़ने पर वसिष्ठ का आश्रम मिला। उसे देखकर भेद उग्र

हो गया। उसके सब दुखों की जड़ ये मुनि ही थे। वे दासों के कट्टर शत्रु थे। उन्होंने दण्डविधान की घोषणा कराकर उसका वध कराने के लिए तृत्सुओं को प्रोत्साहित किया था। किसी दिन इन्हें भी वह समझ लेगा।

आश्रम के पास ही तीन-चार रास्ते फटते थे। लोग आश्रम में से निकलकर परुष्णी नदी की ओर चले जा रहे थे। नदी में नावें देखकर उसे आश्चर्य हुआ, क्योंकि नावें राजा सुदास की थीं।

प्राण-संकट होने पर भी वह जिज्ञासा न रोक सका। रास्ते के पास एक छोटी-सी टेकड़ी पर खड़े पेड़ के पीछे से वह ध्यान से देखने लगा कि नावों में कौन जा रहा है।

मुनि को कभी पहले न देखे रहने पर भी उसने तुरन्त पहचान लिया। उनका तेज, मन्द गति और एकाग्र दृष्टि उन्हें पहचानने के लिए पर्याप्त थे, अन्यथा अन्य लोग क्यों उनके मान की रक्षा करते हुए चलते ? और—

भेद का गला रुँध गया। उनके साथ····पौरवी रानी···और उनके साथ सुन्दर लावण्यमयी शशीयसी ! हाँ, वही थी। सृष्टि में अन्य ऐसी कोई हो ही नहीं सकती।

साथ में हर्यश्व और कुछ थोड़े-से तृत्सु महाजन थे, थोड़े तपस्वी भी थे।

शशीयसी के बालों पर पड़ती हुई सूर्य की किरणें उसने देखीं। यही बाल न जाने कितनी बार उसकी उँगलियों में से पानी के समान निकल भागे थे—काले, सुन्दर, लम्बे और पुष्पों से सुगन्धित···और उसका हृदय विचलित हो उठा, उसकी जीभ ने निःशब्द उत्कण्ठा से 'शशीयसी' शब्द का उच्चारण किया। मरुभूमि में तड़पने वाला जिस प्रकार पानी के लिए तरसता है; इसी प्रकार उसकी नस-नस शशीयसी के लिए तरसने लगी।

वह अकेली नहीं थी। साथ में मुनिश्रेष्ठ भी थे। हर्यश्व और महाजन भी साथ में थे, यह ध्यान उसे था।

उसे तत्काल स्मरण हुआ कि आर्यों की पुनीत प्रणाली के अनुसार आश्रम में शस्त्र नहीं ले जाये जा सकते; और वहाँ किसी प्रकार का

अत्याचार नहीं किया जा सकता। पर यह तो आर्यों की प्रणाली है। उसे इससे क्या? वह कहाँ आर्य है? वह तो काला दास, वध करने योग्य भेड़िया था। उसके ओंठ क्षुधार्त भेड़िये के समान चलायमान हुए।

उसे थोड़ा ही चेत रहा···उसकी नसें शशीयसी को पुकार रही थीं। इस समय उसके साथ सशस्त्र मनुष्य थे। उसके हृदय में उल्लास का सागर हिलोरें मारने लगा—उसके कट्टर शत्रु वसिष्ठ के सामने, उनके आश्रम के पास से वह विवाहित आर्या को उठा ले जाय तो? ठीक, ठीक, यही वसिष्ठ को उसका सीधा और सच्चा उत्तर होगा।

वह शम्बर के निन्यानवे गढ़ों का स्वामी था। पल-भर में उसने खड्ग निकाला और अपने वीर पिता का युद्ध-घोष किया— "ई ई ई ऊ ऊ ऊ।"

वसिष्ठ आदि इस गर्जना को सुनकर चौंककर पीछे घूमे।

सुवर्णमय कवचों से सुसज्जित योद्धा, काले प्रचण्ड घोड़े पर हाथ में खड्ग लेकर, टेकड़ी पर से उन पर चढ़ा चला आ रहा था।

दासों की युद्ध-घोषणा सुनाई न पड़ी होती और घुड़सवार के शरीर का श्याम-वर्ण दिखाई न पड़ा होता तो वे समझते कि वृत्र को मारने वाला इन्द्र ही चला आ रहा है, पर यह तो कोई दास था।

वे जहाँ खड़े थे वहीं खड़े रहे। उनकी आँखों से चिनगारियाँ निकलने लगीं। निःशस्त्र हर्यश्व और महाजन घबराहट से दूर हट गए। इस आकस्मिक भय को रोकने में असमर्थ पौरवी रानी घबराहट से चिल्लाने लगी और बेसुध होकर भूमि पर गिर पड़ी।

शशीयसी जहाँ-की-तहाँ स्तब्ध खड़ी रह गई। घबराई हुई आँखों से उसने अपने राजा भेद को आते देखा।

इन्द्र के अश्व के समान घोड़ा उनकी ओर बढ़ता चला आया। दृढ़ हाथों से रोके जाने के कारण वह बड़े झटके से खड़ा हो गया।

हर्यश्व और दो-तीन महाजन नाव में पड़े हुए अपने धनुष-बाण

लेने दौड़े।

राजा भेद ने घोड़े को सँभाला, अद्‌भुत कला से उसे घुमाया और देखते-ही-देखते पास में खड़ी हुई शशीयसी की कमर में हाथ डालकर उसे घोड़े पर चढ़ा लिया। वह चिल्लाई।

वसिष्ठ और दो महाजन घोड़ा रोकने के लिए आगे बढ़े।

घोड़े ने छलाँग मारी और इस प्रकार टेकड़ी पर चढ़ गया मानो उसके पंख लगे हों। रेती पर के चिह्नों के अतिरिक्त उसका कोई चिह्न न रहा। दूर जाते हुए अनेक घोड़ों के टापों की ध्वनि सुनाई दी। अनेक कण्ठों की विजय-घोषणा भी सुनाई दी—"ई ई ई ऊ ऊ ऊ !"

किन्तु महाजनों और तपस्वियों की इधर-उधर दौड़ने और बोलने की वृत्ति जैसी उत्पन्न हुई थी वैसी ही दब गई।

मुनिश्रेष्ठ वसिष्ठ जहाँ-के-तहाँ खड़े रह गए। उनकी ज्वाला-भरी आँखें टेकड़ी की ओर गईं। ओंठ-पर-ओंठ दाबकर उन्होंने अपना जटा वाला सिर इस प्रकार ऊपर उठाया मानो आकाश को छू रहा हो।

जब राजा भेद की घोषणा सुनाई दी तो मुनि ने अपनी बन्द आँखें खोलीं, "शक्ति, हाथ का सहारा दो।"

कोई बोला नहीं। मुनि की मूक उग्रता से वातावरण भयपूर्ण बन गया था।

मुनि और शक्ति दोनों पौरवी रानी को उठाकर रेती पर पड़ी हुई नाव में सुला आए और उनके साथ आई हुई औरतें उनकी सेवा-शुश्रूषा में लग गईं।

मुनि नाव पर हाथ रखकर खड़े रहे। "शक्ति !" और उनके स्वर में घंटानाद की झंकार थी, "जाओ, और ऋषि विश्वामित्र से कहना कि वसिष्ठ के आश्रम में उनकी आँखों के सामने शम्बर के पुत्र भेद ने, सशस्त्र आकर, सृञ्जय की पुत्री और सेनापति हर्यश्व की पुत्रवधू का अपहरण किया है।"

"जो आज्ञा," शक्ति बोला।

"और"'ऋषि से जाकर यह भी कहना कि यदि वसिष्ठ में तपोबल होगा तो भेद का संहार करके आर्यमात्र इस अब्रह्मण्य कार्य का प्रायश्चित करेगा।"

युवा पुरुष की-सी स्फूर्ति के साथ वृद्ध मुनि कूदकर नाव में जा बैठे, "वत्सो! सब वसिष्ठों के आश्रम में लौट जाओ और कह आओ कि अनार्यों के विनाश के लिए, आर्यत्व के उद्धार के निमित्त आज देवों ने मुझे आर्यों का पुरोहितपद दिया है। और मेरा प्रण है कि भेद का वध करके सप्त-सिन्धु को विशुद्ध करूँगा। केवट, नाव को तृत्सुग्राम ले चलो।"

मुनिश्रेष्ठ देवों के तेज से देदीप्यमान हो गए।

दूसरा खण्ड

बटुकदेव

: १ :

लोमहर्षिणी, राम और विमद तीनों घोड़ों पर चढ़कर राजा हरिश्चन्द्र के यहाँ जाने के लिए चल पड़े।

लोमा बड़ी प्रसन्न थी। उसने एक ही फटकार में सुदास और वसिष्ठ दोनों को छकाया था, तृत्सुग्राम का संकुचित वातावरण छोड़कर बाहर चली आई थी और राम के साथ घूमने निकली थी। राजा दिवोदास की सन्तान और भगवती लोपामुद्रा की शिष्या के नाते वह विश्वामित्र से पुरोहितपद न छोड़ने की प्रार्थना करने जा रही थी। इस कारण उसके उल्लास में कर्तव्यनिष्ठा का अंश भी मिश्रित था।

वह और राम दोनों बराबर-बराबर घोड़ों पर चढ़े जा रहे थे। यह भी उसके लिए बहुत सुख की बात थी। राम के अश्व-संचालन-कौशल पर वह सदा से मुग्ध होती रही है। जब वह घोड़े पर बैठता था, घोड़ा उसका अङ्ग बन जाता था। चौदह वर्ष की अवस्था में ही वह अश्वविद्या में निपुण हो गया था। अड़ियल-से-अड़ियल घोड़ा भी उसका स्वर सुनते ही ठण्डा हो जाता था। जंगली घोड़ों को भी ठीक करना उसे आता था, घोड़ियों की देखभाल और टट्टुओं का पोषण भी वह जानता था।

इस समय भी वह एक ऊंचे बड़े घोड़े पर जमा बैठा था—स्वस्थ, गम्भीर और भव्य। उसका मोहक मुख तेज से तप रहा था। उसकी काली-काली आँखों का तेज जहाँ बरसता वहाँ आग भड़क उठती थी।

: २ :

राम के जन्म से ही उस पर जिन तीन व्यक्तियों का अधिकार था उनमें से लोमा भी एक थी। आज पहली बार वृद्ध कवि चायमान तृत्सु-ग्राम में पीछे रह गए थे; अम्बा—भगवती रेणुका—ऋषि जमदग्नि के साथ राजा हरिश्चन्द्र के यहाँ चली गई थीं, और आज लोमा ही अकेली उसके साथ थी।

राम के जन्म की घटना का स्मरण अम्बा और वृद्ध कवि सदा किया करते थे। तृत्सुग्राम में, भृगुओं के आश्रमों में और भृगु के शिष्य अनु और द्रुह्यु जाति वालों के निवास-स्थानों में तो इस स्मरण ने दन्तकथा का रूप धारण कर लिया था।

यह सब घटना विद्या और तप की जननी सरस्वती माता के तट पर, महाअथर्वण ऋचीक द्वारा स्थापित भृगुग्राम में स्थित भृगुश्रेष्ठ ऋषि जमदग्नि के आश्रम में हुई थी। इस दिवस के समान भयङ्कर दिवस बड़े-बूढ़ों ने भी कभी नहीं देखा-सुना था।

लोमा को उस दिवस के अनुभव प्रायः स्मरण हो आया करते थे। लोमा स्वतः उस दिन आश्रम में ही थी। उसकी माता जन्म के समय ही चल बसी थी, इसलिए माँ की मौसेरी बहन भगवती रेणुका ने ही उसका पालन-पोषण किया था और इससे वह भी रेणुका को अम्बा ही कहती थी।

उस दिन इन्द्र क्रुद्ध हो उठे थे। मेघ-गर्जन और बिजली की चमक से पृथ्वी काँप उठी थी। नदी में बाढ़ आई थी, और कितने ही वृक्ष, पशु और मनुष्य उस बाढ़ में बह गए थे।

उसी समय अम्बा को प्रसव-वेदना हुई, इसलिए एक स्त्री लोमा को पकड़कर झोंपड़ी के बाहर ले आई थी। उसने बहुत चपलता की थी, यह उसे स्मरण था। सामने की झोंपड़ी में जमदग्नि ने हाथ पकड़कर उसे अपने पास बिठाया था। "यदि तू चपलता करेगी तो मैं तुझे तृत्सुग्राम भिजवा दूंगा," उन्होंने कहा था।

कहीं अम्बा को छोड़कर सचमुच न चला जाना पड़े, इसलिए उसने आंसू रोककर रोना बन्द कर दिया था, ऐसा कुछ उसे स्मरण था।

वह ऋषि के पास बैठी रही। ऋषि भी पत्नी की चिल्लाहट से घबराये हुए थे। सामने वृद्ध कवि बैठे थे। वे वृद्ध भार्गव कुछ इधर-उधर की बातों में बहलाकर ऋषि को आश्वासन देते थे।

लोमा को स्मरण था कि उसी समय से वृद्ध कवि ने यह मांग करनी प्रारम्भ कर दी थी। "देखो भृगुश्रेष्ठ," वे कह रहे थे, "यदि इस समय भगवती को पुत्र प्राप्त हो तो उसे आपको मेरे हाथों सौंपना पड़ेगा। कवियों की युद्ध-विद्या का स्वामी मैं हूँ। तुमने तो कुछ सीखा नहीं। मैंने सब विद्या सुरक्षित रख रखी है। वह सब तुम्हारे इस पुत्र को मुझे सिखानी है।"

वृद्ध कवि इस प्रकार बोलते ही रहे। ऋषि बड़े करुणार्द्र भाव से मन्त्र पढ़ते जा रहे थे। बाहर सरस्वती के चढ़ते हुए पूर की ध्वनि आ रही थी, ऊपर से मूसलाधार वर्षा हो रही थी, रह-रहकर बादल गरज रहे थे, बिजली चमक रही थी और पीछे की झोंपड़ी में से अम्बा की चिल्लाहट सुनाई दे रही थी।

लोमा को वह रात भली प्रकार स्मरण थी। सबने जागरण किया था और पीछे की झोंपड़ी में वृद्ध स्त्रियाँ जो दौड़-धूप कर रही थीं, वह भी सुनाई दे रहा था।

वह कितनी देर तक जागी थी, और कितनी देर तक उसने नींद के झोंके खाए थे, यह उसे स्मरण न था। रात के पिछले पहर में उसे एक करुण चिल्लाहट सुनाई दी थी। ऋषि खड़े हो गए थे, लोमा का हृदय धड़कने लगा था और वह जमदग्नि से लिपट गई थी। वृद्ध कवि भी उस समय मन्त्र बोल उठे थे।

फिर इस प्रकार दिशाएँ कांप उठीं मानो फिर इन्द्र ने वृत्रासुर का हनन किया हो और लोमा भयभीत होकर रो पड़ी। वृद्ध कवि ने उसे उठाकर गोद में ले लिया।

इन्द्र का वज्र गिरा, पृथ्वी काँपने लगी और भयंकर गर्जन हुआ। सब चिल्ला उठे।

ऋषि ने इन्द्र का आवाहन प्रारम्भ किया और गर्जन-तर्जन इस प्रकार शान्त हो गया मानो उनका निमन्त्रण सुनकर देव प्रसन्न होकर उतर आए हों। बादल फट चले और पिछली झोंपड़ी से एक बलिष्ठ बालक का रुदन सुनाई देने लगा।

जहाँ लोमा बैठी थी, वहाँ आकर एक वृद्धा बोली, "भार्गवश्रेष्ठ, भगवती को पुत्र हुआ है।"

"माता और पुत्र कैसे हैं ?" ऋषि ने पूछा।

"दोनों स्वस्थ हैं।"

"इतनी देर क्यों लगी ?" वृद्ध कवि ने पूछा।

"अरे, यह बात जाने दीजिए," वृद्धा ने कहा, "लड़का कोई लड़का है ! और क्या कहूँ ? उसका सिर कितना बड़ा है, ओह, ओ !" वृद्धा ने जिस प्रकार पुपलाते हुए मुँह से 'ओह ओ' कहा था वह लोमा को अभी तक स्मरण था।

वृद्ध कवि ने कहा, "ऋषिवर्य, अब आपको अपना वचन पालना पड़ेगा। यह बालक मुझे दे देना होगा।"

"हाँ, वृद्ध कवि, वह तुम्हारा ही तो है," ऋषि ने कहा।

चौदह वर्ष के विराट बटुक का विशाल और सुन्दर मुख देखकर लोमा को आज वे शब्द पुनः स्मरण हो आए—"इसका सिर कितना बड़ा है, ओह ओ !"

प्रातःकाल सबको ज्ञात हुआ कि इन्द्र स्वतः ही पिछली रात को उतरे थे, क्योंकि वज्राघात से ऋचीकशृंग नाम की निकटस्थ टेकड़ी के दो टुकड़े हो गए थे।

भृगु वृद्धों का ऐसा मत था कि स्वत. इन्द्र ने ही रेणुका के गर्भ से जन्म धारण किया है।

बड़े होने पर जब राम क्रोधित होता था, तब उसकी आँखें बिजली

के समान चमकती थीं, उसके रहन-गम्भीर स्वर का गर्जन दूर तक सुनाई देता था, और उसकी छोटी-सी वज्रमुष्टि पर्वतभेदी शक्ति के समान पड़ती थी। किसी और को विश्वास हो या न हो किन्तु अम्बा और वृद्ध कवि दोनों तो उसे इन्द्र ही मानते थे।

जैसे-जैसे घोड़े आगे बढ़ते जाते थे वैसे-वैसे लोमा को ये दिन स्मरण होते चले थे।

राम जब दो महीने का था तभी से इस सम्बन्ध में झगड़ा प्रारम्भ हुआ कि वह किसका है। अम्बा तो इस पुत्र के पीछे पागल हो गई थी और सब काम-काज छोड़कर उसी की देखभाल में मग्न रहती थी। अम्बा और वह, दोनों मिलकर पागल के समान राम को हँसाने का प्रयत्न करते थे, किन्तु उनके प्रयत्नों का तिरस्कार करते हुए राम लेटा रहता और आँखें निकालकर घूरता रहता था। वह जब कुछ चाहता तो रोता नहीं था वरन् वृषभ के समान चिल्लाता था। और जब वह अपने-आप हँसता तब ऐसा लगता था मानो चारों ओर वसन्त रंगलेरियाँ कर रहा हो। वृद्ध कवि भी वर्षों के भार को भूलकर जो कुछ-कुछ पागलपन करते थे, वह भी लोमा को याद था। भरत, भृगु और तृत्सु की संयुक्त सेना का पति, सहस्रों रणक्षेत्रों का उद्भट वीर और शस्त्र-विद्या में सर्वोपरि आर्य-श्रेष्ठ, जिनके हुंकार से सप्तसिन्धु कम्पायमान हो उठता था, वह कवि चायमान वृद्धा के समान हो गए। वह अम्बा के पास की झोंपड़ी में रहने चले आये। वृद्धाओं को एकत्र करके छोटे बच्चों को पालने-पोसने की सब कला उन्होंने सीख ली और राम की देखभाल में माथापच्ची करने लगे।

वृद्ध कवि और अम्बा कितने ही प्रसंगों पर लड़ पड़ते थे। राम का पलना हवा में रखा जाय या न रखा जाय, किस ओर से उसे धूप लगनी चाहिए, उसे दूध किस प्रकार पिलाया जाय, उसके सिर पर तेल मला जाय या नहीं, इन सब बातों पर वृद्ध कवि और अम्बा लड़ पड़ते थे, और जमदग्नि ऋषि के सिर पर झगड़े निपटाने का कुल भार आता था।

वे उकताकर पूछते थे, "अरे कभी किसी ने लड़का पाला भी है या आज पहले-पहल पालने चले हो ?"

वृद्ध कवि का सिद्धान्त था कि राम को भलीभाँति सोने देना चाहिए। अम्बा कहती थी कि थोड़ी-थोड़ी देर बाद जगा-जगाकर उसे जो चाहिए वह देना चाहिए। इस गहन प्रश्न पर कितने ही दिन तक वाद-विवाद होता रहा, और वैद्यों तथा वृद्धों की सम्मति ली गई। इन सबमें से केवल लोमा ही जानती थी कि उसका राम तो अपने मन की ही करता है। उसे यदि सोना हो तो कोई उठा नहीं सकता था, और उसे जागते रहना हो तो कोई सुला नहीं सकता था। किन्तु इन दोनों के प्रयत्नों के परिणामस्वरूप राम या तो पलना तोड़ डालता या उछलकर पलने से बाहर गिर पड़ता था।

फिर जब वर्षा ऋतु का अन्त हुआ और युद्ध प्रारम्भ हुए तब वृद्ध कवि युद्ध में गये और अब राम का भार लोमा पर ही पड़ने लगा।

राम से उसकी पहले ही से बहुत बनती थी। एक दिन तो राम उसे देखकर अम्बा के हाथ में से उछलकर हँसता-हँसता उसके पास चला आया। उसके बालपन का वह दिवस कितना धन्य था !

: ३ :

सेनापतियों में सर्वप्रथम वृद्ध कवि चायमान ने ही राम की शिक्षा की वे तैयारियाँ प्रारम्भ कीं मानो किसी बड़े युद्ध की तैयारी कर रहे हों। अवकाश प्राप्त होने पर वह अश्व और शस्त्र-विद्या के नये-नये पाठ पुनः सीखने लगे। अपने छोटे लड़के विमद को भी वह इसीलिए सिखाने लगे कि जब वह यमलोक जाने लगें तब उनकी सब विद्या विमद राम को सिखा सके। उन्होंने अच्छे-से-अच्छे घोड़े इकट्ठे करके राम के लिए सुन्दर घोड़ों के पालन-पोषण के प्रयोगों का प्रारम्भ किया। उनके प्रवृत्तिशील स्वभाव से जो परिचित थे वे भी इस नई प्रवृत्ति से विस्मित हुए। यदि कोई पूछता तो वृद्ध कवि एक ही उत्तर देते थे, "मेरा पुत्र बड़ा होगा तब

आवश्यकता होगी।"

जब राम दो वर्ष का हुआ तब वृद्ध कवि ने उसे घोड़े पर बिठाने की विधि बहुत अच्छे ढंग से सिखाई। उन्होंने विमद को सुन्दर-से-सुन्दर खिलौने के धनुष-बाण बनाने की आज्ञा दी और राम को खेलने के लिए वे खिलौने दिये जाने लगे।

ऐसे अनेक शिक्षा के प्रयोगों में वृद्ध कवि संलग्न रहे। वृद्ध कवि को अपनी अवस्था के अनुपयुक्त बालिशता के कारण ईर्ष्या भी हुई। अम्बा रेणुका यदि राम को खिलाएँ तो उन्हें अच्छा नहीं लगता था। "मुझे अपने बच्चे को बिगाड़ना नहीं है। माताएँ लाड़-प्यार करके बच्चों को बिगाड़ देती हैं। इसी से भृगु अब निर्वीर्य हो गए हैं," ऐसा वह कहने लगे।

पहले यदि लोमा राम के साथ खेलने लगती थी तो वृद्ध कवि अधीर हो जाते थे, "लड़कियों की संगति में ही छोटे लड़के बिगड़ते हैं।" लोमा भगवती लोपामुद्रा के आश्रम में पढ़ती थी और स्वभाव से ही लड़के के समान थी, इसलिए वृद्ध कवि को अच्छी लगती थी। और राम को लोमा के विना अच्छा नहीं लगता था, इसलिए इस बात को भी वह वृद्ध भूलने लगे कि लोमा लड़की है।

इन दोनों को साथ-साथ खेलने देने में कवि का दूसरा अभिप्राय था। भृगु स्त्रियाँ और विशेषतः रेणुका जो मृदुता से राम की देखभाल करती थी, यह उनको तनिक भी अच्छा नहीं लगता था। उन्हें तो राम को वज्र के समान बनाना था। पर छोटे बच्चे को संगति भी चाहिए, लाड़-प्यार भी चाहिए और देखभाल के लिए साथ में कोई बड़ा मष्नुय भी चाहिए। विमद यह सब नहीं कर सकता था और स्वयं दो वर्ष में छः मास लड़ने और यात्रा करने में व्यतीत करते थे, इसलिए लोमा को लड़के के समान रखा जाय तो राम के पालन-पोषण में बाधा न आए और उसे स्नेह प्राप्त हो, ऐसा संकल्प करके वृद्ध कवि नये मार्गों को शोधने लगे। लोमा को किस प्रकार शिक्षित और संस्कारयुक्त करना चाहिए इसका भी वह विचार करने लगे, भगवती लोपामुद्रा से मिलकर सब बातें पूछ आए और राजा

दिवोदास की अनुमति लेकर लोमा को भी शस्त्र-विद्या और अश्व-विद्या सिखाने लगे।

वृद्ध कवि की सिखाने की पद्धति में अनेक वस्तुओं का समावेश हो जाता था। मल्लयुद्ध, पेड़ पर चढ़ना और तैरना तो राम को वह पांच वर्ष की अवस्था से ही सिखाने लगे। वह स्वतः विस्मृत मन्त्रों को स्मरण करके राम को रटवाने लगे और अथर्वण वृद्धश्रवा को बुलाकर अथर्ववेद के अन्य मन्त्र सीखकर उसे सिखाने लगे। इस प्रकार अपने बच्चे को शिक्षित करने के लिए वृद्ध कवि स्वतः विद्यार्थी बन गए।

राम अपनी अवस्था के परिमाण में प्रचण्ड, दृढ़ और चालाक था। वह शारीरिक बल की सब शिक्षा खेल-खेल में सीख लेता था। वृद्ध कवि ऐसी स्थिति में राम को रखते थे कि बड़े लड़के डर जायँ, पर उसे भय तो लगता ही नहीं था। बेंत के समान राम को जितना मोड़ा जाता था उससे दुगना वह उछलकर कूदता था।

हाथ में से अपने बाल-इन्द्र को यदि वृद्ध कवि ले जाते तो वह अम्बा को अच्छा नहीं लगता था। पहले तो उन्होंने इस वृद्ध को समझाने का प्रयत्न किया, पर वह निष्फल हुआ। फिर उन्होंने लोमा को हाथ में करने का प्रयत्न किया, पर वह भी निष्फल हुआ। अन्त में उन्होंने अपना मन मोड़ लिया। वह जमदग्नि की परिचर्या में संलग्न रहने लगीं। अन्य तीन लड़कों और दो लड़कियों की देखरेख में भी समय जाता था और भृगुश्रेष्ठ की पत्नी के रूप में भी उनके सिर पर बड़ा बोझ था। इस कारण वह राम पर उचित ध्यान भी नहीं दे सकती थीं।

वृद्ध कवि की एकाग्र शिक्षक-वृत्ति पर सब हँसने लगे। पचहत्तर वर्ष के वृद्ध छः वर्ष के बालक को साथ में घूमने, घुडसवारी करने और तैरने ले जाते थे। बहुत बार दोनों साथ ही दौड़ते थे। बहुत बार छलाँग भरते हुए वृद्ध कवि चुपचाप चलते और साथ में छोटे सिंह के समान राम भी उछलता हुआ दौड़ता था।

इस वृद्ध को इस प्रकार बालक को शिक्षित करते देखकर सब सिर

धुनने लगे। जान पड़ता था कि बूढ़े की मति बिगड़ने लगी है। किन्तु यदि राम न हो और कोई इस मतिमन्दता की कल्पना करके उनके साथ दूसरी रीति से व्यवहार करता तो उसे एक भयङ्कर दृष्टि से वह सीधा कर सकते थे।

एक समय तृत्सुओं के सेनापति कोई आवश्यकीय सन्देशा लेकर गुरु वृद्ध कवि के पास आये। उनकी झोंपड़ी का द्वार बन्द था, किन्तु भीतर दो व्यक्ति चिल्लाते हुए सुनाई दिए। वृद्ध कवि सिंह का अनुकरण करके गर्जना कर रहे थे, और राम भी उनके अनुसार गरज रहा था। हर्यश्व ने द्वार खोला। वृद्ध कवि सिंह बने थे और राम उनके साथ द्वन्द्व-युद्ध कर रहा था। दोनों एक-दूसरे से लिपटे थे। वृद्ध कवि आगे बढ़ते थे और राम उनके बाल पकड़कर खींच रहा था। सप्तसिन्धु के अग्रगण्य महारथी का यह खेल देखकर हर्यश्व हँसना ही चाहता था, किन्तु गुरु के भय से वह हँस न सका। वह झोंपड़ी के बाहर खड़ा रहा और जब युद्ध समाप्त हुआ तब अन्दर गया। वृद्ध कवि बाल ठीक कर रहे थे। उनके मुख और सिर पर नख के चिह्न थे और उनके पास खड़ा हुआ राम सिंह के काटे हुए पर हाथ फेर रहा था।

हर्यश्व इस खेल का कुछ उपहास करना ही चाहता था पर शब्द उसके गले में ही रह गए। जिस गुरु का भय उसे बालपन से था, वह वैसे ही बैठे थे—दृढ़ और उग्र, अपने काम में ध्यान देते हुए। उनकी और राम की सृष्टि में प्रवेश करने का किसी को अधिकार नहीं था।

किन्तु जब राम आठ वर्ष का हुआ तब जमदग्नि को बीच में पड़ना पड़ा। विद्या और तप में श्रेष्ठ भृगु ने अपने छोटे पुत्र को विश्वामित्र ऋषि के पास शिक्षा के निमित्त रखने की योजना की। यह सुनकर वृद्ध कवि इस प्रकार विग्रह के लिए उतरे मानो पहले कभी न लड़े हों। मेरा बच्चा तो देव है, उसे दूसरे लड़कों के साथ किस प्रकार पढ़ने दिया जा सकता है? और मेरे समान समस्त सप्तसिन्धु में दूसरा शस्त्र-विद्या का शिक्षक मिलेगा कहाँ से? और फिर दूसरे आश्रमों की अपेक्षा विद्या और

तप में जमदग्नि का आश्रम किससे कम है ? और आजकल की भरतों की विद्या की अपेक्षा महाअथर्वण ऋचीक की जो अथर्वाङ्गिरस-विद्या वृद्धश्रवा इस आश्रम में सिखाते थे, उसकी बराबरी कौन कर सकता है ? जिस बारीकी से उन्होंने शिक्षाक्रम तैयार किया था, वैसा दूसरा कौन तैयार कर सकता है ? और विश्वामित्र ऋषि भले ही हों, बड़े भी हों, देव के लाड़ले भी हों, पर उनके सौष्ठव से वज्र जैसे कठोर भृगु बिगड़े बिना कैसे रह सकते हैं ? और उनके आश्रम में विद्या कौनसी हैं ? और यदि हों भी तो व्यर्थ, बाहरी दिखावट वाली और बनावटी; वह स्वतः ऋचीक के पास जो विद्या सीखे थे, वैसी पुरातन और सबल विद्या तो कहीं थी ही नहीं ।

वृद्ध कवि ने ये सब कारण बताए तो भी जमदग्नि का मन न माना। उन्होंने तीन बड़े लड़कों को विभिन्न ऋषियों के पास शिक्षा प्राप्त करवाई थी। तीनों ही अच्छे योद्धा थे। बड़ा लड़का आज इनके आश्रम की कीर्ति बढ़ाने लगा था। इस अन्तिम पुत्र को ऋषि-पुत्रों के योग्य शिक्षा न मिले तो कितनी बुरी बात हो ! वृद्ध कवि ने महाअथर्वण ऋचीक का उदाहरण दिया। वे पिता के अतिरिक्त और किसके यहाँ पढ़े थे ? जमदग्नि हँसे। कहाँ ऋचीक द्वारा प्राप्त की हुई विद्या, और कहाँ अगस्त्य, वसिष्ठ, विश्वामित्र और उनसे मिलकर गत पचास वर्षों में वृद्धिगत की हुई विद्या !

जमदग्नि और वृद्ध कवि के बीच कितने ही दिन तक झगड़ा चला, पर कवि टस-से-मस न हुए। "राम मेरा है। जमदग्नि ने उसके सब अधिकार मुझे दे दिए हैं। यदि राम को किसी के यहाँ पढ़ने रखोगे तो मैं सब छोड़-छाड़कर वहीं जाकर रहूँगा," ऐसे-ऐसे तर्क वह करने लगे।

ज्यों-ज्यों राम की अवस्था बढ़ती गई त्यों-त्यों यह झगड़ा बड़ा उग्र स्वरूप धारण करता गया। प्राचीन ऋषियों ने आर्यों की जो सनातन शिक्षा-पद्धति निश्चित की थी उसमें कितना परिवर्तन किस प्रकार हो, इस विषय में जमदग्नि को शङ्का हुई। विश्वामित्र जैसे ऋषि द्वारा शिक्षा

का लाभ यदि राम को न मिले तो उस समय प्रचलित परिस्थिति में वह कुल का नाम किस प्रकार उज्ज्वल रख सकता है, ऐसी भी चिन्ता उन्हें हुई। और इतने अच्छे लड़के को ऐसी पद्धति का लाभ न मिले तो क्या परिणाम होगा, इसका भी विचार उन्होंने किया। उन्होंने ऋषि विश्वामित्र से बातें कीं, उन्होंने महर्षि अगस्त्य से बातें कीं, उन्होंने भगवती लोपामुद्रा से पूछा। शिक्षा-पद्धति के विशारद वृद्ध तपस्वियों से भी इस विषय में पूछा गया।

बड़े परिश्रम से अन्त में यही निश्चय हुआ कि सनातन आर्य प्रणालिका के अनुसार गुरु के आश्रम में रहकर ही विद्या सीखी जा सकती है, और आपत्ति-धर्म के अतिरिक्त पिता के आश्रम में रहकर विद्या पढ़ना आर्यों के लिए अनुपयुक्त कहा जायगा। अव्यवस्थित रीति से एक योद्धा जो शिक्षा दे वह तो निम्न श्रेणी की ही रहेगी और उसे भृगु-बाल स्वीकार नहीं कर सकता। परिणामस्वरूप, राम को विश्वामित्र के पास पढ़ने के लिए रखने का निर्णय हुआ।

अन्त में विश्वामित्र ने वृद्ध कवि को समझाने का उत्तरदायित्व अपने सिर पर ले लिया, और एक दिन सन्ध्या के समय बहुत ही धैर्य और मृदुता के साथ उन्होंने राम के विषय में किया हुआ निर्णय सुनाया। वृद्ध ने निर्णय सुना। वह क्रोधित हुए और बड़बड़ाने लगे, पर ऋषि विश्वामित्र ने समझाकर कहा कि विद्या का विषय गहन होने से अधिकारी के सिवाय दूसरे को उसे समझना बहुत कठिन है। कवि वहाँ से उठकर चले गए।

उस रात को वृद्ध कवि अपनी झोंपड़ी से चल दिए। दूसरे दिन सवेरे उनका कोई पता नहीं चला। सब खोज करने लगे। तीन सेनाओं के सेनापति, शौर्य और शस्त्र-विद्या में अप्रतिम कवि चायमान घर छोड़कर चले गए, इससे सब ओर हाहाकार मच गया। जमदग्नि और विश्वामित्र भी चिन्ता में पड़ गए और कवि की खोज करने के लिए चारों ओर दूत भेजे जाने लगे।

सन्ध्या-समय समाचार मिला कि वृद्ध कवि अपने शिष्य वसु सेनापति हर्यश्व के घर गये थे और वहाँ से घोड़ा लेकर सरस्वती के तट पर महाअथर्वण द्वारा स्थापित भृगुओं के आश्रम की ओर जाने के लिए चल चुके थे।

तीन सेनाओं के पति इस प्रकार चले जायँ, यह तो बड़े आश्चर्य की बात हो गई। राजा दिवोदास को चिन्ता हुई, वृद्ध कवि इस प्रकार रूठकर चले जायँ तो समस्त सप्तसिन्धु में अपकीर्ति हो। तीनों सेनाओं में कितने ही शौर्यमूर्ति योद्धा उनके शिष्य थे। उन सबने हल्ला मचा दिया। उन सबको ऐसा प्रतीत हुआ कि सेनापति का अपमान सेनाओं का अपमान है। एक छोटे लड़के को पढ़ाने की बात में पूज्य शौर्यमूर्ति वृद्ध कवि का अपमान किया जाय ! यह कैसे सहन किया जा सकता है !

अपमान से सिद्धान्त की बात आई। वृद्ध कवि जैसे योद्धा स्वतः सिखाएँ इससे बढ़कर और कौनसी शिक्षा हो सकती है ? पिता ही प्रथम गुरु है। और वृद्ध कवि स्वतः भार्गव थे, शस्त्र-विद्या में गुरुओं के गुरु थे। फिर क्या चाहिए था ? चारों ओर कुछ-कुछ बातें उड़ने लगीं, और इन बातों का प्रभाव शत्रु पर क्या होगा, इसका भी विचार राजा दिवोदास और महर्षि अगस्त्य चिन्तापूर्वक करने लगे।

बात का बतंगड़ हुआ जानकर यह सोचा गया कि किसी भी रीति से वृद्ध कवि को वापस बुलवाना ही चाहिए। सबने सेनापति हर्यश्व और कवि के प्रिय पुत्र विमद को दूसरे दिन भृगुग्राम भेजा।

: ४ :

इस बीच इस सम्पूर्ण झगड़े की जड़ राम निश्चिन्त और मस्त होकर घूमता-फिरता था। विमद के साथ वह नदी में तैरने जाता, घोड़ों की अयाल पकड़कर उन्हें दौड़ाता और पन्द्रह वर्ष के लड़कों के व्यर्थ पड़े हुए धनुषों का उपयोग करता था। तेजपूर्ण गम्भीर नयनों से वह सबको वश में करता, और जो उसके मन में आए वही करता था। वह बोलता कम

था। जो चाहता वह ले लेता था—आवश्यकता पड़ने पर चिल्लाकर या बलपूर्वक। जब विद्या और तप के अभ्यास में उसे पकड़वाने के प्रयास होते तब मदोन्मत्त हाथी के समान वह जहाँ चाहे वहाँ घूमा करता था। लोमा को साथ लेकर वह खेलता था और रात में रेणुका, अम्बा, के पास जाकर सो जाता था।

जब वृद्ध कवि चले गए तब चारों ओर मची हुई गड़बड़ का उसे ध्यान आया। उसने तुरन्त जाकर विमद से पूछा, "वृद्धा कहाँ गये ?" राम वृद्ध कवि को 'वृद्धा' ही कहता था।

"कौन जाने ?"

राम की आँखों में ज्वाला जग उठी, "मुझे वृद्धा के पास जाना है।"

"अरे, वे अभी आये जाते हैं।"

"मुझे उनके पास जाना है," राम ने निश्चयात्मक स्वर में कहा। विमद ने बात उड़ा दी।

तेजपूर्ण आँखें गम्भीर हो गईं। वह रेणुका के पास गया। "अम्बा, मुझे वृद्धा के पास जाना है," उसने कहा।

रेणुका ने प्रेम से उसे हृदय से लगा लिया, "भाई, वह कहाँ गये हैं, इसका अभी पूरा-पूरा ठिकाना नहीं है।" राम की आँखें अधिक गम्भीर हो गईं। उसे कुछ-कुछ अस्पष्ट-सा भान था कि किसी प्रकार उसके पास से उसके 'वृद्धा' को सब ले लेना चाहते थे। "ठिकाना नहीं," वह बड़-बड़ाया और स्वस्थ बनराज के समान दूसरे दिन प्रातः लोपामुद्रा के आश्रम में जाकर उसने लोमा से पूछा, "वृद्धा कहाँ गये हैं ?"

लोमा बहुत-कुछ जानती थी। उसने सच-झूठ बनाकर बहुत-सी बातें कहीं। ऋषि जमदग्नि ने निश्चय किया था कि राम को वृद्ध के पास पढ़ने नहीं देना चाहिए, उसे विश्वामित्र को सौंप दिया जाय। इससे वृद्धा रुष्ट हो गए थे। सब लोग यही बात करते थे। वृद्धा भृगुग्राम चले गए थे। अब वह न आएँगे और राम को ऋषि विश्वामित्र के आश्रम में ही रहना पड़ेगा।

"मुझे वृद्धा के पास जाना है," राम ने क्रोध में कहा।

"कैसे जायगा ? क्या पागल हुआ है ? वहाँ पहुँचने में कितने ही दिन लग जाते हैं। मार्ग में जंगल पड़ते हैं। तुम तो ऋषि के लड़के हो, तुम्हें पढ़ना चाहिए। ऋषि विश्वामित्र के समान कोई बड़ा ऋषि नहीं है। तुम्हारे जैसे सैकड़ों लड़के उनके आश्रम में पढ़ रहे हैं।" लोमा अपने ढंग से बातें करने लगी।

राम की भौंहें चढ़ गईं। उसकी आँखें विकराल हो गईं। उसने पैर पटका और ज़ोर से चिल्लाकर बोला, "मुझे वृद्धा के पास जाना है।"

लोमा की ओर देखे बिना ही वह चल दिया।

इस बालक के मस्तिष्क में भिन्न-भिन्न चित्र उपस्थित होने लगे—वह भृगुग्राम, जहाँ वह प्रतिवर्ष जाता था; माता की भी माता, पानी से छल-छल करती हुई सरस्वती वहाँ थी; आश्रम के वृक्ष और चकित-नयन हरिण और इन सबको लुभाने वाले उसके वृद्धा थे।

राम के सुन्दर और गम्भीर मुख पर उग्रता थी। आँखों में प्रखर तेज था। वह धीरे-धीरे घुड़साल में गया और अपने सुपर्ण को उसने दाना दिया। वहाँ से वह रेणुका की झोंपड़ी में गया और अपने लिए बरतन में रखा भोजन ले आया और एक कपड़े में बाँध लिया।

वहाँ से वह वृद्ध कवि की झोंपड़ी में गया। जब उसकी दृष्टि वृद्धा की सूनी बैठक पर पड़ी तब उसका मुख उदास हो गया। उसने अपने बाल नोचे और उसकी आँखों में आवेश बढ आया। निकट ही उसके शस्त्र रखे थे। उनमें से उसने एक खड्ग, एक धनुष और बाणों के दो निषंग लिये और द्वार के आगे उन्हें इकट्ठा किया।

तब वह विमद से मिलने गया, पर वह न मिला। उसकी स्त्री ने कहा कि जमदग्नि की आज्ञानुसार हर्यश्व के साथ वह भृगुग्राम चला गया है। यह सुनकर भी वह एक शब्द तक न बोला।

सन्ध्या हो चुकने पर वह पुनः घुड़साल में गया। सुपर्ण को तैयार कर साथ लिया और उसे आश्रम के बाहर एक पेड़ से ला बाँधा।

भोजन के पश्चात् उसे नींद आने लगी और रेणुका ने सदैव की भाँति उसे सो जाने के लिए कहा। उसकी आँखों में नींद भर गई थी।

प्रतिदिन नींद कैसे आती है इस सम्बन्ध में राम को कुछ ज्ञान था। इन्द्र ने जिस अन्धकार रूपी वृत्र को हराया था उसका निद्रासुर नाम का एक पुत्र था। रात होते ही उसे पकड़ने के लिए वह दुष्ट आता था। इन दोनों को प्रतिदिन लड़ना पड़ता था, पर जब राम उसे मारकर हटाता था, तब पुनः प्रातःकाल होता था। आज उसने निद्रासुर को चले जाने के लिए बहुत समझाया, पर उसने एक न मानी। राम ओंठ पीसकर उठा। आज उसे उस अन्धकार के स्वामी को मारकर भगाना ही था। उसे लगा कि वह दुष्ट असुर उसके बाएँ हाथ की उँगली पर बैठता है।

वह उठकर बाहर गया और एक काँटे से बाएं हाथ की उंगली पर बैठे हुए असुर पर घाव किया। विकराल आँखों से वह उँगली की ओर देखता रहा, और उसमें से जब असुर का रक्त बह निकला तभी उसे शान्ति हुई। वह झोंपड़ी में लौट आया। असुर भाग गया। राम की आँखों से नींद उड़ गई, और फिर जब असुर आकर उसकी आँख पर बैठा तो तुरन्त उसने बाएं हाथ की वह उँगली दबाकर असुर का रक्त निचोड़कर उसे हराया।

रात होने पर उसके सिर पर वात्सल्यपूर्ण हाथ फेरकर रेणुका जमदग्नि की झोंपड़ी में चली गई। राम के साथ जो स्त्री सोती थी वह सोने लगी तब तक उंगली दबाकर वह निद्रासुर के साथ लड़ा। फिर वह उठा और कपड़े में बँधा हुआ पाथेय लिया तथा झोंपड़ी से बाहर निकल आया।

उसके पैर की आहट सुनकर उसका सुपर्ण हिनहिनाने लगा। तुरन्त सुपर्ण के पास जाकर उसने उसे खोला और उस पर चढ़ गया।

"सुपर्ण, चलो भृगुग्राम। हमारे वृद्धा वहाँ हैं, उनके पास चलना है," उसने आज्ञा दी।

राम जानता था कि मार्ग में बहुत से अन्धकारपूर्ण असुर मिलेंगे। पर उसे ज्ञात था कि उसके पूर्वज कवि उशनस शुक्राचार्य सब असुरों को

वश में करके उनका पौरोहित्य करते थे, इसलिए जब वह बड़ा होगा तब वह भी उनका पुरोहित बनेगा। अभी से वह पुरोहित तो था ही, क्योंकि जब कोई उन्हें पहचानता नहीं था तब वह सबको भली भाँति पहचानता था। जब सूर्यदेवता भी असुरों के साथ युद्ध करते-करते अन्धकार में लीन हो जाते थे, तब राक्षस अपनी माया से किसी को अपना रूप देखने नहीं देते थे। कितने ही झोंपड़ियों के पीछे छिपते, कितने ही मार्गों पर छिपते थे। किन्तु राम तो उन्हें रात में अच्छी तरह देख सकता था। असुरों का वह स्वतः पुरोहित था, इसलिए वे किसलिए उससे अपना रूप छिपाते?

चाहे जैसी अँधेरी रात हो, उसे सब दिखाई देता था, इसलिए इन सब असुरों से उसका प्रेम था। इस समय वह जानता था कि वे सब उसके लिए मार्ग बना रहे थे।

फिर वरुणदेव भी अपनी सहस्रों आँखों से उसे देख रहे थे। उस देव के साथ उसकी बहुत अच्छी पहचान थी। कोई-कोई तो कहते थे कि वह स्वतः वरुण के समान सर्वदर्शी था, पर इस बात में उसका विश्वास न था। वरुण की तो सहस्र आँखें थीं, और उसकी तो केवल दो ही थीं।

घुंघरू वाला सुपर्ण आगे बढ़ा।

बहुत रात बीतने पर राम की धाय ने उठकर सदैव की भाँति राम पर हाथ फेरने के लिए अपना हाथ बढ़ाया, पर राम की शैया सूनी थी। उसने थोड़ी देर तक प्रतीक्षा की। आज इस समय वह क्यों उठा होगा? धीरे से उसे पुकारा, पर कुछ उत्तर न मिला। वह स्वतः खूब सोने वाली थी, इसलिए उसे नींद आ गई। फिर झट से जागकर हाथ बढ़ाया; फिर भी राम विस्तर में नहीं था। वह घबराकर उठी—"राम! राम!" कोई उत्तर न मिला। तब वह घबराकर बाहर आई। "राम! राम!" वह चिल्लाई। राम का कोई पता न था।

वह जमदग्नि की झोंपड़ी के पास जाकर चिल्लाई—"अम्बा! अम्बा! राम न जाने कहाँ चला गया।" चारों ओर की झोंपड़ियों के लोग जाग गए। रेणुका घबराई हुई बाहर आई और धाय की बात सुनी। उसके

मातृ-हृदय में तुरन्त ही भय का संचार हुआ और वह भूमि पर गिर पड़ी। विवाह के दिवस से उसने अपने पतिदेव को देव से भी अधिक माना था। आज उनकी ओर वह क्रोधपूर्ण अश्रु टपकाती आँखों से देखती रही।

"ऐ······मेरे···राम···" आक्रन्दपूर्ण उसका स्वर सबने सुना, "तुम मुझे छोड़कर कहाँ चले गए ? मैं जानती ही थी कि ये सब हाथ धोकर तुम्हारे पीछे पड़े हैं। ये तुम्हें सुख से शान्तिपूर्वक नहीं रहने देंगे।"

ऋषि जमदग्नि इस विलाप का कारण नहीं समझ पाए—"इस प्रकार क्यों रोती हो ? वह इधर-उधर गया होगा, अभी आ जायगा।"

इन शब्दों से रेणुका को तनिक भी आश्वासन न मिला। माता की दृष्टि से ही देखी जाने वाली कितनी ही सूक्ष्म बातें उसे स्मरण हो आईं। जब राम को दूर करने की बातें होती थीं, तब उसके बालमुख पर प्रकट होने वाले फीकेपन और उग्रता का उसे स्मरण था। वृद्ध कवि का जाना सुनकर राम की आँखों में उत्पन्न होने वाले तेज की स्मृति हो आई। उन बड़ी-बड़ी काली आँखों के तेज की भाषा वही अकेली जानती थी। उसमें एक ही अर्थ उसने पढ़ा था—"मैं विश्वामित्र के आश्रम में नहीं जाऊँगा।"

अम्बा की आंखों से आँसू बहने लगे—"मेरे बालइन्द्र ! तुम मेरे पास क्यों नहीं रहे ? तुम्हें तो सब मेरे पास से छुड़ा लेना चाहते थे। मेरे लाड़ले मेरे तीन-तीन पुत्र मेरे पास से दूर हुए, यह तो मैंने ज्यों-त्यों सहा, पर तुम मुझ रंक के रत्न, तुम भी इस प्रकार चले गए ?" उसके स्वर में हृदय को कम्पित करने वाली करुणा भरी थी।

"तुम क्यों घबराती हो ? मैं अभी उसकी खोज करता हूँ।"

"वह नहीं मिलेगा, मैं जानती हूँ। अपने तीन-तीन पुत्र मैंने आपको सौंपे। और यह एक मेरा श्वास और प्राण था वह भी आपने ले लिया।" अम्बा फूट-फूटकर रोने लगी, "राम···मेरे राम, यह भाग्यहीन माता तुम्हें अपने पास न रख सकी, इससे तुम उसे छोड़कर चले गए।"

ऋषि की किंकर्तव्यविमूढ़ता का पार न था। यह जानकर उन्हें विस्मय

हुआ कि सप्तसिन्धु में श्रेष्ठ ऋषिपुत्र के उपयुक्त विद्या राम को सिखाने का उन्होंने जो संकल्प किया था, वह रेणुका अपराध समझती है। सुशील-से-सुशील साध्वी भी विद्या का आदर नहीं कर सकती, ऐसा जानकर उनका विद्याप्रिय हृदय काँप गया।

रेणुका का मन तो फट ही गया था। पतिसेवा-परायणा स्त्री ने ससुराल आकर मन के सब भाव ऋषि के चरणों में अर्पित किये थे, पर इस एक छोटे लड़के को उसने अपना सर्वस्व माना था। उसका प्रेम उसके हृदय में मेघ-धनुष की सरसता का प्रसार करता था। उसके वियोग से वर्षों तक सेवित पति-भक्ति के बन्धन भी शिथिल हो गए।

जमदग्नि जब राम की खोज में जा रहे थे उस समय रेणुका के विलाप ने उन्हें व्यथित कर दिया।

"मेरे राम ! मुझे छोड़कर तुम क्यों चले गए ?" वियोगदग्ध माता के हृदय में से धधकते अश्रु बहते ही रहे।

: ५ :

सरस्वती के तट पर भृगुओं के आश्रम में क्रुद्ध व्याघ्र के समान वृद्ध कवि चायमान इधर-से-उधर और उधर-से-इधर अकेले घूम रहे थे।

यह महाबाहु चायमान पचास वर्ष से भृगुओं की शक्ति के स्तम्भ माने जाते थे। उन्हें इस प्रकार क्रोधित और अकेले टहलते देखकर आश्रम के भृगुओं के हृदय में कोई अकल्प्य और विपरीत घटना का भय छा गया।

महाअथर्वण ऋचीक जिस समय समुद्र के उस पार से भृगुओं को सप्तसिन्धु में ले आए थे, उसी सत्वशाली और प्राचीन समय के वह थे। इस समय की वीरता और विद्या उन्हें व्यर्थ जान पड़ती थी। अगस्त्य, लोपामुद्रा, वसिष्ठ, विश्वामित्र और जमदग्नि ने वर्षों तक जो संस्कार और विद्या प्राप्त की थी, उन्हें वह अधोगति मानते थे।

आर्यों द्वारा प्राप्त विजय और समृद्धि से जो आनन्द और उल्लास बढ़ा था, उनके प्रति इनका तिरस्कार समस्त सप्तसिन्धु में ज्ञात था।

उन्हें भृगुओं पर बहुत गर्व था। भृगुओं की अथर्वण मन्त्र-विद्या उन्हें पसन्द थी। उस विद्या से घाव भर जाते थे। वसिष्ठ, विश्वामित्र और जमदग्नि की विद्या को वह समझते भी न थे, और उन्हें वह अच्छी भी नहीं लगती थी। इस महाअथर्वण के शिष्य की वृद्धावस्था की एक ही इच्छा थी कि भृगुओं की मन्त्र-विद्या और शस्त्र-विद्या की पैतृक सम्पत्ति वह किसी योग्य भृगु को दें।

विश्वामित्र की सम्मति में जमदग्नि भृगुश्रेष्ठ के योग्य न निकले। यह उनके हृदय में जमा हुआ अकथित अभिप्राय था। अपने पुत्रों को उन्होंने अच्छी तरह शिक्षित किया था, किन्तु फिर भी उन्हें शान्ति नहीं मिली थी। विमद बुद्धिशाली था, किन्तु शस्त्र-विद्या के अतिरिक्त उसे और कुछ अच्छा नहीं लगता था। जमदग्नि के तीनों पुत्र मन्त्र-विद्या और कर्मकाण्ड में कुशल थे, पर इन सबमें महाअथर्वण होने योग्य एक भी नहीं था।

निराशा उनके हृदय में घर करने लगी। पर बिजली की चमक, बादल की गरज और वज्राघात के साथ राम का जन्म हुआ, तब ऐसी श्रद्धा उनके हृदय में हुई कि उनकी आशा सफल होगी।

अठहत्तर वर्ष की सब अभिलाषाएँ उन्होंने राम के ऊपर केन्द्रित की थीं। इस विराट् और तेजस्वी बालक पर उन्होंने अपना प्रेम ही केन्द्रस्थ किया हो इतना ही नहीं, वरन् वह उनका पुत्र और परमेश्वर दोनों एक साथ ही बन गया था।

जिस वृद्ध को देखकर आर्य वीर काँपते थे, वह वृद्ध इस बालक को देखकर वृद्धा दादी के समान उसके पीछे पागल बन जाते थे।

वह सेनापतियों में श्रेष्ठ, बालक राम के साथ घूमने में ही आनन्द अनुभव करने लगे। घूमते-फिरते वृद्ध कवि इस बालक को उशनस, च्यवन और महाअथर्वण के जैसे अपने पराक्रम सुनाते थे। और जब कोई पराक्रम सुनकर राम सोत्साह पूछता, "एँ, क्या सचमुच वृद्धा ?" तब वृद्ध कवि बालक के कन्धे पर सप्रेम हाथ रखकर कहते थे, "अरे हाँ, सचमुच पुत्र।" और उस क्षण सप्तसिन्धु के इस अतुल योद्धा को अपना जीवन

सार्थक जान पड़ने लगता था।

जब राम को विश्वामित्र के आश्रम में पढ़ने के लिए भेजना निश्चित हुआ तब उनके क्रोध का पार न रहा। जिस आशा के सफल होने की परि-स्थिति देवों ने निर्मित की थी उसका उनके कुलपति छेदन कर रहे थे।

अठहत्तर वर्ष के अनुभवपूर्ण मस्तिष्क में भिन्न-भिन्न विचार आये, पर भृगुकुल के स्वामी जमदग्नि की आज्ञा का उल्लंघन करके कुल-मर्यादा तोड़ने की इच्छा पर उन्होंने संयम किया और वे चलते बने।

इस समय वह पागल के समान सरस्वती माता के तीर पर एक पेड़ के नीचे बैठे थे। जब से आये तभी से यहीं बैठे-बैठे पानी की ओर देख रहे थे। बहुत बार उसकी तरंगों में उन्हें राम का मुख दिखाई देता था। किसी समय गगन में तीन पग चलते हुए देव विष्णु के दर्शन करने पर उन्हें सिंह के समान चलता हुआ उनका पुत्र, उनका बालविष्णु दिखाई देता था। और जब वायु चलती थी तब उनके काम में सुकुमार किन्तु गम्भीर स्वर लेकर मरुत आता था, "वृद्धा, वृद्धा, !" इस समय उनके कान में उसी स्वर की झंकार आती थी।

दो घोड़ों के टापों की ध्वनि दूर से सुनाई दी और वृद्ध कवि का ध्यान टूटा।

"कौन है ?" आहट निकट आने पर उन्होंने पूछा।

"पिताजी, सेनापति हर्यश्व और मैं हूँ," विमद का शब्द सुनाई दिया। दोनों ने आकर वृद्ध कवि के पैर छुए।

"बैठो," उन्होंने आज्ञा दी। उनके हृदय में आशा का सञ्चार हुआ।

"गुरुदेव," हर्यश्व ने हाथ जोड़कर कहा, "महर्षि अगस्त्य और राजा दिवोदास ने हमें भेजा है।"

"किसलिए ?" तटस्थ वृत्ति से वृद्ध ने पूछा। उनके मुख पर अधी-रता थी और क्रोध था।

"आप इस प्रकार चले आए, क्या यह आपको शोभा देता है ? इससे

समस्त सप्तसिन्धु में सबकी अपकीर्ति होगी ।"

"तुम्हारी कीर्ति और अपकीर्ति से मेरा क्या सम्बन्ध है ? आज अठहत्तर वर्ष तो मैंने तुम्हारी कीर्ति बढ़ाने में बिताए हैं । अब मेरा रक्त पीना-भर शेष रहा है ।"

बृद्ध कवि को ऐसे आवेश के समय समझना बहुत कठिन था, और हर्यश्व को बालपन से इसका अनुभव था । इसलिए इस समय बात वहीं बन्द करने का उसने प्रयत्न किया । पर बृद्ध कवि कब मानने वाले थे ! "कह डालो, जो कुछ कहने आये हो," उन्होंने आज्ञा दी ।

"आप उग्र न हों," हर्यश्व ने मृदुता से कहा, "राम के लिए....."

"राम का क्या ?"

"महर्षि अगस्त्य ने ऐसा मार्ग निकाला है कि जब राम विश्वामित्र के आश्रम में पढ़ने के लिए जायँ तब आप वहीं रहें ।"

बृद्ध कवि की आँखें लाल हो गईं, "विश्वामित्र के आश्रम में रहकर राम को भृगुश्रेष्ठ कैसे बनाया जा सकता है ? क्या उन्हें ये सब मूर्ख मानते हैं ? ये आजकल के लोग उन्हें छोटा लड़का मानकर क्या ऐसा खिलौना देकर हंसाने का प्रयत्न करते हैं ?

"और यह अगस्त्य कौन है ? बृद्ध कवि और उसका राम किस प्रकार रहें, यह निश्चय करने वाला वह कौन है ?" बृद्ध ने चिल्लाकर पूछा, और फिर दीर्घ श्वास छोड़ा । भृगुओं की बात में दूसरे ऋषि जब टाँग अड़ाते तब उनका खून खौल उठता था । पर उनका व्यग्र हृदय इस सयय अधिक बड़बड़ करने में अशक्त था ।

वह कितनी ही देर तक आँखें फाड़कर भूमि की ओर देखते रहे और फिर अश्रुपूर्ण स्वर में उन्होंने कहा, "हर्यश्व, जाकर महर्षि अगस्त्य को मेरी ओर से कहना कि मैं अब बृद्ध हो गया हूँ । नई बातें मैं समझता नहीं और पुरानी बातें मैं भूलता नहीं । मैंने अपने पुत्र तो भृगुश्रेष्ठ को सौंप दिए और राम तो उनका अपना ही पुत्र है । उन्हें जो अच्छा लगे सो करें ।"

"पर आर्य क्या कहेंगे ?"

"जो कहना हो सो कहें। महाअथर्वण की विद्या भृगुओं में सुरक्षित रख सकने की शक्ति भी देवों ने मुझे नहीं दी है तो सेनापति-पद से मेरे चिपटे रहने का क्या अर्थ ?" बोलते-बोलते उनकी वाणी रुक गई। वायु की सनसनाहट में उन्हें राम का स्वर 'वृद्धा' कहकर पुकारता हुआ सुनाई दिया। एक सिसकी लेकर अश्रुपूर्ण आँखों से सप्तसिन्धु के यह अप्रतिरथ वीर वहाँ से उठकर चले गए।

अपने गुरु की यह दशा देखकर हर्यश्व की आँखों में आँसू आ गए। विमद तो रोता ही रह गया।

दूसरे दिन प्रातःकाल दोनों ने वृद्ध कवि को मनाने के बहुत प्रयत्न किये, पर वह टस-से-मस नहीं हुए। "मैंने बहुत से युद्ध लड़े हैं, बहुत-कुछ किया, अब सरस्वती के तीर पर रहकर देव और पितरों की आराधना करने का मेरा समय आया है," उन्होंने उत्तर दिया।

गत चार-पाँच दिनों में वृद्ध कवि सचमुच वृद्ध हो गए थे। उनकी आँखें निस्तेज हो गई थीं और कड़ी पीठ शिथिल हो गई थी।

वृक्ष के नीचे बैठे हुए वे जब इस प्रकार बात कर रहे थे तब नदी के उत्तर तीर पर लगभग पचास घुड़सवार वेग से आगे बढ़ते हुए उन्होंने देखे। हर्यश्व और विमद पता लगाने के लिए उठे।

चुपचाप बैठे वृद्ध के कान में पुनः ध्वनि सुनाई दी—"वृद्धा, वृद्धा, मैं आया हूँ।" अधीर आँखों से वह नदी के उस पार देखते रहे।

घोड़ों को उस तीर पर छोड़कर घुड़सवारों के नायकों को नाव में बैठकर इस पार आते उन्होंने देखा। उन्होंने सोचा कि उनका राम आया होगा, पर वह नाव में नहीं था। वृद्ध के हताश हृदय पर आघात हुआ, आँखों में अँधेरा छा गया और सिर पर हाथ रखकर वह बैठ गए। राम उनका कहाँ से हो सकता है ? वह तो जमदग्नि का पुत्र विश्वामित्र का शिष्य है।

हर्यश्व, विमद और हर्यश्व का पुत्र कृशाश्व, ये तीनों उनके सामने

आकर खड़े हो गए। काँपते हुए ओंठों और चिन्तातुर नयनों से कृशाश्व ने वृद्ध को प्रणाम किया।

विमद आगे बढ़ा, गला खंखारकर धीरे से बोला, "पिताजी !"

"क्यों ?" नींद से जागे हुए के समान वृद्ध कवि ने पूछा।

"पिताजी," विमद का स्वर रुआसा हो रहा था, "राम आश्रम से चले गए हैं।"

निष्फलता की मूर्ति के समान दिखाई देते हुए वृद्ध सीधे हुए और उनकी आँखों में भयंकर प्रकाश छा गया। "क्या ?" वह चिल्लाए।

"हमारे निकलने के पश्चात् ऐसा जान पड़ता है कि लोमा को राम कह आए कि मुझे वृद्धा के पास जाना है। फिर जान पड़ता है कि रात को राम अकेले ही सुपर्ण पर बैठकर आपसे मिलने यहाँ आने के लिए चल पड़े। भृगुश्रेष्ठ ने कृशाश्व को खोज करने के लिए भेजा है।"

"धन्य मेरे पुत्र ! पर वह है कहाँ ?" वृद्ध की आँखों में प्रेमाश्रु छा गए, "कहाँ है वह ?"

"कृशाश्व को पता लगाने के लिए ही यहाँ भेजा है," विमद ने धीरे से कहा।

"कहाँ है मेरा पुत्र ?" वृद्ध ने पूछा, "मार्ग भूल गया होगा। वह यहाँ नहीं आया है।"

वृद्ध सोचने लगे—नौ वर्ष का राम अकेला छोटे घोड़े पर अँधेरी रात में चल पड़ा। ढाई दिन का सीधा मार्ग है तो भी वह अभी नहीं आया। मार्ग में जंगली जीव-जन्तु हैं और उनसे भी अधिक रक्त के प्यासे मनुष्य हैं। मेरा पुत्र अकेला भूखा-प्यासा होगा।

उन्होंने खड़े होकर विमद को फटकारा। निष्फलता की इस मूर्ति में भयानक आवेश उत्पन्न हुआ और वह बीस वर्ष छोटे हो गए—"नपुंसको, तुम यहाँ खड़े होकर देख क्या रहे हो ?" उन्होंने विमद की कमर से शंख लेकर फूंका, "विमद, मेरे शस्त्र लाओ, हमारे धनुर्धारियों को ले लो। कृशाश्व, मार्ग दिखाओ।" और करुण स्वर में इस प्रकार उन्होंने उच्च

स्वर से कहा मानो देव को सम्बोधित करते हों, "पुत्र राम, मैं आता हूँ— यह आया मेरे पुत्र !"

युवा पुरुष की चपलता से नाव में बैठकर वह झटपट उस पार जाने लगे।

: ६ :

समस्त तृत्सुग्राम में, उसके आसपास के आश्रमों में और निकटस्थ अनु और द्रुह्य लोगों के निवास-स्थानों में इस बाल-भृगु द्वारा किये गए पराक्रमों की बातें फैल गई थीं। सभी जातियों के योद्धा वृद्ध कवि के चले जाने से असन्तुष्ट हो गए थे। इस बालक ने बड़े तपस्वियों को अच्छी फटकार लगाई थी, इससे उस पर वे प्रसन्न हो गए थे। जो स्त्रियाँ रेणुका को आश्वासन देने आतीं वे भी उसी की बातें करती थीं। इन सबमें लोमहर्षिणी पतंग के समान इधर-उधर घूमती और अपने राम की बातें किया करती थी।

लोमा मन में बहुत हर्षित होती थी। उसका राम, उसका वीर राम, बड़े-बड़े ऋषियों को छकाकर अकेला वृद्ध कवि से मिलने गया था। अम्बा को रोती देखकर उसने छोटे मुँह से बड़ा उलाहना दिया। राम छोटा था, इससे क्या ? वह जंगल में से होकर गया, इससे क्या ? 'मेरे राम का' कोई क्या कर सकता है ?

'उसका राम' कैसे उसके पास आया, वृद्ध कवि कैसे चले गए, उसने आकर क्या और कैसे कहा, उसने स्वतः क्या बात की, वह किस प्रकार और कैसे गया, सुपर्ण कितना अच्छा था और 'उसका राम' जो शस्त्र ले गया वे कितने चमत्कारी थे, इन सब विषयों पर उसने अद्भुत छटा से विवेचन शुरू किया। इन सब बातों के अन्त में एक ही बात थी कि उसके राम जैसा न कोई हुआ, न आगे होगा। और यह बात भी निश्चित ही थी कि वह लौट आएगा।

जब यह समाचार मिला कि राम भृगुग्राम जाते हुए मार्ग में खो

गया तब अम्बा मूच्छित हो गईं। ज्ञान के सागर के समान जमदग्नि भी स्वास्थ्य खोकर देवों की आराधना करने लगे। परुष्णी के तीर पर शोक छा गया।

जब रेणुका होश में आई तब 'मेरे राम' के अतिरिक्त उसके व्यथित हृदय से दूसरा शब्द नहीं निकला। उसके आँसू सूख गए। उसकी वाणी आवश्यकता पड़ने पर ही सुनाई देती थी।

परुष्णी पर दृष्टि जमाए वह पेड़ के नीचे बैठी रहने लगी। कभी-कभी 'मेरे राम' कहकर वह निःश्वास छोड़ती जाती थी। लोमा आकर जितनी देर तक राम की बात करती थी, उतनी ही देर तक वह ध्यान देती थी।

तपोनिधि जमदग्नि की चिन्ता का पार न रहा। पत्नी के दुःख से वह दुखी ही थे, अब पुत्र-वियोग भी उन्हें सताने लगा। प्रातः और सायं पत्नी के पास जाकर वह चुपचाप बैठे रहते थे।

वृद्ध कवि चायमान, विमद, हर्यश्व, कृशाश्व और ऋषि का ज्येष्ठ पुत्र विदन्वन्त मनुष्यों को लेकर चारों ओर राम का खोजने निकले थे। पर राम का अभी कोई पता नहीं चला था और भृगुओं में शोक फैल गया था।

एक दिन जमदग्नि रेणुका के पास बैठे थे। रेणुका की निस्तेज, स्थिर और करुण आँखें भूमि पर स्थिर थीं। जब धीरे-धीरे जमदग्नि ने अपना हाथ रेणुका के हाथ पर रखा तब उसके अंग काँप उठे। एक सिसकी उसके कण्ठ में रुक गई। अस्पष्ट रीति से उसे चेत आया कि उसके पति उससे क्षमा-याचना कर रहे थे। भक्ति से उसने अपनी उंगलियाँ पति की उंगलियों में मिला दीं।

बहुत ही देर तक दोनों इस प्रकार चुपचाप बैठे रहे। "रेणुका, देव ने जो ऐसा देदीप्यमान पुत्र दिया है उसे वह लेंगे नहीं। चलो, देव की कृपा की याचना करें।"

जमदग्नि ने प्रेम से रेणुका का हाथ उठाया, और सिर झुकाकर

दोनों ने आँसू गिराकर मूक वदन से देव की आराधना की। कितने ही दिनों से रुकी हुई अश्रु-सरिता उलटकर रेणुका की आँखों से बहने लगी।

राम के लौटने में लोमहर्षिणी को तनिक भी शंका नहीं थी और उसके लौट आने की तैयारी में वह लगी रही। लोमा चौदह वर्ष की थी, इसलिए बड़ों से भी वह मिलती थी। वह सबसे यही बात कहती थी कि राम आये बिना न रहेंगे।

राजा दिवोदास की लाडली पुत्री को जहाँ इच्छा हो वहाँ जाने का स्वातन्त्र्य था, इसलिए जहाँ-जहाँ राम उसके साथ घूमा था, वहाँ-वहाँ वह भी घूमने लगी। इस पेड़ के नीचे उसका राम उससे मिलता था। यहाँ वह उसके साथ लड़ पड़ा था। यहाँ वे दोनों फिर मान गए थे। वहाँ वे दोनों तैरने के लिए कूदे थे। उस स्थान पर दोनों ने एक-दूसरे के बाल खींचे थे। यहाँ पर सुपर्ण को दाना दिया जाता था। इस प्रकार प्रतिदिन पुराने प्रसंगों का वह उद्धरण करने लगी।

सब काम छोड़कर प्रतिदिन सन्ध्या को सरस्वती के तीर से आने के मार्ग की ओर वह जाती और सामने दूर तक देखती रहती थी। उसे दृढ़ विश्वास था कि इस मार्ग के उस छोर पर उसका राम था, इस मार्ग से ही उसका राम आने वाला है, आ रहा है। उसके कान में सुपर्ण के टाप की ध्वनि निरन्तर आया करती थी।

लोमा के हृदय में श्रद्धा की ज्योति जैसी पहले थी वैसी ही आज जलती थी। उसे इतनी ही चिन्ता थी कि जब इस मार्ग से उसका राम लौटे और वह स्वतः उसके दर्शनों के लिए उपस्थित न हो तो!

राम की खोज में वृद्ध कवि चायमान ने आकाश-पाताल एक कर दिए। मार्ग में ध्यान से देखते-देखते वह तृत्सुग्राम की ओर आये। मार्ग से इतने घोड़े, इतनी गाड़ियाँ, इतने पशु और मनुष्य पाँच-सात दिनों में आये और गये थे कि सुपर्ण के खुर-चिह्न मिलना कठिन था।

वृद्ध कवि ने तृत्सुग्राम आकर यह पता लगाया कि रेणुका और लोमा के साथ राम ने क्या-क्या बातें कीं, सुपर्ण को किस प्रकार पसन्द किया,

कौनसे शस्त्र साथ में लिये, आदि। सुपर्ण मार्ग नहीं भूल सकता, इस बात का उन्हें पूरा विश्वास था।

उनके शिष्य शम्बर के पुत्र राजा भेद को सप्तसिन्धु के दास अभी तक अपना राजा मानते थे, इसलिए भेद को इन्होंने साथ में लिया, और बड़े मार्ग से कटे हुए छोटी-छोटी जंगली पगडण्डियों से होकर दासों के निवास-स्थानों में वे राम की खोज करने लगे। कितने दिन बीत गए, महीनों हो गए, पर राम का कोई पता न चला। जब सब प्रयत्न निष्फल होने लगे तब छोटी-छोटी-सी बात में वृद्ध कवि साथियों से लड़ने लगे और जंगल जलाने लगे।

विमद ने देखा कि अधिक खोज करना अब व्यर्थ है। यदि वह जीवित होता तो मिले बिना न रहता। पर वृद्ध कवि से यह कहने पर कहीं आशातन्तु पर स्थिर उनके शरीर का अन्त न हो जाय, इस भय से उसने भी पिता के साथ रहकर राम की व्यर्थ खोज की।

वृद्ध कवि ने अभी आशा छोड़ी नहीं थी। अनुभवी सेनापति की कुशलता से उन्होंने दोनों ओर के सब जंगलों में खोज की, चारों ओर पता लगवाया, और अन्त में सरस्वती-तट की ओर मुड़े। उन्हें कुछ ऐसी आशा थी कि यह पवित्र माता उनके राम को अवश्य लौटा ला देगी।

सरस्वती-तीर पर के आश्रमों और निवास-स्थानों में निष्फल खोज करते-करते अन्त में वृद्ध कवि चायमान भृगुग्राम के सामने के किनारे पर जहाँ से वह खोजने निकले थे उस स्थान पर आ पहुँचे।

विमद ने धीरे से कहा, "पिताजी, अब हम लोग आश्रम में जायँ। आप थोड़ा विश्राम कीजिए।" वृद्ध कवि ने ऊपर देखा—पृथ्वी के छोर पर। वह रीते हाथों लौटे थे।

निराशा के हिम से उनका हृदय गल गया। अठहत्तर वर्षों में जो किसी ने नहीं देखा था, वह आज विमद और उसके साथियों ने देखा। वृद्ध कवि के कन्धे उछलते हुए दिखाई दिए, और जिनकी ललकार से सप्तसिन्धु काँपता था, उनका दयनीय आक्रन्द और अश्रु से सिंचित स्वर

सुनाई दिया—"माँ ! माँ ! तप और बल की जननी ! इतने वर्षों की मेरी सेवा भी तुझे स्मरण न आई ! कृतघ्नी ! इस अवस्था में मुझे इस प्रकार दुखी किया।" उनकी आँखों से अश्रुधारा बह रही थी। वह घोड़े से किसी प्रकार उतरे।

"विमद," उन्होंने विमद के कन्धे पर हाथ रखा, "मुझे ले चलो।"

जैसे छोटे बच्चे को ले चलते हैं वैसे ही इस अप्रतिहत सेनापति-श्रेष्ठ को विमद, राजा भेद और कृशाश्व हाथ पकड़कर आश्रम में ले गए।

: ७ :

अंधेरी रात में वरुणदेव की टिमटिमाती आँखें देखता हुआ राम सुपर्ण पर सवार होकर वृद्ध के पास जाने के लिए चल पड़ा। वह अकेला ही जानता था कि सुपर्ण के पंख थे, पर वे दिखाई नहीं देते थे। वह पक्षी के समान उड़ता था। दूसरे घोड़े दौड़ते अवश्य थे, पर उन्हें सुपर्ण के समान उड़ना नहीं आता था।

उसके मन में विचार-तरंगें उठ रही थीं। वह आश्रम में नहीं होगा तो अम्बा रोएँगी, पिता क्रोधित होंगे। ये दोनों क्रोधित होते तब पिता आँखें बन्द कर लेते और अम्बा रोने लगती थीं, यह उसे स्मरण हो आया। वह लौट आएगा तो इन दोनों की आँखें पुनः जैसी अच्छी थीं वैसी ही हो जायँगी, ऐसा मानकर वह आगे बढ़ने लगा। उसने विचार किया कि वृद्धा इस प्रकार अकेले चले गए, यह उन्होंने ठीक न किया। उसे साथ ले गए होते तो कैसा आनन्द आता ! पर विश्वामित्र ने ना कर दी होगी। विश्वामित्र क्यों उसे पढ़ाना चाहते हैं ? उसे तो सब आता है। और वृद्धा कहते थे कि उसके दादा ऋचीक को सब आता है, फिर उसे विश्वामित्र के पास पढ़ने की क्या आवश्यकता है ?

घोड़े के टाप की ध्वनि ठीक चल रही थी। मुँह से 'खबड़क' 'खबड़क' बोलें तो घोड़ा वेग से चलता है, यह वह जानता था। उसने 'खबड़क'

'खबड़क' कहना प्रारम्भ किया ।

दोनों ओर जंगल में छिपे हुए अँधेरे के असुर 'राम-राम,' 'राम-राम' कहकर उससे बात करते थे। उसे वृद्ध कवि के पास शीघ्र जाना न होता तो वह अवश्य उनके साथ बैठकर बातें करता ।

उसे ज्ञात था कि प्रातःकाल वायु को मरुत लाते हैं और रात को उनकी स्त्रियाँ लाती हैं। मरुत की स्त्रियाँ नदी में पानी भरने आती थीं, इसलिए वायु पर पानी गिर जाता था। इसी से शीतल वायु बहता था। उसने दाँत खोलकर वायु मुँह में खींचना प्रारम्भ किया। थोड़ी देर में वह सीटी बजाने लगा। सीटी बजाने से भूत-पिशाच भाग जाते हैं, यह भी वह जानता था। पेड़ों पर जुगनू की पंक्तियाँ उड़ रही थीं और वह जैसे-जैसे आगे बढ़ रहा था, वैसे-वैसे वे यहाँ-से-वहाँ और वहाँ-से-यहाँ उड़ती थीं। जब गन्धर्व पृथ्वी पर आते हैं तो जुगनू बनकर आते हैं। उन्हें जो हाथ में पकड़ रखे उसे गाना आ जाता है। उसने एक-दो जुगनू पकड़ने का यत्न किया, पर वह सफल नहीं हुआ।

वृद्धा उनकी प्रतीक्षा करते हुए बैठे होंगे। वह पहुँचकर आनन्द से चिल्लाएगा, "वृद्धा !" और वृद्धा उठकर उसे गले लगा लेंगे। फिर वृद्धा की दाढ़ी उसके कण्ठ में लिपट जायगी। ऐसी दाढ़ी उसे कब उगेगी ? सब कहते थे कि अभी तो उसे दाढ़ी उगने में देर लगेगी। किसी ने उसे कहा था कि अमुक पेड़ के बीज खाने से दाढ़ी निकल आती है। उसने एक बार बीज भी प्राप्त किये थे, पर उसे अश्विनों का शाप था, इसलिए उसे दाढ़ी नहीं निकली।

नदी भी कलकल करती बढ़ रही थी। ऐसा भास होता था मानो उसके पानी पर श्वेत फूल टपकते हों। उसके मन में ऐसा विचार आया कि यदि वे फूल हों तो चुनकर लोमा को जाकर दे आऊँ। लोमा लड़की थी। यह उससे बड़ी थी, तो भी कितनी छोटी थी ! वृद्धा बहुत बार कहते थे कि लड़कियाँ बहुत बकवाद करती हैं। लोमा कभी-कभी सिर खा जाती थी। वृद्धा मिलेंगे, और फिर लोमा, अर्थात् फिर लोमा को बुलाना पड़ेगा।

उसके बिना कहीं काम चल सकेगा ?

राम ने लोमा से अनेक बार कहा था कि यदि तुम अप्सरा होतीं तो कैसा आनन्द आता ? यदि उसने माना होता और अप्सरा बन गई होती तो इस समय उसके साथ उड़ती हुई आती।

आकाश में तारे आँख-मिचौनी खेल रहे थे। वास्तव में वे वरुणदेव की आँखें थीं। इन्हीं आँखों से वह सबको देखते हैं और यदि कोई पाप करता है तो उसे ठीक कर देते हैं। वरुणदेव की कितनी आँखें हैं ? और मुझे तो दो ही हैं। पीछे तीसरी आँख हो तो पीछे का भी देखा जा सकता है।

सुपर्ण सशक्त था। राम के समान अँधेरे में उसे भी सब-कुछ दिखाई देता था। लोमा को अँधेरे में दिखाई नहीं देता था। वह लड़की थी, क्या इसलिए ? नहीं। विमद भी कहता था कि उसे भी रात में दिखाई नहीं देता।

वे सब असुरों के गुरु नहीं हैं, इसलिए दिखाई नहीं देता था। उसे सब दिखाई देता था, क्योंकि वह कवि उशनस का पुत्र था और असुरों का गुरु था। पिताजी को भी नहीं दीखता था। असुरों ने उन्हें पुरोहित-पद पर नहीं रखा था, इसी से ऐसा होगा।

भृगु के आश्रम में उसके समान कितने ही लड़के थे, पर सब उससे कितने छोटे दिखाई देते थे ! वृद्धा कहते थे कि एक दिन सबको लेकर वह स्वतः भी युद्ध में जायगा। वे सब उसके थे, उसके थे या उसके बड़े भाई विदन्वन्त के।

उसने बहुत देर तक फिर सीटी बजाई। सुपर्ण अब धीरे-धीरे चल रहा था। उसके पैर में बँधे हुए घुँघरू बजते चल रहे थे। पिछली बार तो तीन दिन में सब भृगु के आश्रम में पहुँच गए थे। तब तो अम्बा साथ थीं, इसलिए बैलगाड़ियाँ जोती गई थीं और रात में विश्राम लिया गया था। विमद कहता था कि घोड़े पर भृगुग्राम डेढ़ दिन में पहुँच सकते हैं, पर वह किसी दिन रात में नहीं जाता था। वह स्वतः तो रात में चला था, इसलिए वृद्धा से प्रातः मिलेगा, या दोपहर को, या संध्या-समय।

दोनों ओर वृक्षावलियाँ वेग से दौड़ने लगीं। आकाश में नक्षत्र आगे बढ़े। पिछली रात का वायु बहने लगा। पर नौ वर्ष के उस निर्भय बटुक के हृदय में एक ही धुन थी—वृद्धा कब मिलेंगे ?

प्रात: होने पर बड़े-बड़े वृक्षों के बीच ठहरने का एक स्थान आया, सुपर्ण रुक गया। इसी स्थान पर पिछली बार वे सब रात में टिके थे, यह बात उसे स्मरण हो आई। पास में ही पानी का झरना झर-झर करता बहता था; वह भी आज उसी प्रकार बहता दिखाई दिया।

राम घोड़े पर से उतरा, उसे छोड़ दिया, स्वत: एक बड़े-से पेड़ के नीचे जाकर बैठा, शस्त्र निकाल लिये और पेड़ के तने से टिककर बैठ गया। नींद के असुर के आने का ज्ञान होने से पहले ही उसकी आँखें बन्द हो गईं और वह खर्राटे भरने लगा।

राम सपने देखने लगा। उनमें दौड़ते हुए घोड़े और गिरते हुए तारे दिखाई दिए। प्रत्येक स्वप्न में वृद्धा का मुँह भी दिखाई देता था। किसी समय लोमा हँसती हुई आती थी। अम्बा चरखा कात रही थीं, क्योंकि राम के लिए सुन्दर ओढ़ना बनाना था। इतने में सुपर्ण पागल हो गया। उसके पेट पर नींद का असुर आकर बैठ गया। यह उसे स्मरण ही न रहा कि कौनसी उँगली दबानी चाहिए।

"ऊँ हुँहुँहुँहुँहुँहुँ" सुपर्ण की हिनहिनाहट सुनाई पड़ी। वह चौंककर जागा।

इस समय दो-तीन काजल जैसे काले व्यक्ति सुपर्ण को बाँधने का प्रयत्न कर रहे थे, और वह इधर-उधर कूद-फाँद कर रहा था।

"यह तो मेरा घोड़ा है," वह चिल्लाया और शस्त्र लेने को हाथ बढ़ाया। पर वे मिले नहीं। वह सीधा होने लगा, पर पीछे गिर पड़ा। किसीने रस्सी से उसे पेड़ के साथ बाँध दिया था।

रस्सी से छूटने के उसने बहुत प्रयत्न किये, पर छूट न सका। पास में कोई ठठाकर हँस पड़ा। उसने सिर घुमाकर देखा तो पास में एक काला वृद्ध बैठा हुआ उसकी ओर देखकर हँस रहा था। उसने लंगोटी लगा रखी

थी और सिर तथा शरीर पर बकरे का चमड़ा लपेट रखा था। उसके पूरे शरीर पर कौड़ियों के गहने थे। राम को ऐसा लगा कि वह अभी सपना ही देख रहा है।

राम विकराल आँखों से सुपर्ण को बाँधे जाते हुए देखता रहा। दासों ने सुपर्ण के अगले और पिछले पैर एक-दूसरे के साथ बाँध दिए और उसकी टापों पर पत्ते लपेट दिए। फिर आकर उन्होंने राम के बन्धन खोले।

उस बूढ़े सहित सब आठ व्यक्ति थे। बूढ़े के हाथ में त्रिशूल था। शेष व्यक्तियों की कमर में लोहे के फरसे लटक रहे थे और उनके हाथ में भाले थे। वे व्यक्ति उसे घेरकर खड़े हो गए। ज्योंही उसके बन्धन शिथिल हुए त्योंही राम व्याघ्र के समान कूदा और उस बूढ़े को गिराकर उस पर से होकर भाग निकला। वे काले आदमी उसके पीछे-पीछे दौड़े।

हरिण के समान छलाँगें भरता हुआ राम आगे बढ़ गया। वे दास भी उसके पीछे-पीछे दौड़ते आ रहे हैं, यह उसने जान लिया। वह जीवन में कभी इस प्रकार नहीं दौड़ा था जैसा इस समय दौड़ रहा था।

पीछे से एक दास ने एक भाला फेंका। वह राम के पैर में लगा। तुरन्त ही वह पैर चूका और राम गिर पड़ा। दासों ने आकर उसे बहुत पीटा और बाँधकर लौटा ले गए।

राम के मुँह से 'सी' तक न निकली। वह जानता था कि रोना लड़कियों और नपुंसकों का काम है, फिर वह तो भृगु था।

दासों ने राम को ले जाकर सुपर्ण की पीठ पर बाँध दिया। वह बूढ़ा भी उसके पीछे घोड़े पर बैठा और जंगल की पगडण्डी पर वे आड़े-टेढ़े चलने लगे। सुपर्ण के पीछे दो दास इस प्रकार चलते थे कि उसके खुर-चिह्न मिट जायं।

मार पड़ने से राम के शरीर में पीड़ा हो रही थी। वृद्धा से मिलने में देरी हो रही थी, इसका उसे विशेष दुख था। वह भाग निकलने का

मार्ग बहुत सावधानी से चारों ओर खोज रहा था।

जंगल-ही-जंगल में वे दास आगे बढ़ते गए। राम चारों ओर ध्यान देने लगा। बूढ़ा कुछ बोलता चलता था। उसके बहुत से शब्द उसकी समझ में भी आ रहे थे। दूसरे सब लोग बिना बोले सुना करते थे। बालपन में ऋषि विश्वामित्र को दास लोग किस प्रकार उठा ले गए थे, यह बात उसने अपने पिता से सुनी थी। विश्वामित्र को उन लोगों ने इसी प्रकार बाँधा होगा या नहीं, इस प्रकार विचार करते-करते उसे नींद के झोंके आने लगे।

जंगल में एक स्थान पर दासों का निवास-स्थान था। वहाँ दोपहर के पश्चात् इन सबने विश्राम किया। राम को उन्होंने घोड़े पर से खोला और उसके पैर इस प्रकार बाँध दिए जिससे वह भाग तो न सके, पर धीरे-धीरे चल सके। उसके हाथ भी पीछे बाँध दिए और उसकी कमर में रस्सी बाँधकर उसका दूसरा छोर बूढ़े ने अपनी कमर में बाँध लिया।

उस निवास-स्थान के लोग विचित्र थे। उन्होंने नाचते-कूदते हुए उस बूढ़े को घेर लिया और 'ईईई ऊऊऊ' की किलकारी मारने लगे। फिर उन्होंने बूढ़े की पूजा करके उसे तथा उसके साथियों को भोजन कराया। बूढ़े ने राम को भी भोजन दिया और ठठाकर हँसने लगा। राम को देखकर बूढ़ा बहुत प्रसन्न हो रहा था और बहुत-कुछ कह भी रहा था, जिसे सुनकर सब दास भी ठठाकर हँस रहे थे।

राम की हड्डियाँ पीड़ा दे रही थीं। उसकी आँखें भी जल रही थीं। उसे बड़ी भूख लगी थी, इसलिए सब भूलकर उसने पेट-भर भोजन किया। उधर वे सब दास भोजन करने और बात करने बैठे, इधर राम धरती पर सिर रखकर सोने लगा। उसे सपने में मार-पीट, दौड़-धूप और रेणुका, लोमा, जमदग्नि तथा विश्वामित्र के उल्टे-सीधे चित्रों में वृद्ध कवि के दर्शन हुए। 'मुझे वृद्धा के पास जाना है', यह विचार बार-बार उसे नींद में आ रहा था।

सूर्य का तेज कुछ कम होने पर बूढ़े ने यात्रा करने की आज्ञा दी।

आज राम को पैदल चलाने का उन लोगों का विचार था, इसलिए बूढ़ा सुपर्ण पर बैठा और रस्सी से राम को खींचने लगा।

राम जहाँ खड़ा था वहाँ से हटना उसे स्वीकार नहीं था। बूढ़े ने घोड़े को दौड़ाने के लिए उसे डंडे से मारना प्रारम्भ किया, पर सुपर्ण ने पैर न उठाया और सखेद राम को देखता रहा।

अन्त में वृद्ध की सहायता के लिए दो व्यक्ति आये और रस्सी पकड़कर राम को खींचने लगे। दाँत पीसकर स्थिर आँखों के तेजस्वी प्रकाश से खींचने वालों का तिरस्कार करता हुआ राम तनिक भी डिगा नहीं और फिर रस्सी के खिचने से जब वह सरकने लगा तब धरती पर गिरकर घसीटा जाने लगा। बूढ़े की आज्ञा से तीसरे व्यक्ति ने आकर राम को कोड़े लगाना प्रारम्भ किया। राम को कष्ट होने लगा, इसलिए वह धूल में लोटने लगा। कहीं गले से 'सी' न निकल जाय, इसलिए राम ने दाँत और ओंठ जकड़ लिए।

उस मारने वाले व्यक्ति को बूढ़े ने रोका और उसे राम को उठाने के लिए कहा। उस व्यक्ति ने राम को उठाया और बूढ़े ने रस्सी खींचकर राम को फिर से चलाने का प्रयत्न किया।

राम की आँखों में आँसू भर आए। उसकी पीठ पर पड़े हुए कोड़े के घावों से खून निकलने लगा था। उसके पैर थर-थर काँपने लगे थे। उसका गला सूज आया था, पर उसके ओंठ और दाँत जैसे थे वैसे ही जकड़े रहे। आँसुओं से भरी हुई उसकी दोनों आँखों का अग्निवत् प्रदीप तेज स्थिर और एकाग्र था।

वह पैर पटककर चिल्लाया, "मैं नहीं हटूंगा, बस नहीं हटूंगा।" वह जहाँ खड़ा था वहाँ से डिगा नहीं। दो व्यक्ति उसे ढकेलने को बढ़े तो उनमें से एक के हाथ में राम ने काट खाया। बूढ़े ने सुपर्ण को फिर से हाँकना प्रारम्भ किया, किन्तु वह टस-से-मस नहीं हुआ।

जब इस बालक से अपनी मनचाही वे न करा सके तब अन्त में थककर दासों ने राम को उठाकर घोड़े पर बिठा दिया और बूढ़े की सवारी

आगे बढ़ चली।

उस दिन से बूढ़े और उसके साथियों ने राम को सताना छोड़ दिया और उसे सुपर्ण पर ही बैठाए रखने लगे।

आठ दिन तक बूढ़ा और उसके साथी आगे-ही-आगे जंगल में बढ़ते गए, तब सामने पर्वत मिले। उसकी उपत्यका में दासों के बहुत से गाँव थे जहाँ बूढ़े का बहुत आदर-सम्मान हुआ। बूढ़े की सवारी पहुँचते ही जहाँ उसके एक साथी ने शृङ्ग फूंका कि उसकी गूंज सुनते ही सैकड़ों काले-कलूटे, नाटे पुरुष, स्त्री और बच्चे इकट्ठे होकर नाचते और 'ईईई ऊऊऊ' की किलकारी से उसका स्वागत करते। बूढ़ा 'उग्रकाल प्रसन्न' कहता और कभी-कभी स्वतः नाचता भी था। फिर सब 'ईईई ऊऊऊ' की प्रचण्ड किलकारी करते और पशु पकाकर खाते थे। इस प्रकार एक-एक गाँव में रात्रि को विश्राम करती हुई बूढ़े की सवारी आगे बढ़ती थी।

जहाँ यह सवारी जाती, वहाँ बूढ़ा राम को सबसे आगे रखता था और सब उसे देखकर बहुत आनन्दित हो जाते थे। कभी-कभी लड़के इसके सामने आकर घुटनों के बल बैठ जाते और कभी-कभी स्त्रियाँ भी आकर उसे छोटे बच्चे दिखा जाती थीं।

राम ने अपने पिता और विश्वामित्र के आश्रम में बहुत से दास देखे थे। वे सब राजा भेद के आदमी थे, यह वह जानता था। ऋक्ष के आश्रम में ऐसे कितने ही नृत्य भी उसने देखे थे। उनकी भाषा भी वह कुछ-कुछ समझता था। किन्तु जो दास उसने देखे थे उनकी अपेक्षा ये विशेष गन्दे और कुरूप थे। इनकी भाषा भी विचित्र थी। उनकी भोजन करने की रीति भी बड़ी बेढङ्गी थी और जब वे सड़ा हुआ माँस पकाते थे तब राम का माथा घूम जाता था।

वह समझने लगा कि जो कोई उसे देखता है उसकी प्रशंसा करता है। वह बहुत अच्छा है, सुन्दर है, योग्य है, इससे उग्रकाल प्रसन्न होंगे, ऐसे कुछ-कुछ समझ में आने वाले वाक्य सुनकर उसे लगा कि ये सब उसे गुरु बनाना चाहते हैं। किन्तु उस समय तो वह बूढ़ा ही सबका

गुरु था ।

एक दिन वह बूढ़ा उसे गोदी में लेकर बैठा और उसके सिर पर त्रिशूल घुमाने लगा और न जाने कितनी देर तक वहाँ के लोग उनके आस-पास नाचे । राम समझा कि इन सबके देव उग्रकाल पर्वत पर रहते हैं और यह बूढ़ा वहाँ यात्रा के लिए जाता है । जब सब वेग से नाचने लगे तब बूढ़ा खड़ा हो गया और त्रिशूल हिला-हिलाकर सिर झटकाने लगा। अन्य सब लोग धरती पर मुँह के बल लेटकर "ईईई ऊऊऊ' कहते हुए उस पर ताल देने लगे । भृगुओं के गौरव के उत्तराधिकारी को यह सब असंस्कृत क्रिया देखकर बड़ी हँसी आने लगी ।

उनकी यात्रा आगे बढ़ती ही रही। वह भी इनके बीच से भाग निकलने का मार्ग खोजता रहता था । किन्तु वे दिन-रात उसे बूढ़े की कमर से बँधी हुई रस्सी के छोर से बाँधे रखते थे। रात को भी उसके हाथ-पैर दोनों बाँध देते थे । वह तनिक भी हिले तो सब व्यक्ति जाग उठते थे ।

कई दिन तक बूढ़े का दल पर्वत पर चढ़ता रहा । अब तो बहुत से लोग साथ में हो लिए, इसलिए यात्रा बहुत धीरे-धीरे होती थी । ज्यों-ज्यों संकरे मार्गों से होकर वे ऊपर चढ़ने लगे त्यों-त्यों लोगों का उत्साह बढ़ने लगा । स्त्रियाँ निरन्तर गाती ही जा रही थीं ।

राम को अब सदा जंगली फूलों की माला पहनाई जाती थी और उसे अच्छा-अच्छा भोजन दिया जाता था । बूढ़ा प्रातः-सायं कुछ मन्त्र पढ़-पढ़कर उसके सिर पर त्रिशूल घुमाया करता था। लड़के तो उसे देख-देखकर बहुत ही नाचते थे । उसका भी मन कभी-कभी हँसने को करता था, किन्तु वृद्धा के पास जाना अभी शेष है, यह स्मरण होते ही उसकी हँसी रुक जाती थी ।

राम उन लोगों के व्यवहार से उकता गया । उसका बस चलता तो लकड़ी लेकर चारों ओर घुमाता, नहीं तो वृद्धा के समान सेना लेकर उन्हें मार ही डालता । वह यही संकल्प करके सन्तोष मनाने लगा कि किसी दिन उन सबको ठीक करना ही पड़ेगा ।

अन्त में जब बूढ़े की सवारी पर्वत के शिखर पर पहुँची तब सन्ध्या हो गई थी। एक टेकड़ी के नीचे सब ठहर गए। ऐसा जान पड़ता था कि यात्रा पूरी हो गई है और राम समझा कि इसी टेकड़ी पर उग्रकाल रहते हैं।

पूरा दल आनन्दमग्न था। चाँदनी रात में अँधेरे के असुर पेड़ के नीचे छिप गए थे। स्त्रियों ने तानें छेड़ीं। बीच में बड़ी-सी आग सुलगाई गई और उसके चारों ओर लड़के नाचने लगे।

हाथ-पैर बाँधकर राम को एक पेड़ के नीचे बिठा दिया गया था। राम ने निश्चय किया कि यदि वह इन सबका गुरु बने तो पहले इन्हें नहला-धुलाकर स्वच्छ करे और फिर जो भी चिल्लाए उसे डाँटकर चुप कराए। ऋषियों के आश्रमों में लोग जैसी शुद्ध और संस्कारयुक्त वाणी बोलते थे, वैसी ही बोलना वह अपने शिष्यों को सिखाएगा।

सुलगाई हुई आग में पकड़कर लाये हुए पक्षी पका-पकाकर सबने खाये और साथ में लाई हुई सुरा पी। बूढ़े ने भी भरपेट खाया और सुरापान किया। राम की पूजा करके उसे माला पहनाकर भरपेट खिलाया। फिर सब लोग कुछ राग अलापते हुए ढोलक के साथ जी भर-कर नाचे।

जिस समय यह नृशंस उत्सव मनाया जा रहा था, उस समय राम पेड़ के नीचे प्रगाढ़ निद्रा में सो रहा था। रात हो चुकने पर थक जाने के कारण वह दल आग के आस-पास ही सोने के लिए व्यवस्थित हो गया।

कुछ रात बीतने पर दूर सुपर्ण का हिनहिनाना सुनाई दिया—एक बार, दो बार और तीन बार। वह हिनहिनाहट बहुत देर तक रही। उसमें त्रास और दुख भरा था। राम जाग गया। मानो घोड़ा पुकारकर चिल्लाया हो ऐसी आक्रन्दपूर्ण प्राणान्तक हिनहिनाहट आरम्भ हुई। एक झटके की ध्वनि हुई···और ध्वनि मन्द पड़ गई। राम उठ बैठा। उसका हृदय वेग से धड़क रहा था। उसे ऐसा जान पड़ा मानो उसके सुपर्ण को किसी ने मार ही डाला हो। उसके सब अङ्ग काँप उठे। उसका मन हुआ

कि चिल्ला उठे, पर ज्यों-त्यों उसने अपने मन पर नियन्त्रण रखा।

थोड़ी ही देर में दस-बारह व्यक्ति एक बड़ा-सा बोझा उठाकर ले आये और उसे आग पर रख दिया। राम आग की ओर देख न सका। उस पर क्या है, उसकी समझ में आ गया था, पर अपनी शंका का निवारण करने के लिए जब उसने प्रयत्नपूर्वक उधर देखा तो सुपर्ण का सुन्दर शरीर वह पहचान गया। उसने आँखें फेर लीं। उसकी आँखों में आँसू भर आए और वह धरती में मुँह गाड़कर सिसकियाँ भरने लगा।

रोते-रोते भी राम सब समझ गया—उसकी पूजा क्यों की जाती है, उसे अधिक क्यों खिलाया जा रहा है, उसे देखकर सब क्यों प्रसन्न होते हैं! उसे झट एक बात सूझी। विश्वामित्र ऋषि जब छोटे थे तब भी दासों ने तैयारी की थी कि उन्हें जलाकर अपने उग्रदेव पर बलि चढ़ा दें। उसके सुपर्ण को भी ये दास इसलिए पका रहे थे···और कल प्रातः उसे भी पकाकर अपने देव को भोग चढ़ा देंगे।

यह कैसे हो सकता है? उसे तो अभी वृद्धा से मिलने जाना है। अभी तो उसे अम्बा और लोमा के पास भी जाना है। और फिर वह तो बड़ा गुरु होने वाला है। उसकी आँखें विकराल बन गईं, उसके आँसू सूख गए, उसके शरीर की पीड़ा बन्द हो गई और वह भाग निकलने का मार्ग खोजने लगा। कुछ देर में जब सब दास सो गए तो राम धीरे-धीरे लेटे-लेटे ही आग के पास सरकने लगा।

सुपर्ण का एक पैर आग के बाहर पड़ा था। उसकी चरबी जल रही थी और उसमें एक स्थान पर अग्नि की ज्वाला निकल रही थी। राम सरकता हुआ उसके पास गया और साहस करके अपने बँधे हुए हाथ उस पर रख दिए। थोड़ी देर में बन्धन की रस्सी जल गई और उसके हाथ खुल गए।

उसने सोने का ढोंग बनाए रखा और धीरे-धीरे करवट लेकर पैर के बन्धन भी आग पर रखकर जला डाले। हाथ-पैर खुल जाने पर उसने अपनी कमर पर बँधी हुई वह रस्सी भी दाँत से काट डाली जिसका दूसरा

छोर बूढ़े की कमर से बँधा था।

राम छूट गया।

भयंकर ठण्ड से सिकुड़कर सब आग के पास सो रहे थे, इसलिए वह धीरे-धीरे सरककर दूर हटने लगा।

चन्द्र अस्त हो गया था। अग्नि शान्त हो गई थी। केवल जलते हुए कोयलों का प्रकाश थोड़ी दूर तक प्रसार किये हुए था।

जहाँ तक अँधेरा था वहाँ तक वह लुढ़कता हुआ गया और फिर उठ बैठा।

राम की आँखें अँधेरे में सब-कुछ देख सकती थीं। एक ओर नीचे जाने का मार्ग था, दूसरी ओर सीधी टेकड़ी पर जाने की पगडण्डी थी। यदि वह नीचे जाय तो दास उसे पकड़े बिना न रहेंगे, ऐसा विचार करते ही वह चार पग में टेकड़ी के पास पहुँच गया। फिर वह खड़ा होकर वेग से दौड़ने लगा। अपने सर्वदर्शी नयन चारों ओर चमकाता हुआ वह कभी पैरों से चलकर, कभी हाथ-पैर दोनों के बल सरककर ऊपर जा पहुँचा।

वेग से दौड़ने के कारण उसके हाथ-पैर छिल गए, पर भाग निकलने के लिए उसका शरीर और मन दोनों एकाग्र हो गए थे। इसके अतिरिक्त उसे और किसी बात की सुध ही नहीं थी।

टेकड़ी के सिरे पर एक छोटा-सा खुला मैदान था। वहाँ बीच में पत्थर का एक बड़ा लिंग था। उसके आसपास से चढ़ावे की असह्य दुर्गन्ध आ रही थी। श्मशान से भी अधिक भयानक दुर्गन्धयुक्त इस स्थान में वह छिप-छिपकर हाथ-पैर के बल आगे बढ़ने लगा। एक बार एक बड़ा-सा पक्षी पंख फड़फड़ाकर उड़ गया। दो-चार गिद्ध सिर पर मँडराने लगे। राम की विकराल आँखें चमकती हुई चारों ओर घूम रही थीं। मार्ग खोजने के अतिरिक्त उसकी अन्य सब शक्तियाँ कुण्ठित हो गई थीं।

ठण्डी हवा की साँय-साँय उस पर कोड़े के समान आघात करती थी, पर इसकी उसे सुध नहीं थी।

उसे ऐसा जान पड़ा कि टेकड़ी तीन ओर से तो ढालदार है किन्तु एक ओर सीधी खाई तक जाती है। वहाँ से बहते हुए पानी की कलकल ध्वनि आ रही थी। तीन ओर से नीचे उतरा नहीं जा सकता था और उस मार्ग से नीचे उतरने में दास मिले बिना न रहेंगे। चौथी ओर से उतरने का प्रयत्न करने से चकनाचूर होने का भय था।

वह फिर टेकड़ी पर घूमा, पर खाई के अतिरिक्त उसे बचने का कोई मार्ग दिखाई नहीं दिया। टेकड़ी पर लेटकर एक पेड़ की शाखा पकड़कर उसने सिर बढ़ाकर नीचे खाई की ओर देखा। उसे ऐसा जान पड़ा कि पानी का प्रवाह वेग से बह रहा है।

टेकड़ी की खाई वाली ओर एक बड़ा-सा पेड़ खड़ा था, जिसकी मोटी-मोटी शाखाएँ नीचे खाई में लटक रही थीं।

अचानक टेकड़ी के नीचे उसे कोलाहल सुनाई दिया। बिल्ली की चपलता से राम ने टेकड़ी पर के पेड़ की शाखा पकड़ी और एक पैर टेकड़ी के नीचे लटका दिया। नीचे की शाखा को बोझ सह सकने के योग्य जानकर वह उस पर कूदा। फिर उसने ऊपर की शाखा से हाथ छोड़कर नीचे की शाखा पकड़ ली।

ऊपर आकाश चमक रहा था। नीचे पानी बह रहा था जिसमें तारों का स्वच्छ प्रकाश प्रतिबिम्बित हो रहा था। इन दोनों के बीच राम पर्वत की खाई में खड़े हुए पेड़ पर शाखा पकड़कर बैठा हुआ था।

सवेरा हुआ। वह जिस शाखा पर बैठा था, वहाँ से उसने दूर से बहकर आता हुआ जल-प्रवाह देखा। उसके उस ओर मैदान था। उस ओर दृष्टि डाली। बहुत दूरी पर गाँव में से धुआँ निकल रहा था। ठण्ड से थर-थर काँपता हुआ वह झुककर ध्यान से नीचे देखने लगा। वह जिस पेड़ पर बैठा था वैसे ही बहुत से पेड़ खाई में नीचे तक फैले हुए थे। नदी की चौड़ाई परुष्णी से अधिक नहीं थी। इस समय यदि वृद्धा होते तो उनके साथ नदी में तैरने में बड़ा आनन्द आता। यदि वृद्धा उसे इस प्रकार लटकता हुआ देखें तो क्या कहेंगे? और हठी लोमा ने अप्सरा बनना

अस्वीकार न किया होता तो इस समय वह उस के साथ ही होती।

टेकड़ी पर से पुकार और कोलाहल सुनाई दे रहा था। उसकी खोज करते हुए मनुष्यों का स्वर उसके पास तक सुनाई दे रहा था। धीरे से राम वहाँ से नीचे के पेड़ पर उतरा।

ऊपर टेकड़ी पर से फिर कोलाहल सुनाई दिया, इसलिए वह श्वास रोककर शाखाओं में छिप गया। थोड़ी देर में कोलाहल कम हुआ और वह नीचे के दूसरे पेड़ पर उतरा।

सूर्योदय होने पर राम ने पेड़ पर बैठे-बैठे सूर्य को अर्घ्य दिया और तेज के नाथ उसकी ठण्ड भगाने लगे। अन्त में कोलाहल बन्द हो गया और वह मार्ग खोजने लगा।

उसकी चमकती हुई आँखों ने टेकड़ी की ऊँचाई नापी, नीचे की गहराई नापी और नदी की चौड़ाई भी नापी। ओंठ चबाकर हाथ और पैर दोनों का उपयोग करके वह एक के पश्चात् दूसरे पेड़ पर से उतरने लगा।

एक बार पुनः ऊपर चढ़ने का उसने विचार किया, किन्तु उस बूढ़े का क्रूर हास्य उसे स्मरण हो आया, इसलिए यह विचार उसने छोड़ दिया। वह नीचे के पेड़ों पर बहुत सावधानी से उतरने लगा। अन्त में जब पेड़ समाप्त हो गए और छोटी कोमल झाड़ियाँ आने लगीं, तब उसने सविता देव को आँखों से ही नमस्कार करके गायत्री-मन्त्र से उन्हें अर्घ्य दिया और नीचे पानी में कूद पड़ा।

: ८ :

सरिता के शीतल जल से राम के गात्र हरे हो गए। नदी के बहाव के साथ ही तैरने की आवश्यकता होने से उसे अधिक कठिनता नहीं हुई, और सूर्य ज्यों-ज्यों ऊपर आने लगा, त्यों-त्यों ठण्ड भी कम होने लगी।

सामने का तट निर्जन था, इसलिए उधर जाने की अपेक्षा आगे बढ़ना ही उसे ठीक लगा। थोड़ी-थोड़ी देर पर नदी में बड़े-बड़े पेड़ बहते चले

आते थे। उनमें से एक बड़े पेड़ पर बैठकर वह विश्राम लेने लगा।

वह इस पेड़ को घोड़ा बनाकर बैठा, और आनन्द से आगे बढ़ने लगा। विकराल रक्त-पिपासु बूढ़े और दुर्गन्धमय निवास-स्थान में रहने वाले उनके देव उग्रकाल से मुक्ति पाने के कारण उसे बहुत शान्ति मिली। उसे यह विश्वास हो गया कि अब वह वृद्धा के पास जा सकेगा।

उसे सुपर्ण का स्मरण हुआ। उसने संकल्प किया कि जहाँ उसके प्रिय घोड़े को उन दासों ने मार डाला है, वहीं एक दिन जाकर वह उस बूढ़े का मुँह तोड़ेगा। दोपहर होने पर उसे भूख लगने लगी और बहुत देर तक उसने वृद्धा, रेणुका और लोमा का विचार करके भूख शान्त करने का प्रयत्न किया।

अपराह्न के समय उसने किनारे पर दो बड़ी नावें खड़ी देखीं। ऊँचे स्वर से पुकारकर उसने उनमें बैठे हुए व्यक्तियों का ध्यान आकृष्ट किया। दो व्यक्ति उसे देखकर चिल्ला उठे और पेड़ पर से उतरकर राम तट की ओर तैरने लगा।

तट के पास आने पर उसने देखा कि नाव में से चार पुरुष, दो स्त्रियाँ व तीन लड़के उसकी ओर देख रहे थे। वे लोग दासों के समान काले नहीं थे यह देखकर राम को शान्ति हुई। नाव में जो पुरुष खड़े थे, उनमें से जो अवस्था में बड़ा था वह पिता था, और अन्य तीन उसके पुत्र थे। राम को पास आते देखकर नावों का स्वामी तैरकर आगे आया और उसे तट पर ले गया। अन्य सब लोग तट पर उतर पड़े और राम को देखकर सब लड़के हँसने और तालियाँ बजाकर कूदने लगे।

उसे देखकर बड़ी नाव वाला भी हर्षित होने लगा। वह लम्बा और पतला था।

"बहुत अच्छा हुआ, बहुत सुन्दर है। दो सौ गायें तो कम-से-कम मिलेंगी," उसने आँखें बन्द करके हाथ मलते हुए कहा।

"पिताजी, दो सौ क्या," बड़े लड़के ने कहा, "चार-पाँच सौ तो सहज में ही मिल जायँगी। इसकी आँखें तो देखो, और पैर भी कितने

अच्छे हैं !"

"चार सौ मिलें तो तुम मेरे सच्चे पुत्र," कहकर पिता ने पुत्र की पीठ ठोकी।

राम ने दोनों की ओर देखा। उनका अर्थ वह नहीं समझा। अपनी स्वाभाविक सरलता से उसने कहा, "मुझे भूख लगी है, भोजन दो।"

"ओह ओ," नाव वाले के बीस वर्ष के छोटे लड़के ने आगे आकर कहा। यह लड़का आकार में छोटा, साहसी और क्रोधी था। फिर राम की आँखों का भयंकर तेज देखकर उसका बोलना एकदम बन्द हो गया।

नाव वाला बीच में बोल पड़ा, "हाँ भाई, ठहरो, भोजन देता हूँ। तुम आये कहाँ से ?"

"वहाँ से," राम ने कहा।

नाव वाले के कहने से लड़के की स्त्री ने उसे रोटी और मिर्च लाकर दी और राम खाने लगा। जब वह खा रहा था, तब नाव वाले का छोटा लड़का उसके पास आया और जीभ निकालकर बोला, "ओह ओ ! बड़े तुर्वसु महाजन के बेटे बने बैठे हैं ! क्या ऐंठ है !"

तुर्वसु जाति के इन भ्रमणशील नाव वालों के विचार में तुर्वसु महाजन ही सबसे बड़ा महाजन था। सब हँसने लगे और राम की नसों में आवेश भरने लगा। उसने रोटी खाना छोड़ दिया और सबकी ओर क्रोध से देखने लगा। उसका क्रोध देखकर सब फिर हँस पड़े।

"मैं तुर्वसु महाजन नहीं हूँ," राम ने गर्व से कहा।

"नहीं, नहीं, तुम तो मानो तुर्वसु राजा के साले हो," उस विष्णु नामक लड़के ने तिरस्कारपूर्वक कहा। फिर सब हँस दिए।

राम खड़ा हो गया और कमर पर हाथ रखकर आगे बढ़ा, "नहीं, वह तो मेरे भाई विदन्वन्त का साला होता है।"

विनोदी विष्णु आँखें नचाता हुआ पास आया और राम की ठोड़ी हिलाकर कहने लगा, "यह कहो न कि ऋषि विश्वामित्र का साला है।"

सब फिर हँस पड़े और राम क्रुद्ध हो गए। उसने चिल्लाकर कहा,

"झूठी बात, विश्वामित्र तो मेरे दादा के साले होते हैं।"

"वाह, वाह !" कहकर सब हँस पड़े। ऐसा अभिमानी लड़का उन्होंने देखा नहीं था।

"धत्तेरे की, महर्षियों के साले के साले !" कहकर विभु ने राम की ठोड़ी पकड़कर ऊँची की।

राम के हाथ में बिजली-सी चमक गई। उसने रोटी फेंक दी, उछला और विष्णु को उठाकर भूमि पर पटक दिया। आवेश में आकर वह उसके सीने पर चढ़ गया। सबकी हँसी रुक गई। नाव वाला दौड़कर राम से लिपट गया और उसे खींचकर अलग करने लगा। राम ने भी इतना बल दिखाया कि नाव वाले को कुछ क्षण के लिए उसे अलग करना कठिन हो गया।

विभु ज्यों-त्यों धूल झाड़ता हुआ, मुँह से गालियों की वर्षा करता हुआ धरती पर से उठा। विनोद करने की उसकी वृत्ति तो लुप्त ही हो गई।

हाथ की मुट्ठियाँ बाँधे तेजपूर्ण आँखों से सबको डराता हुआ राम खड़ा रहा। नाव वाला उसकी पीठ ठोकने लगा, "हाँ भाई, तुम तो बृहस्पति के पुत्र हो, अब तो ठीक है ?"

"नहीं," राम चिल्लाया, "मैं भृगु हूँ, ऋषि जमदग्नि का पुत्र।"

सब लोग फिर हँसने ही वाले थे, पर नाव वाले ने उन्हें रोका, "हाँ भाई, हाँ, तुम तो हमारे गुरु हो। अब तो ठीक है न ?"

जब सब शान्त हो गए तब नाव वाले ने राम को रोटी खा लेने को कहा।

"धरती पर पड़ी हुई रोटी मैं नहीं खाऊँगा।"

"लड़की, जा इसे दूसरी रोटी लाकर दे," कहकर नाव वाले ने मधुरता से पूछा, "भाई, तुम्हारा नाम क्या है ?"

"राम भार्गव।"

"अच्छा, अच्छा, शान्ति से भोजन करो। लो थोड़ा पानी पी लो।"

रात होने पर तट पर आग सुलगाकर पूरा परिवार भोजन करने बैठा। राम को भी उन्होंने थोड़ी दूर पर बिठा दिया और विभु जाकर नाव के बीच में रखे हुए एक बड़े पिटारे में से दो लड़कों को बाहर ले आया, उन्हें नहलाया और राम के साथ बिठाकर तीनों को भोजन दिया। एक लड़का लगभग चौदह वर्ष का और दूसरा राम की अवस्था का, छोटे डील का, पर मोटा था। दोनों के पैरों में रस्सी बंधी थी, जिसे विभु हाथ में पकड़े था।

चौदह वर्ष का लड़का पतला-दुबला, सुन्दर और रूपवान था। उसका मुख चंचल किन्तु म्लान था। उसके छोटे-छोटे बालों से ज्ञात होता था कि उसका सिर थोड़े दिन पहले मूँडा गया है। उसने भोजन से पहले धीरे से अग्नि का आवाहन किया और आहुति दी। प्रिय और परिचित मन्त्र सुनकर राम को ऐसा हर्ष हुआ मानो कोई स्वजन मिल गया हो, और वह हँसा। वह लड़का भी संकोच से हँस पड़ा और इस पारस्परिक हास्य से दोनों मित्र बन गए। नाव वाले का परिवार भोजन करने और गप्पें हाँकने में लगा था, इसलिए दोनों पास-पास आ गए।

"तुम कहाँ से आये हो ?" उस लड़के ने राम से पूछा। उसका स्वर मीठा था।

"मैं नदी से तैरकर आया हूँ," राम ने कहा।

"तुम्हारी जाति क्या है ?" उस लड़के ने पूछा।

"मैं भृगु हूँ। तुम कौन हो ?"

उस लड़के का मुँह मन्द पड़ गया। "मैं···मैं अंगिरा हूँ," उसने हिचकिचाते हुए कहा।

"हम दोनों तो एक ही हैं," राम ने उत्तर दिया, "तुम्हारा नाम क्या है ?"

"मेरा नाम शुनःशेप," उसने नीची दृष्टि करके लज्जित होकर कहा।

राम हँसा, "कुत्ते की पूँछ के बाल ! कैसा विचित्र नाम है !"

तीसरा लड़का तो भोजन करके सो गया था। नाव वाले का परिवार

जब भोजन कर चुका और वायु बहने लगा, तब विभु ने शुनःशेप और राम को नाव में जाने की आज्ञा दी और तीसरे का हाथ पकड़कर स्वतः ही उसे नाव की ओर घसीट ले गया।

नाव में जाकर विभु ने शुनःशेप और उस मोटे लड़के के पैर में बँधी रस्सी एक कील में बांध दी। फिर वह राम के पैर में रस्सी बांधने आया। पहले तो राम ने टंटा करने का विचार किया, पर शुनःशेप ने आँख से संकेत किया, इसलिए उसने पैर बाँधने दिए।

फिर बड़ी नाव वाले ने दोनों नावों के लंगर खोल दिए और नाव वेग से आगे बढ़ने लगी। शुनःशेप से विभु ने रात-भर रस्सी खींचने का काम करवाया, और बहुत दिन का थका हुआ राम कई रातों की नींद एक ही रात में पूरी करने लगा।

प्रातः होने पर विभु ने राम को लात मारकर जगाया। राम बिगड़े हुए घोड़े के समान हिनहिना उठा। वह एकदम विभु के पैर से इस प्रकार लिपटा कि विभु नाव में धड़ाम से गिर पड़ा। विभु इतनी ज़ोर से चिल्लाने लगा कि उसके बाप और भाई दौड़ते हुए वहाँ आये।

"यह लड़का तो भेड़िये जैसा है," विभु ने कहा, "मुझे इसने गिरा दिया।"

"मुझे इसने लात मारी," राम ने आवेश से कहा। "मुझे—जमदग्नि के पुत्र को—लात लगाने वाला तू कौन होता है?" उसने गर्व से पूछा। वह मुट्ठी बाँधकर लड़ने को तैयार हो गया। उसकी आँखों में ऐसी ज्वाला थी कि नाव वाले भी सकपका गए।

"विभु," बड़ी नाव वाले ने अधीरता से कहा, "तुम इस लड़के को यदि फिर से छेड़ोगे तो मैं तुझे मारूंगा। उसके मूल्य का भी तुझे कुछ विचार है?" विभु सिर खुजलाता हुआ खड़ा रहा। उसकी आँखों में द्वेष था।

"चलो लड़को, नहा लो भाई," बड़ी नाव वाले ने राम से कहा, "शान्त हो जाओ, अब तुम्हें विभु नहीं छेड़ेगा, समझे!"

राम जब शुनःशेप के पास गया तब उसने प्रेम से राम का हाथ दबाया।

शुनःशेप का हाथ छोटा और कोमल था। ऐसा अनुभव राम को हुआ, मानो वह लोमा का ही हाथ हो।

तीनों बन्दी लड़के ज्यों-त्यों करके नहाए। फिर बड़ी नाव वाले ने ही उन्हें खाने को दिया और फिर नाव में रखे पिटारे में उन्हें जाने के लिए कहा। राम ने शुनःशेप की ओर देखा, उसने संकेत किया और राम भी चुपचाप पिटारे में घुस गया। शुनःशेप और कद्रू—तीसरा लड़का—भी उसमें उतर गए।

"लो लड़को, ये मूलियाँ खा लेना," कहकर बहुत ही उदारता से नाव वाले ने पाँच-छः मूलियाँ पिटारे में डालीं और ऊपर का ढकना बन्द कर दिया।

पिटारा तीनों लड़कों के लिए बहुत बड़ा था। उसके छिद्रों में से पर्याप्त प्रकाश भी आता था। उसमें तीनों के बैठते ही कद्रू ने रोना प्रारम्भ किया। शुनःशेप उसे गोदी में लेकर प्रेम से उसकी पीठ पर हाथ फेरने लगा।

"मैं अपनी माँ के पास जाऊँगा," कद्रू फूट-फूटकर रोने लगा। नाव वाले ने ऊपर के ढकने को ठोका और शुनःशेप ने कद्रू का मुँह अपनी छाती से लगा लिया। "चुप रह, चुप रह। रोएगा तो वह मारेगा," उसने कहा। कद्रू ने ज्यों-त्यों करके अपनी सिसकियाँ दबाईं।

'इसकी माँ कहाँ है ?" राम ने पूछा।

"ये लोग इसकी माँ के पास से कद्रू को चुरा लाए हैं," शुनःशेप ने राम के कान में कहा।

"ये लोग, अर्थात् ?"

"ये ही नाव वाले।"

"क्यों ?"

"ये तो पणि हैं। हम लोगों को दूसरे गाँव में बेचने के लिए ले जाते हैं," शुनःशेप ने कहा।

"तब यहाँ ये सब लोग क्या करते हैं ?"

"स्वर्ण, रत्न, कस्तूरी, कपूर आदि इन्होंने जो नावों में भरा है उसे

निकटस्थ गाँवों में बेचने जायँगे।"

"हम लोगों को बेचकर क्या करेंगे ?"

"स्वर्ण या रत्न लाएँगे।"

"पर मुझे तो अपने वृद्धा के पास जाना है।"

"ये लोग नहीं जाने देंगे, बाँध रखेंगे," शुनःशेप ने कहा।

"क्या तुम्हें भी बेचेंगे ?" राम ने आश्चर्यपूर्वक पूछा।

शुनःशेप खेदपूर्वक हंसा, "हाँ, यदि वे मुझे पकड़े रख सके तो अवश्य बेच देंगे।"

"तुम्हें पणि कहाँ से ले आए ?"

"मेरे पिता ने मुझे इस नाव वाले के हाथ बेच दिया।"

"क्या मुझे भी बेचेंगे ?"

"अवश्य, पर रात में जब सब सो जायँगे तब हम बातें करेंगे," शुनः-शेप ने कहा, "अभी उनमें से कोई सुन रहे होंगे। चलो, सो जायँ।"

थोड़ी देर तक कोई कुछ बोला नहीं।

"राम, तुमने उस विभु को अच्छा ठीक किया। वह मुझे नित्य मारा करता था," शुनःशेप ने कहा।

थोड़ी देर तक तो कोई कुछ बोला नहीं। कद्रू सो गया, इसलिए शुनःशेप ने उसे गोदी में से उतारकर नीचे सुला दिया।

"राम, तुम वीर हो। तुम्हारी आँखें तो मानो अग्नि के समान चमकती हैं।"

"मेरी अम्बा कहती है कि मैं इन्द्र हूँ," राम ने हँसकर कहा।

फिर से दोनों चुप हो गए।

"राम," थोड़ी देर में शुनःशेप ने घबराते हुए धीरे से पूछा। उसका स्वर क्षोभ से काँप रहा था, "क्या तुम देव हो ?"

"कौन जाने ? लोमा कभी तो कहती है कि मैं देव हूँ और कभी कहती है कि नहीं हूँ।"

शुनःशेप ने निःश्वास छोड़ा—"राम, तुम्हारे पिता का नाम जमदग्नि

है तो तुम्हारे दादा का नाम क्या है ?" किसी गहरे विचार में वह व्यग्र था।

"महाअथर्वण ऋचीक।"

शुनःशेप सरककर पास आया—"राम, क्या मैं तुम्हें छू सकता हूँ ?" शुनःशेप ने इस प्रकार पूछा मानो उसे वेदना हो रही हो।

"हाँ, क्यों ?" राम ने पूछा।

"तुम मुझे फिर मारोगे तो नहीं ?"

"अरे, यह क्या कहते हो ?" कहकर राम ने शुनःशेप का सिर अपने पास खींच लिया।

डरते-डरते शुनःशेप पास आया और राम ने शुनःशेप का सिर अपने हाथ में ले लिया। शुनःशेप की आँखों में जो आँसू बह रहे थे, वे राम के हाथ पर गिरे।

"क्यों रोते हो ?" उसने पूछा।

"कुछ नहीं," कहकर राम के हाथों में सिर छिपाकर शुनःशेप रो दिया।

दिन-भर विभु का बड़ा भाई नावों की देखभाल में रहा और इस बीच तट पर स्त्रियाँ भोजन बनाने लगीं। नाव वाले के लड़के भी वहीं खेलते रहे। बड़ी नाव वाला और उसके दोनों लड़के सिर पर टोकरे रख-कर आसपास के गाँवों में माल लेने-बेचने चले गए।

जब सन्ध्या हुई और तट निर्जन हुआ, तब पहले दिन के समान ही तीनों लड़कों को पिटारे से बाहर निकाला गया। आज उन्हें नहाने दिया गया और नाव वाले का परिवार भोजन करने बैठा। फिर बड़ी नाव वाले ने लड़कों को पास बैठने के लिए कहा और स्वतः उन्हें खाने को दिया। भोजन करते-करते और भोजन के पश्चात् भी सदा बड़ी नाव वाला देश-विदेश की लम्बी-चौड़ी गप्पें हाँका करता था और चाहे जैसी भी बात वह कहे, उसे सुनकर उसका परिवार हँसने लगता था।

रात हुई और धीरे-धीरे बढ़ती गई। पणियों ने नाव चलाना प्रारम्भ किया। नाव वाले का बड़ा लड़का नाव चलाने लगा और शुनःशेप आव-श्यकता पड़ने पर उसे सहायता करने के लिए उसके पास जा बैठा। राम

कद्रू के पास बैठकर उसे सान्त्वना देने के लिए रुक गया। रोकर जब कद्रू सो गया तब राम उठकर शुनःशेप के पास आ बैठा। उस समय वह अकेला ही कुछ बड़बड़ा रहा था। राम ने शुनःशेप का हाथ पकड़ा, पर शुनःशेप ने उसे चुप रहने का संकेत किया और बड़बड़ाता रहा। यह लड़का सुडौल, रूपवान् और कोमल था। उसका मुँह उदास था, उसकी आंखें जैसी तेजस्वी थीं वैसी दैन्यपूर्ण थीं। उसके हाथ भी लोमा के हाथ के समान सुन्दर थे। राम को यह लड़का बहुत अच्छा लगा। शुनःशेप की बड़बड़ाहट जब बन्द हुई तब उसकी बड़ी-बड़ी आँखों में आँसू भरे थे। फिर उसने राम से पूछा, "राम, क्या सचमुच तुम ऋषि जमदग्नि के पुत्र हो?"

"क्या मैं कभी झूठ बोल सकता हूँ?"

"और तुम सचमुच ऋषि विश्वामित्र को पहचानते हो?"

"अरे वे तो पिताजी के मामा होते हैं। मैं तो नित्य उनसे मिलता हूँ। और वे मन्त्र भी ऐसे ही बोलते हैं।"

"क्या तुम्हें आते हैं?"

"थोड़े-से।"

"क्या तुमने महर्षि अगस्त्य और लोपामुद्रा को देखा है?"

"मैंने? अरे लोमा तो भगवती के ही पास पढ़ती है।"

"क्या मुझे इन सबकी बातें बताओगे?"

"हाँ अवश्य बताऊंगा। इसमें क्या बात है?"

राम को यह लड़का बहुत आनन्दी प्रतीत हुआ। पर वृद्धा की बात के अतिरिक्त इन सबकी बातों में उसे कैसे आनन्द आएगा, यह विचार उसके मन में हुए। शुनःशेप तो राम की ओर देख ही रहा था। उसने डरते-डरते पूछा, "राम, क्या मैं तुम्हारा हाथ पकड़ूँ?"

"हाँ, लो यह हाथ।"

शुनःशेप ने क्षण-भर आँखें बन्द करके राम का हाथ पकड़ रखा और फिर पूछा, "क्या मैं यह हाथ आँख से लगा सकता हूँ?" यह प्रश्न पूछते समय शुनःशेप के स्वर में इतनी नम्रता थी कि राम तो उससे लिपट ही

गया—"तुम तो बड़े विचित्र हो।"

शुनःशेप जड़-सा बन गया और राम के कन्धे पर सिर रखकर रोने लगा।

"क्या है ? बात क्या है ?"

"कुछ नहीं, फिर बताऊँगा।" शुनःशेप ने देखा कि नाव चलाने वाला खर्राटे भर रहा है, इससे उसने कहा, "तुम यहाँ कहाँ से आये ?"

"मुझे वृद्धा के पास जाना है ?"

"वृद्धा कौन है ?" शुनःशेप ने पूछा।

राम ने आदि से अन्त तक सब कथा सुना दी। बात करते-करते उसकी वाणी उग्र हो गई और आँखें चमक पड़ीं। जब दासों के देव के पास से नदी में कूदने की बात उसने कही तब शुनःशेप की आँखों में आँसू आ गए। उसने हाथ जोड़कर पूछा, "राम, क्या तुम देव हो ?"

"मैं क्या जानूँ ?" राम ने कहा।

शुनःशेप ने निःश्वास छोड़ा।

प्रातःकाल होने पर दोनों लड़के एक-दूसरे से लिपटकर नाव में सो रहे थे—एक मस्त, निर्भय और विराट्; दूसरा क्षोभग्रस्त, सुन्दर और उदास। पहले दिन के समान ही दूसरे दिन भी ये लड़के प्रातःकाल उठे, नहाए और सूर्योदय होने पर उन्हें पिटारे में बन्द कर दिया गया। दोपहर तक वे सोते रहे। सन्ध्या-समय उन्हें पुनः बाहर निकाला गया और सबने साथ बैठकर भोजन किया। रात होने पर जब वायु चलने लगी तब फिर नावें आगे बढ़ने लगीं। वे चलते-चलते दूसरी बड़ी नदी के संगम तक पहुँच गए। सब नाव वाले जागे। नावों की पाल खोल दी गई और नावों को बड़ी नदी में मोड़ दिया गया।

बड़ी नदी का पानी वेग से बह रहा था। उसके दोनों ओर पेड़ों की घटा छाई हुई थी। आकाश के तारे भी उसमें बरसते-से दिखाई देते थे।

इस नदी में नाव बराबर चलने लगी, इसलिए नाववाले फिर सो गए और शुनःशेप ने पुनः बड़बड़ाहट प्रारम्भ की।

आज तो राम ने साहस करके पूछा, "शुनःशेप, यह क्या बड़बड़ कर रहे हो?"

"मैं माता की आराधना करता हूं।"

"माता?"

"जानते नहीं, यह सरस्वती माता हैं," बड़ी नदी का शुनःशेप ने परिचय दिया।

राम हर्षित हो उछला, "सरस्वती माता! तब तो भृगुग्राम आ गया।" उसकी आँखें उत्साह से नाचने लगीं।

"धीरे-से, धीरे-से···" शुनःशेप ने कहा।

"क्यों?"

"यदि ये लोग जानेंगे कि तुम सचमुच ऋषि जमदग्नि के पुत्र हो तो तुम्हें लौटा ले जायँगे।"

"क्यों?"

"ये लोग तो तुम्हें बेचने के लिए ले जा रहे हैं। उस दिन तुमने अपने पिता के सम्बन्ध में जो बात कही थी उसे ये लोग झूठ मानते हैं, नहीं तो नावों को इस ओर लाते ही नहीं। ये लोग बड़े पक्के हैं।"

"पर मुझे तो वृद्धा के पास जाना है।"

"अभी भृगुग्राम तो बहुत दूर है। चुप रहोगे तो यह नाव वहीं पहुँच जायगी," शुनःशेप ने कहा।

"कितने दिन में पहुँचेगी?"

"यह तो मैं नहीं जानता।"

"क्या तुम भी चलोगे?"

"हाँ," शुनःशेप ने निःश्वास छोड़ा, "मेरा ऐसा भाग्य कहाँ?" म्लान वदन पर वेदना छा गई। वह निराश और दयनीय बना खड़ा रहा।

"क्यों? मेरे साथ चलना न?"

"मैं कौन हूँ, यह तुम नहीं जानते। अब ग्राम आने पर मुझे चला जाना पड़ेगा।"

"तुम कौन हो ?"

"मैं कहूँ तो तुम मेरे साथ बोलना बन्द कर दो।"

"बोलूँगा, बोलना क्यों बन्द कर दूँगा ?"

"वचन देते हो ? मैं चाहे जैसा होऊँ, फिर भी क्या तुम मुझे छुओगे ? क्या तुम अपनी बात बताओगे और मुझे मन्त्र सिखाओगे ?"

"क्यों नहीं ? इसमें क्या है ?"

"है इसमें······" बोलते-बोलते शुनःशेप की आँखों में आँसू आ गए। राम उसे छोड़ न जाय, इस विचार से उसके ओंठ काँप रहे थे।

"रोओ मत !" इस रोते हुए लड़के पर दया करके राम ने कहा, "मैं तुम्हें छोड़कर नहीं जाऊँगा। अब तो ठीक है न ?"

शुनःशेप ने डरते-डरते अस्थिर स्वर में पूछा, "यदि मैं पतित होऊँ, मुझे शाप मिला हो, तो भी ?"

राम कुछ हिचका और विचार में पड़ गया। ऐसे के साथ कैसे रहा और बोला जा सकता है ? शुनःशेप रो पड़ा। "राम, क्या तुम भी मुझ पर दया न करोगे ?" इतना कहकर शुनःशेप दोनों हाथों में मुँह डालकर हृदय-विदारक रूप से सिसकियाँ लेने लगा।

राम के हृदय में इस दुखी सुकुमार लड़के के प्रति प्रेम की ऊर्मि जागरित हुई। उसने शुनःशेप को हृदय से लगाकर कहा, "रोओ मत, रोओ मत। लोमा लड़की है, पर वह भी इतना नहीं रोती। मैं तुम्हें नहीं छोड़ूँगा, बस अब ठीक है न ? यदि तुम पतित हो तो मैं तुम्हें पवित्र करूँगा। मेरे पिताजी भी जब यही करते हैं तो मैं क्यों न करूँ ?"

फिर शुनःशेप ने राम के कन्धे पर सिर रखकर हृदय शान्त किया—"राम, मैं बहुत दुखी हूँ। तुम्हें मैं अपनी बात कल कहूँगा।"

फिर हाथ-में-हाथ डालकर दोनों सो गए।

: ६ :

दूसरे दिन सबके सो जाने पर शुनःशेप ने अपनी बात प्रारम्भ की।

"मेरे पिता का नाम अजीगर्त है। उनके तीन पुत्र हैं। उनमें मैं बिचला हूँ। मेरे पिता भृगुकुल के हैं। जब वे छोटे थे तब वे पहले महर्षि अगस्त्य के और फिर भगवती लोपामुद्रा के शिष्य थे और बड़े तपस्वी माने जाते थे। किन्तु फिर उन्होंने महर्षि अगस्त्य और भगवती लोपामुद्रा से द्रोह किया और उन्होंने क्रोधित होकर शाप दे दिया। तभी से मेरे पिता की दुर्दशा प्रारम्भ हुई।

"इस शाप से मेरे माता-पिता पतित हो गए और उन्हें गाँव से बाहर निकाल दिया गया। पतित होने के कारण मेरे पिता जटा धारण नहीं कर सकते, किसी ग्राम में जा नहीं सकते, मन्त्रोच्चार नहीं कर सकते और न किसी के संसर्ग में रह सकते हैं। पतित तो रोगी और दुबले कुत्ते के समान रहता है। जो देखता है, वह उसे मारने दौड़ता है।

"जब से मुझे समझ आई तभी से हम लोग इसी प्रकार भटक रहे हैं। खाने को मिल जाता है तो खा लेते हैं। बहुत दिन तक तो बन के फल-फूल ही मिल गए तो खाकर रह जाते थे, नहीं तो भूखे पेट ही दिन काट देते थे। शाप और आपत्तियों के कारण मेरे पिता का स्वभाव बहुत बिगड़ गया। वह मुझे और मेरी माता को नित्य पीटते थे और कभी-कभी तो इतने क्रोधित हो जाते थे कि हमें रक्त-रञ्जित करके ही विश्राम लेते थे। ऐसी हमारी दशा है।

"मैं जब छोटा था तब कितनी ही बार व्याकुल होकर मेरी माता ने हमें लेकर नदी में डूब मरने का विचार किया था, पर इसी आशा से वह मन को मना लेती थी कि किसी-न-किसी दिन ये महर्षि लोग मेरे पिता को या कम-से-कम हम लोगों को शाप से अवश्य मुक्त करेंगे। यही सोचकर वे दुःख के दिन चुपचाप व्यतीत करने का दृढ़ सङ्कल्प कर लेती थीं। बहुत बार वे मेरे पिता से विनय करती थीं कि महर्षियों के पास चलिए, वे अवश्य कृपा करके हम पतितों का उद्धार करेंगे। किन्तु पिता टस-से-मस न हुए। वे तो हँसते ही रहते थे और कहते थे कि एक दिन वे स्वयं ही महर्षियों के मुँह में कालिख लगायेंगे।

"मेरे पिता को सुरा का बड़ा भारी व्यसन पड़ गया। उन्हें यदि सुरा न ला कर दें तो वे हमें मारते थे, और नहीं तो अपना सिर फोड़कर अपने प्राण देने की धमकी देते थे। इसलिए मेरी माता और मेरे बड़े भ्राता सदा उनके लिए सुरा प्राप्त करने की विभिन्न युक्तियाँ करते रहते थे।

"किन्तु जब मेरे पिता सुरा पीते तब उनका व्यक्तित्व पूर्णतया बदल जाता था। उस समय उनकी आँखों में अपूर्व तेज आता था। उनकी झुकी हुई कमर सीधी हो जाती थी। अङ्गिराओं का तेज उनके मुख पर विराजता था। और तब वे देव की आराधना करने के लिए मन्त्रों का उच्चारण करते थे—इतने सुन्दर, मीठे और मधुर स्वर में और इतने अच्छे ढङ्ग से कि उसमें तल्लीन होकर सुनने को ही मन होता था। मैं बहुत छोटा था, तभी से मुझे मन्त्रों की मोहिनी लगी। जब मेरे पिता मन्त्र बोलते तब मेरा मन उनसे भर जाता था। मैं देवों के भी दर्शन करता। मुझे सपने में जब देवों के साथ बात करने का अवसर मिलता था तब मेरे आनन्द का पार नहीं रहता था।

"मेरे पिता जिन-जिन मन्त्रों का उच्चारण करते थे वे सब मुझे तुरन्त ही स्मरण हो जाते थे। जब वे मन्त्रों का उच्चारण नहीं करते थे तब मुझे छन्दों और देवों के दर्शन नहीं होते थे और दर्शन न होने पर मैं पागल-सा बन जाता था।

"मैं अपनी माता का बहुत लाड़ला था। जब-जब वे देखतीं कि मन्त्र सुनकर मैं पागल होता हूँ और वे मन्त्र तुरन्त मेरे कण्ठ में स्थिर हो जाते हैं, तब उनके हर्ष का पार नहीं होता था। और जब उन्होंने जाना कि मेरे मन्त्र सुनकर देव मुझे दर्शन देते हैं तब तो वे मुझे हृदय से लगाकर रोया करती थीं। वे तपस्वी की पुत्री थीं और मेरे पिता तो भृग्वङ्गिरस थे ही। मुझे मन्त्र-मुग्ध होते देखकर मेरी माता मुझे कहने लगीं कि मैं समस्त परिवार का उद्धार करने वाला बड़ा ऋषि होने वाला हूँ, और इस आशा से हमारे जीवन में उषा का उदय होने लगा।

"लगभग दो वर्ष पूर्व मेरे कुल को छिपाकर मेरी माता ने मुझे एक

तपस्वी के पास विद्याध्ययन के लिए रखने की व्यवस्था की। मैं उस तपस्वी के यहाँ जाकर रहा। मैं आठ दिन ही वहाँ रहा होऊँगा कि गांव के लोगों को मेरे कुल का परिचय मिल गया। उन्होंने आकर मुझे बहुत मारा और आश्रम के बाहर निकाल दिया।

"मेरी माता को भी उन्होंने बहुत पीटा। मार के कारण बहुत दिन तक मैं बिस्तर में पड़ा रहा, और मार खाने की अपेक्षा मैं इसी बात के दुःख से अधिक तिलमिलाने लगा कि अध्ययन के द्वार मेरे लिए सदा के लिए बन्द हो गए। चाहे कितना ही पाप हो, देव चाहे कितने ही कुपित हों, तो भी पिता के पास यथाशक्य विद्या सीख लेने का मैंने निश्चय किया। किन्तु इस योजना को कार्य-रूप देना सरल बात नहीं थी। जब तक मद नहीं चढ़ता था, तब तक मेरे पिता मन्त्र नहीं बोलते थे, और मद चढ़ाने योग्य सुरा प्राप्त करना सरल नहीं था। यदि कोई यह जान जाय कि पिता या मैं दो में से कोई भी मन्त्रों का उच्चारण करता है तो हमारे प्राण चले जायँ। किन्तु विद्या प्राप्त करने की अपनी तृषा छिपाने के लिए मैं कोई-न-कोई मार्ग खोजा ही करता था।

"मेरी माता और बड़े भ्राता मेहनत करके, भीख माँगकर, कभी-कभी तो चोरी करके सुरा प्राप्त करते और छिपाकर रखते थे, और किसी निर्जन स्थान में मेरे पिता को पीने के लिए देते थे। सुरा पीते ही उन्हें मद चढ़ जाता था और वे मन्त्रों का उच्चारण करने लगते थे। कभी-कभी उन्हें बहुत पीने को मिलती तो वे नये मन्त्रों का भी दर्शन करते थे और तब मैं उनके पास बैठकर विद्या प्राप्त करता था। पतित होने के पहले मेरे पिता कैसे सुन्दर मन्त्रों का उच्चारण करते होंगे इसका विचार मेरे मन में बार-बार आता था। मेरे पिता ज्योंही मन्त्र का उच्चारण करते कि वह तुरन्त ही मुझे कण्ठाग्र हो जाता था। फिर मैं उसको रटता था। उसका प्रत्येक स्वर साधता था। आवश्यकता पड़ने पर अपने पिता से मद की अवस्था में उन मन्त्रों को फिर से बोलने के लिए कहता था और वे समर्थ अध्यापक की कला से मुझे सब मन्त्र सिखाते जाते थे।

"मुझे अपने पिता से सभी विद्या प्राप्त करनी थी, किन्तु इसके लिए तो बहुत सुरा की आवश्यकता थी। वह कहाँ से प्राप्त की जाय, यही विचार मुझे चिन्तित कर रहा था।

"एक बार बहुत दिन तक मुझे भोजन नहीं मिला। जहाँ जाते वहाँ लोग हमें अपमानपूर्वक निकाल देते थे। इसी स्थिति में हमें पेड़ से पक्षी पकड़-पकड़कर खाने की अवस्था आ गई। जब भोजन ही नहीं मिलता था तब सुरा कहाँ से लाई जाय, कैसे लाई जाय? सुरा न मिलने से मेरा अध्ययन रुक गया और मेरे पिता हमें बहुत मारने-पीटने लगे। एक दिन तो मेरे पिता इतने क्रोधित हुए कि मुझे और मेरी माता को अधमरा कर डाला और फिर नदी-तट पर, जहाँ पणि लोग ठहरे थे, जा मुझे बेचकर मेरे बदले में सुरा मोल ले आए। मुझे पणि नाव में बिठाकर ले गए।

"मेरे पिता तो विद्या के दाता थे। उस विद्या के बिना मैं पागल हो गया। मैं तो दिन-रात रोता रहता था। इससे क्रोधित होकर पणि मुझे मारने लगे। अन्त में पाप करने का साहस करके भी मैंने देव वरुण की मन्त्रों द्वारा आराधना की। पणियों के हृदय पिघले और उन्होंने नाव तट पर लगाकर मुझे छोड़ दिया।

"मैंने लौटकर सब बातें अपनी माता से कहीं। हम पर वरुण देव की कृपा हुई है, यह जानकर वे बहुत हर्षित हुईं और मेरे बदले में मोल ली हुई सुरा जब तक रही, तब तक अपने पिता के पास बैठकर मैंने विद्या प्राप्त की। मेरे सुख का पार नहीं रहा।

"जब सुरा समाप्त हो गई तब पुनः हमारी दुर्दशा का आरम्भ हुआ और विद्या प्राप्त करने के साधन न रहने से मैं पुनः तिलमिलाने लगा। अन्त में किसी भी प्रकार मुझे पूर्ण विद्या प्राप्त कराने के लिए मेरी माता और मेरे भ्राता ने एक नया मार्ग खोज निकाला। किसी नये पणि के हाथ मुझे बेचकर बदले में सुरा ले लेते थे और वह सुरा छिपाकर रखते थे। पणियों के साथ मैं एक-दो दिन रहता, मन्त्र पढ़ता और देवों का

आवाहन करता था, और पणि भी इस भय से मुझे छोड़ देते थे कि कहीं देव स्वतः न आ जायँ। मैं लौटकर जब अपनी माता के पास जाता, तब छिपाई हुई सुरा वह मेरे पिता को देने लगती थीं और मैं फिर पढ़ने लगता था।"

शुनःशेप ने म्लान-वदन से यह बात कही। बात कहते हुए उसकी आँखें आँसुओं से भर जाती थीं। किन्तु अन्तिम बात पूरी करते समय उसके हृदय की श्रद्धा उसके मुख पर चमक उठी।

"इस प्रकार मैं बहुत से मन्त्र सीख गया हूँ। अब मेरे पिता भी सच्चे अध्यापक बनकर मुझे सिखाने लगे हैं। कभी-कभी मुझे भी नये मन्त्रों के दर्शन होते हैं। थोड़े वर्षों में मैं सब सीखकर, महर्षि अगस्त्य के पास जाकर सबको शाप से मुक्त कराऊँगा और फिर मैं किसी ऋषि के आश्रम में रहकर पूर्ण विद्या का सम्पादन करूँगा।"

विद्या प्राप्त करने के लिए अपने को बेचने की उत्कट इच्छा इस लड़के में देख राम उस पर मोहित हो गया। "पर तुम मेरे साथ क्यों नहीं चलते ?" राम ने कहा, "मैं महर्षि से कहूँगा तो वे इस शाप से तुम्हें अवश्य मुक्त कर देंगे।"

खेदपूर्वक शुनःशेप ने सिर हिलाया। बहुत ही कठिन अनुभव से उसे अपनी अधम स्थिति का ज्ञान हुआ था—"नहीं, मुझे कोई नहीं रखेगा। मैं पतित हूँ। मुझे कोई नहीं पढ़ाएगा।" इतना कहकर आँखों पर हाथ रखकर वह रो दिया।

राम ने प्रेमपूर्वक उसके हाथ-में-हाथ डाला—"अंगिरा, रोओ मत। मुझे बड़ा हो जाने दो, मैं ऋषि हो जाऊँगा तब तुम्हें अवश्य शाप से मुक्त करूँगा।"

"राम, क्या तुम्हें मन्त्र आते हैं ?"

"हाँ, थोड़े-से आते हैं।"

यह सुनकर शुनःशेप को पुनः विचार आया कि राम देव ही है; पर वह कुछ बोला नहीं।

"तुम्हारे पिता को महर्षि ने शाप क्यों दिया ?" राम ने पूछा।

शुनःशेप हिचका। यह कैसे कहा जा सकता है ? "राम, यह बात मैं तुम्हें फिर बताऊँगा।"

दूसरे दिन सन्ध्या-समय पणि लोग अच्छी कमाई करके आये थे, इसलिए उनका परिवार प्रसन्न था। इन लड़कों को भी उन्होंने बहुत खाने को दिया। बड़ी नाव वाला तो राम को देखकर बहुत प्रसन्न होता था और एक बार तो उसने प्रेम से उसका मुँह अपने दोनों हाथों में दबा लिया। "अरे मेरे बेटे !" उसने प्रेम के उभार में कहा। राम को उसके हाथ हटा देने की इच्छा हुई, पर शुनःशेप ने संकेत किया इसलिए उसने अपने मन को रोक लिया।

जब सब भोजन करने बैठे तब की पणियों बातचीत में दो-चार बार जमदग्नि का नाम उनके सुनने में आया, इसलिए वे चौकन्ने हो गए। शुनःशेप इन लोगों की सब बातें समझता था, इससे वह ध्यान से सुनने लगा और उसने राम का हाथ दाबकर खींचा।

भोजन के पश्चात् सदैव की भाँति नाव चलाने की तैयारी करने के बदले बड़ी नाव वाला बाहर जाने की तैयारी करने लगा। अंधेरा होने को आया था, पर नाव चलाने का किसी का विचार नहीं हो रहा था।

"यह बड़ा पणि प्रातःकाल गाँव में जाने वाला है। जान पड़ता है, यह नाव तो लौट जायगी," शुनःशेप ने राम के कान में कहा।

"लौट जायगी, क्यों ?" राम ने पूछा।

"किसी महाजन का लड़का खो गया है। यह पणि दस हजार गायें लेकर लड़का लौटाने जा रहा है।"

"कद्रू तो नहीं है ?" राम ने पूछा।

"तुम हो, तुम। क्योंकि इन लोगों की बातों में ऋषि जमदग्नि का नाम दो-तीन बार आया है।"

राम चुप रहा। थोड़ी देर में उसने शुनःशेप से पूछा, "पर इस ओर नाव यदि जाय तो भृगुग्राम पड़ेगा न ?"

"हाँ"

"कितने दिन लगेंगे ?"

"आठ-दस ।"

"पर यदि नाव लौट जाय तब भृगुग्राम नहीं पड़ेगा न ?"

"नाव लौट जायगी तब कैसे पड़ेगा ?"

राम ने थोड़ी देर चुप रहकर कहा, "ये लोग सो जायँ तब मैं तो चल दूँगा ।"

"इस समय ? ऐसी रात में ? इस जंगल में ?" शुनःशेप ने चकित होकर पूछा ।

"इससे क्या ? मैं चलकर भृगुग्राम पहुँच जाऊँगा ।"

"चलकर ? अकेले ? यह कैसे हो सकता है ?" शुनःशेप ने राम की आँखों में इन्द्र के वज्र की चमक देखी ।

"क्या तुम चलते हो ?" राम ने पूछा ।

"ऐं ! मुझे तो अपनी माता के पास जाना है ।"

"अच्छा, तो मैं अकेला जाऊँगा ।"

"व्याघ्र, भेड़िये आदि मिलेंगे तो ?"

"पर मुझे तो बृद्धा के पास जाना है ।" पुनः राम की आँखों में तेज चमकने लगा । शुनःशेप यह देखकर प्रभावित हुआ ।

शुनःशेप को इस छोटे-से लड़के में बड़ी श्रद्धा हुई । उसको विश्वास हो गया कि यह देव ही होना चाहिए ।

"तुम चलो मेरे साथ । फिर जहाँ तुम्हारा मार्ग आए तुम चले जाना," राम ने शुनःशेप से कहा ।

"क्या मुझे मन्त्र सिखाओगे ?" शुनःशेप के दैन्यपूर्ण स्वर में कम्प था । उसके ओंठ काँपते थे। क्या उसीके कुलपति का लड़का उसके समान पतित को मन्त्र सिखाएगा ?

"तुम पतित कहाँ हो, पतित तो तुम्हारे पिता हैं," राम ने निश्चयपूर्वक कहा, "मैं मन्त्र सिखाऊँगा । बस न ?"

शुनःशेप राम के पास तक बढ़ गया और उसका हाथ लेकर आँखों से छुआकर आँखें बन्द करके खड़ा रहा।

"तुम सचमुच में वरुणदेव हो!"

राम हँसा—"यह मैं क्या जानूं?"

"मुझे बहुत बार देवों ने आकर कहा है कि मैं तुमसे आकर मिलूंगा। क्या तुम्हीं तो वह देव नहीं हो?" यह बोलते-बोलते शुनःशेप का स्वर करुणा से परिपूर्ण हो गया।

राम ने हाथ बढ़ाकर शुनःशेप का सिर फिर अपनी ओर खींच लिया। "अम्बा कभी-कभी कहती है कि मैं देव हूँ," उसने आश्वासन दिया।

"तब तो तुम अवश्य होगे," शुनःशेप इस प्रकार बड़बड़ाने लगा मानो नींद में हो और दोनों हाथ-में-हाथ डालकर खड़े रहे।

मानो अभी तक स्वीकार न किया हो, इस भाव से शुनःशेप ने फिर पूछा, "तुम्हें जितना आता है क्या उतना सब मुझे सिखाओगे?"

"हाँ, हाँ, अवश्य," राम ने कहा।

"राम, तुम देव-जैसे ही जान पड़ते हो," मानो शंका का समाधान करता हो, इस प्रकार शुनःशेप बोला।

"यह मैं नहीं जानता," राम ने सरलता से उत्तर दिया।

"मैं तुम्हारे साथ चलूंगा," शुनःशेप ने कहा।

"पर गाँवों के पास मैं नहीं जाऊँगा।"

"ठीक है। सामने तट पर वह ऊँची-ऊँची घास खड़ी है वहीं हम लोग यहाँ से भागकर छिप जायंगे। यदि नाव भृगुग्राम की ओर गई तो हम लोग लौट आएँगे, नहीं तो नहीं आएँगे।"

"पर अंधेरे में मुझे घास दिखाई नहीं देती।"

"मुझे अंधेरे में सब-कुछ दिखाई देता है।"

"क्या साँप हो तो भी?"

"वृद्धा ने जो मन्त्र सिखाया है, उसे पढ़ते ही साँप भाग जायगा," महाअथर्वण के पौत्र ने आश्वासन दिया।

"कद्रू का क्या होगा ?" राम ने पूछा ।

"वह नहीं चलेगा," शुनःशेप ने कहा, "और यदि हमारे साथ चलेगा भी तो अवश्य हम लोगों को पकड़वा देगा।"

निश्चय करते ही चपल राम ने तुरन्त उसे कार्य-रूप दिया। दोनों के पैरों से बंधी हुई रस्सी उसने दाँतों से चबाकर काट डाली, और नाव में से ही वह नीचे उतरा। नाव के पीछे छिपकर तैयारी करने में लगे हुए पणियों की दृष्टि बचाकर वह थोड़ी दूर पर पानी के डबरे में उगी हुई घास में छिप गया। शुनःशेप डरते-डरते उतरा और थोड़ी देर में वह काँपता हुआ राम से जाकर मिला। उसे भयभीत देख राम ने उसके गले में हाथ डाला।

थोड़ी देर पश्चात् नाव वाले के बड़े लड़के को यह ज्ञात हुआ कि शुनःशेप और राम नाव में नहीं हैं। पहले उसने शुनःशेप को पुकारा और उत्तर न मिलने पर उसने नाव में आकर दीया जलाकर पिटारा देखा। दोनों के न मिलने पर उसने हल्ला-गुल्ला मचाया। बड़ी नाव वाला भी दौड़कर आया। उसने फिर चारों ओर देखा, पर शुनःशेप और राम कहीं भी दिखाई नहीं दिए। इसलिए अपने लड़के को चपत लगाकर उसने स्वतः ही रोना-धोना मचा दिया।

"बाप रे बाप······मेरी सहस्र गायें !" नाव वाला आक्रन्द करने लगा।

घास में छिपे हुए दोनों लड़के हँसने लगे।

बहुत देर तक नाव में कोलाहल और खोज चलती रही। लड़के नदी में डूब गए या तट पर चले गए, इस विषय में भी भिन्न-भिन्न कल्पनाएँ की गईं।

अन्त में बड़ी नाव वाले ने तट पर खोज करने की आज्ञा दी। पहले तो इसके किसी बेटे का साहस न हुआ, किन्तु जब नाव वाले ने बहुत-सी गालियाँ सुनाईं तब उसके दो बड़े लड़के लूक जला हाथ में लाठी लेकर तट पर उतरे। घबराते हुए वे आगे बढ़े और धरती पर लाठी ठोक-

ठोककर साहस धारण करने का उन्होंने प्रयत्न किया।

कहीं बोल न निकल जाय इससे शुनःशेप मुँह पर हाथ धरे खड़ा था और भय से थर-थर काँप रहा था। राम पणि के उन लड़कों को अनिमेष आँखों से देख रहा था। वे जहाँ छिपकर खड़े थे उस घास की ओर पणि आये। डबरे में उतरने का उनका साहस नहीं था, इसलिए वे पुकार-पुकार-कर घास में लाठी घुमाने लगे।

शुनःशेप जरा खाँसा और घास हिली। पणियों ने समझा कि घास में से कोई हिंसक प्राणी निकला। बस वे चिल्लाये, लूक उनके हाथ से गिर पड़ी और घबराहट से वे नाव की ओर प्राण लेकर भागे।

नाव पर फिर कोलाहल हुआ। नाव वाले ने दस सहस्र गायों की बात कहकर फिर आक्रन्द किया। पर अन्त में थक जाने के कारण सब सो गए। सब शान्त होने पर राम शुनःशेप का हाथ पकड़कर बाहर निकला और गाँव की ओर जाने वाले रास्ते से उसे आगे बढ़ाने लगा।

"अब वृद्धा के पास पहुँच जायँगे," उसने हर्षित होकर कहा।

: १० :

भृगु के आश्रम में अकेले हृदयभग्न कवि इस प्रकार इधर-से-उधर चक्कर लगा रहे थे मानो अपनी मृत्यु की खोज कर रहे हों। जमदग्नि ने, उनके पुत्रों तथा शिष्यों ने उन्हें बहुत आश्वासन दिया, पर वह सब व्यर्थ गया। उनकी सृष्टि में सूर्यास्त हो गया था और सूर्योदय की पुनः आशा न थी।

बहुत बार 'वृद्धा' 'वृद्धा' शब्द कोमल कण्ठ से उच्चरित किया गया हो ऐसा उन्हें सुनाई देता था, और वे उठकर उसी ओर जाते थे जिधर से वह ध्वनि आती सुनाई देती थी; और शब्द की ध्वनि बन्द होते ही वे ऐसे आघात का अनुभव करते मानो राम का वियोग पुनः हुआ हो, और इस प्रकार हताश होकर लौट आते थे। उनकी आँखें निस्तेज हो गई थीं, कन्धे सिकुड़ गए थे; पैर घिसते हुए वे अपनी कुटी पर लौट आते थे।

उनके चिन्तातुर पुत्र और शिष्य यह नित्य की दुःखचर्या देखकर हताश हो चले थे। वृद्धा का शरीर वज्र-जैसा था, पर जिस तन्तु से उनका जीवन बुना गया था, वह टूट गया था। अपने राम का प्रतिक्षण स्मरण करके वे यमलोक की ओर बढ़ते जा रहे थे।

रात अँधेरी थी। सहस्रवीं बार वृद्धा आश्रम की सीमा पर पहुँचकर, कान देकर अपने हृदय में खेलती हुई मधुर कण्ठ की झंकार सुनने का निष्फल प्रयत्न करके लौट आए थे।

वे थक गए थे, अत्यन्त थक गए थे। उनके जीवन का अन्त निकट आ गया था, मानो वे प्रतीक्षा करते हों कि रहा-सहा अन्तिम श्वास कब निकल जाय।

आज उनका मन विचार-सागर में डूबा था। जब से उन्होंने महा-अथर्वण के साथ आनर्त देश से प्रयाण किया तब से उनके अनुभव उनकी कल्पना में हरे हो रहे थे। महाअथर्वण चले गए। अथर्वांगिरसों में श्रेष्ठ उनके पिता वामदेव गये। जमदग्नि बड़े ऋषि हुए। स्वतः उन्होंने युद्ध में विजय प्राप्त की। इन सबसे भरतों और तृत्सुओं की कीर्ति बढ़ी, पर भृगु निर्वीर्य और निस्तेज बने रहे।

वे रात-भर पीसते रहे पर एक चुटकी-भर आटा भी हाथ न लगा। और जिस पर उन्होंने नई आशा बाँधी थी वह—वह राम···। आत्म-संयम गँवाकर वृद्ध फूट-फूटकर रोने लगे।

जहाँ बैठे थे वहीं वे खड़े हो गए। मध्य-रात्रि की नीरवता में भेड़िये का भयानक शब्द सुनाई दिया, और साथ ही अपने प्राणों से संयुक्त शब्द—कोमल रहते हुए भी उग्र और विकराल—दूर, अत्यन्त दूर से शान्ति भंग कर रहा था—'वृद्धा···वृद्धा!'

वृद्ध कवि की हताश स्थिति जाती रही। भग्न हृदय में नवजीवन का सञ्चार हुआ। उनकी निस्तेज आँखों से प्रकाश के अग्नि-स्फुलिंग निकलने लगे। एक छलाँग मारकर उन्होंने बहुत दिनों से अस्पृष्ट खड्ग और भाला लिया और उछलकर बाहर आये।

"विमद····दौड़ो····दौड़ो !"

आश्रम में चारों ओर हल्ला-गुल्ला सुन लोग उठे और लूक जलाकर तैयार हो गए। फिर गगन-भेदी रव हुआ। "वृद्धा···वृद्धा" बाल-स्वर की भयंकर झंकार अधीर, रुद्ध होते हुए श्वासोच्छ्वास से कम हो रही थी। भेड़िये की भी वैसी भयंकर और दबी हुई गुर्राहट सुनाई दी। सबके हृदय थर्रा उठे। जिस ओर से स्वर आता था उसी ओर वृद्ध कवि दौड़े—पचास वर्षों में कभी जितने वेग से नहीं दौड़े थे उतने वेग से। विमद तथा अन्य सब लोग भी जिसके हाथ में जो शस्त्र आया वह लेकर उनके पीछे-पीछे दौड़ पड़े।

"वृद्धा···वृद्धा···वृद्धा !" अवरुद्ध होता हुआ श्वास स्वर को कम्पित और भंग कर रहा था। मरते हुए व्यक्ति की इसमें निराशा थी। 'घरररररर' भेड़िये का अवरुद्ध शब्द भी सुनाई दिया।

दोनों स्वर एक के पश्चात् दूसरा सुनाई दिए। वृद्धा आगे दौड़े—वायुवेग से। उनका श्वास बहुत वेग से चल रहा था।

बालक और भेंड़िये का भग्न होता स्वर एक साथ सुनाई दिया और बन्द हो गया।

जब वे आश्रम के बाहर के जंगल में पहुँचे तब भयानक शान्ति प्रसारित हो रही थी। वृद्धा का हृदय निराश हो गया। लूक आई। तब चारों ओर खोजने लगे। अत्यन्त वेदनापूर्ण एक बाल-स्वर सुनाई दिया—"ऊँ···ऊँ···ऊँ !····"

वृद्धा उछलकर वहाँ पहुँचे। चारों ओर से लूकों का प्रकाश वहाँ पड़ा। राम रक्त में भीगा हुआ अचेत पड़ा था। उसके दोनों हाथों की उंगलियाँ इस अवस्था में भी दम घुटने से मरे हुए भेड़िये के गले में गड़ी हुई थीं।

"ऊँ ऊँ ऊँ" पीड़ा के कारण अचेत राम के मुँह से फिर शब्द निकला। वृद्धा ने मरे हुए भेंड़िये को दूर फेंका और राम को हाथ में उठा लिया।

"मेरे राम !"

तीसरा खण्ड

शुनःशेप

: १ :

राजा हरिश्चन्द्र की यज्ञशाला से दूर पत्तों की एक झोंपड़ी में शुनःशेप पत्तों के बीच से आती हुई सूर्य-किरणों को म्लान-वदन होकर देख रहा था। उन्नीस वर्ष के इस सुकुमार युवक की तेजस्वी आँखों में गम्भीर विचारशीलता थी।

उस झोंपड़ी के चारों ओर बाढ़ घिरी हुई थी, और उसके बाहर नंगी तलवार लेकर सैनिक पहरा दे रहे थे। उसे इसी बात पर हँसी आ रही थी कि उसे भागने से रोकने के लिए इतना बड़ा पहरा रखा गया था। क्या वह भागेगा? क्यों?

यह जीवन उसके लिए पूर्णतया निरर्थक हो गया था। पतित अजीगर्त का पुत्र होने के कारण उसने कहाँ-कहाँ दुःख नहीं झेले? इतने वर्षों से विद्या प्राप्त करने की अपनी तृषा अतृप्त रहने के कारण वह बहुत ही दुःखित और निराश रहता था, और जो-जो कष्ट वह झेल रहा था, उनकी अपेक्षा विद्यानिधि ऋषियों द्वारा उच्चरित मन्त्र सुनते-सुनते अग्नि में आहुति बनना उसने अधिक अच्छा समझा था।

आज उसके हृदय में आनन्द-सागर उमड़ रहा था। अब ऋषियों के दर्शन करने के लिए उसे चोर के समान बाढ़ के पीछे छिपे नहीं रहना पड़ेगा। इन महात्माओं द्वारा उच्चरित मन्त्र सुनने का वह अधिकार उसे प्राप्त होगा जो उत्कट इच्छा रहते हुए भी उसके लिए असाध्य रहा था। पहली बार जब वह यज्ञ-स्तम्भ से बाँधा जायगा तब जिन

विश्वामित्र और जमदग्नि ऋषियों के दर्शनों के लिए वह तड़पता था, उन्हें अपनी आँखों से देखेगा। उसे एक ऊँचे यूप से बाँधा जायगा। उसके निकट ही यज्ञकुण्ड में अग्निदेव विराजमान होंगे। चारों शृङ्गों से शोभित तीन चरणों पर स्थिर दो सिर झुकाकर उसका अर्घ्य स्वीकार करते हुए और सात हाथों से उसे बुलाते हुए अग्निदेव दृष्टिगोचर होंगे। अपने पिता द्वारा उसने अग्निदेव को पहचाना था—"चत्वारि शृङ्गा त्रयोऽस्य पादा द्वे शीर्षे सप्त हस्तासोऽस्य।" और वे वृषभ के समान चिल्लाते होंगे।

उसने अग्निदेव को बहुत बार देखा था। पर कल तो उन्हें यथार्थ में यज्ञकुण्ड के सिंहासन पर विधिपूर्वक स्थापित हुए देखेगा। उसके सामने भृगुओं में श्रेष्ठ और यदि वह पतित न होता तो उसके कुलपति, जमदग्नि बैठे होंगे। राम ने इन्हीं के विषय में जो कुछ कहा था, वह उसने कण्ठाग्र कर रखा था। सामने विश्वामित्र बैठे होंगे। राम के मामा, भरतों में श्रेष्ठ मुनि विश्वामित्र का नाम सुनते ही उसका हृदय सदैव हर्ष से परिप्लावित हो जाता था। राम ने उसके विषय में बहुत बातें की थीं। इसके अतिरिक्त बहुत से मनुष्यों के मुख से इन अधमोद्धारक के गुणगान उसने सुने थे वरुण, अग्निदेव और सूर्यदेव के प्रिय विश्वामित्र की उसने बालपन से ही भव्य-कल्पना-मूर्ति रची थी। सुवर्णमय मेघ से सुसज्जित, उदित होते हुए सूर्य के समान प्रेरक उस मूर्ति को वह देखेगा। बहुत बार उसे स्वप्न में और जागृति में वे दिखाई दिए थे। किन्तु कल पहली और अन्तिम बार वह उन्हें अपनी आँखों से देखेगा। उसके पिता—महर्षि अगस्त्य और लोपामुद्रा के शिष्य—यदि पतित न हुए होते तो आज वे भी······

उसने निःश्वास छोड़ा, और कदाचित् वह विराट् बटु-बटुक बने हुए देव के समान उसके ही कुलपति भृगुश्रेष्ठ जमदग्नि का पुत्र राम भी वहाँ हो तो······

शुनःशेप ने आँखें बन्द कर लीं। राम ने ही जंगल के भयंकर अन्धकार

में से उसे प्रकाश के मार्ग पर प्रेरित किया था। उसने ही विद्या के बिना तड़पते हुए पतित को ऋषियों के संस्कार का पयःपान कराया था। शुनःशेप की कल्पना बारह दिन के राम के साथ के साहचर्य पर कुण्ठित हो गई थी। राम का स्मरण तो उसके लिए तृषित चातक के मुख में पड़ते हुए जलबिन्दु के समान था।

यदि वह हो तो······

फिर सब उसे अग्नि में होमेंगे—अर्घ्यार्ह महर्षियों के देखते हुए। उनके मन्त्रों का स्वर उसके कानों में गुञ्जायमान होगा। तब असुर वरुणदेव —देवाधिदेव—उसका, एक अधम का—दो हाथ फैलाकर सत्कार करेंगे और वह परम तेज के स्वामी के चरणों में बैठेगा।

: २ :

राम से अलग होकर शुनःशेप ने अपने माता-पिता के पास जाने का विचार किया, पर ऐसा करना उसे अच्छा नहीं लगा। वह धीरज खो बैठा और रोने लगा।

अपने क्षुद्र जीवन के प्रति उसकी आसक्ति राम के संसर्ग से चली गई थी। वह ऋषि-कुमार नहीं, वरन् पतित का पुत्र था। जिन उन्नत अभिलाषाओं का उसने सेवन किया था वे उसने राम में मूर्तिमान् हुई देखीं। राम कैसा था ? रूपवान्, तेजस्वी, निर्भय, कभी उग्र और भयङ्कर, छोटा होते हुए भी बड़े की निर्बलता दूर करता था, राजा, ऋषि और देवों के सहवास में विचरण करता था, विद्या, तप और विनय से परिपूर्ण था, अन्धकार में से उसे प्रकाश में ले जाता था, उसका जीता-जागता देव था।

भृगुग्राम तक वह राम के साथ ही आया था। भृगुग्राम थोड़ी ही दूर पर रह गया था कि रात हो गई, इसलिए रात को साथ ही सो रहने की तथा प्रातः अलग होने की सूचना शुनःशेप ने दी।

पर वृद्धा से मिलने के लिए अधीर राम ने स्वीकार नहीं किया और उसे भृगुग्राम की ओर जाने देकर शुनःशेप अकेला ही लौटा। जहाँ उसके

माता-पिता थे, वहीं उसे जाना था। अश्रुपूर्ण आँखों में उसने भृगुग्राम की ओर दृष्टि डाली। जिस सृष्टि को अन्धकारपूर्ण कल्पना की आँख से उसने देखा था और जिसकी रमणीयता राम के शब्दों के प्रकाश में स्पष्ट हुई थी, उसी सृष्टि को उसने यहाँ देखा—परुष्णी का तट, ऋषि जमदग्नि का आश्रम और ऋषि जमदग्नि—वह यदि पतित न होता तो उसके कुलपति विद्याविलासी राम को पढ़ाने के लिए आतुर पिता और अम्बा उसको भी प्यार करते।

आश्रम के घोड़े, कुत्ते, हिरण, वृद्ध कवि चायमान 'वृद्धा', विमद जो सब-कुछ सिखाता था और मामा विश्वामित्र, जो दूसरे आश्रम में रहते थे, जिनके चरणों में जमदग्नि के अतिरिक्त और सब अध्ययन करने के लिए बैठते थे और जिनकी कृपादृष्टि पर राजाओं के राज्य निर्भर रहते थे, और मुनि अगस्त्य तथा लोपामुद्रा, जैसा उसके पिता ने कहा था, वैसे दुष्ट नहीं वरन् भव्य, जिनके विषय की बात राम भी धीरे से सम्मानपूर्ण स्वर में करता था और लोमा, जिसके सम्बन्ध की बात राम बार-बार करता था, जो गड़बड़ करती थी, किसी के दबाव में नहीं आती थी, राम को बहुत सताती थी, उसके बाल खींचती और उसके साथ घोड़े पर बैठकर घूमती थी। शुनःशेप को ऐसा भास होने लगा मानो उसके हाथ भी उन सुन्दर हाथों से खींचे जा रहे थे।

शुनःशेप ने आँखें बन्द करके राम की सब बातें सुनी थीं। अपने वास्तविक संसार की अधमता भूलकर वह इस समय राम के शब्दों की स्मृति द्वारा सृजित मेघ-धनुष की सृष्टि में विहार कर रहा था।

राम से अलग होने पर वह समझा था कि उसके चारों ओर अन्धकार ही था। वह स्वतः अधम, पतित व जन्तु से भी अधिक क्षुद्र था। वह राम के समान सुन्दर बाल नहीं रख सकता था, वह किसी शुभ कार्य में भाग नहीं ले सकता था, कोई उसका स्पर्श करे तो उसे स्नान करना पड़ता था। वह किसी ऋषि के आश्रम में नहीं जा सकता था, चोरी-छिपे से यदि मन्त्रोच्चार सुन ले तो महर्षि अगस्त्य के शाप के प्रताप से

वह मर जाय या कोई मार डाले। वह तो अभिशप्त अजीगर्त का पुत्र था—पतित, अधोगत, बहिष्कृत।

उसका मन हुआ कि किसी ऐसे दूर प्रदेश में भागकर चला जाय जहाँ नाम बदलकर किसी ऋषि के पास वह अध्ययन के लिए रह सके। किन्तु जाति-बहिष्कृत पतित के भटकते हुए पुत्र को कौन अपने पास रखेगा? और उसके पिता और उसकी स्नेहमूर्ति माता का क्या होगा?

रोते-रोते वह घर की ओर मुड़ा। जब बहुत दिन भटकने के पश्चात् वह माता-पिता से मिला तब वह अपनी नई आँखों से पुराना संसार देख न सका। एक गाँव के श्मशान से थोड़ी दूर डोम की झोंपड़ी के पास ही उसका संसार था। दुबला, मद और द्वेष से परिपूर्ण आँखों से उसकी ओर देखने वाला, मैला, निस्तेज एक पुरुष जो उसका पिता था; उसे लिपटकर रोने वाली, फटे हुए वल्कल और रूखे बाल वाली अभागी स्त्री, जो उसकी माता थी; और उसे देख-देखकर नाच उठने वाले दो लड़के, जो उसके भाई थे—यह था उसका संसार। उसके माता-पिता और भाई श्मशान-भूमि में अपना जीवन बिता रहे थे। दिशाएँ उसकी भयङ्कर जीवन-सृष्टि थीं। राम के साहचर्य से कल्पना में स्रजित सृष्टि और इस वास्तविक सृष्टि के भेद का विचार करके उसे आघात लगा और घायल मृग के समान वह तड़फड़ाने लगा। इस प्राणवेधक ज्ञान से उसके आँसू सूख गए। स्वतः तटस्थ प्रेक्षक के समान उसे अपने ऊपर किये अत्याचार का भी ज्ञान नहीं रहा। वह बहुत दिन के पश्चात् आया, इस अपराध के लिए उसके पिता ने उसे बहुत मारा। उसने क्या-क्या देखा और क्या कष्ट सहे, यह सब कहने का उसकी माता ने बार-बार आग्रह किया; पर राम जिस सृष्टि में विहार करता था और जो उसकी कल्पना में व्याप्त थी, उसमें माता को पैर रखने देकर अधम बन जाने के भय से वह चुप रहा। उसकी माता ने उसे गालियाँ दीं, पर उसने कोई ध्यान न दिया। उसकी सृष्टि में सुवर्ण रङ्ग का प्रकाश सदा प्रसारित होता था। एक स्नेहमयी, सौन्दर्यमयी 'अम्बा' थी। परिणामतः उसकी माता के और उसके बीच जो एक तार था वह

भी टूट गया।

शुनःशेप का मानस बदल गया। ऋषियों के जीवन से उसकी कल्पना ओत-प्रोत हो गई थी। वह निरन्तर उन्हीं चित्रों का ध्यान करता रहता था, और उस ध्यान में से जागना उसे अच्छा नहीं लगता था। इससे उसका रहन-सहन बदल गया। वह जब चुपचाप घूमता तब राम की बोल-चाल की रीति का स्मरण करके अपनी रीति भी वैसी ही बनाने का प्रयत्न करने लगा। उसने योग्य रीति से नियमपूर्वक स्नान करना प्रारम्भ किया, और यथासमय चुपचाप देव को अर्घ्य देने लगा। कल्पना का आश्रम बनाकर उसने यथासम्भव बाल-तपस्वी का जीवन व्यतीत करने का प्रयत्न प्रारम्भ किया। पिता और राम द्वारा सिखाये हुए मन्त्रों को वह घोट-घोटकर गाने लगा। वह जब मन्त्रों का उच्चारण करता था तब उसकी आँखों के सामने राम की मूर्ति आ खड़ी होती थी और वह उसे देव मानकर अर्घ्य देता था।

फिर एकाएक उसके पिता ने उत्तर की ओर जाने का निश्चय करके प्रयाण प्रारम्भ किया। वे ज्यों-ज्यों उत्तर दिशा में आगे बढ़ने लगे, त्यों-त्यों आर्यों के ग्राम कम होते गए और दासों के निवास-स्थान आने लगे। ज्यों-ज्यों सरस्वती का तट दूर होने लगा, त्यों-त्यों अजीगर्त का ढङ्ग बदलता गया। पहले वे पैदल चलते, भीख माँगते और कभी-कभी चोरी भी करते थे, परन्तु अब अजीगर्त दासों के आवास में जाकर ऋषि का ढोंग करने लगा। अज्ञानी दास उनका सत्कार करने लगे। यदि पतित मुक्त कण्ठ से मन्त्र बोलेंगे तो देव रूठेंगे, ऐसा मानकर शुनःशेप और उसकी माता दोनों दुखी होते थे, किन्तु अजीगर्त और भी अधिक निर्लज्ज होता गया।

वितस्ता नदी को पार करके पर्वतों में से होकर कुम्भा नदी की ओर वे आगे बढ़ने लगे। फिर अजीगर्त ने पतित के सब चिह्न छोड़ दिए। उसने गाड़ी रखी, खुलकर दासों के आवास में जाने लगा और उनका आतिथ्य स्वीकार करने लगा!

आर्यों की बड़ी और गन्दी बस्तियाँ दूर रह गईं। सरस्वती माता का

तट भी पीछे रह गया। अजीगर्त को पहचानने वाला अब कोई मिल भी नहीं सकता था। इस प्रकार इस निर्लज्जता में अजीगर्त ने पाँच वर्ष व्यतीत किये।

इस सब समय में शुनःशेप का दुख बढ़ता जाता था। उसका मन आर्ष जीवन में लगा था। उसके लिए व्रत रखने की अधीरता उसके मन में तीव्र होती जा रही थी। अगस्त्य के शाप का निराकरण करने का वह सदा विचार किया करता था। और कहीं स्वतः पाप करके शाप का विशेष भाजन न वन जाय, इस भय से वह काँपता रहता था।

जब उसके पिता ने निर्लज्जता से देव और ऋषियों की आज्ञा का उल्लंघन करना प्रारम्भ किया तब उसकी आत्मा को तीव्र वेदना हुई। उसके पिता उसके विषय में कुछ-कुछ कहकर लोगों का आतिथ्य माँग लेते थे, यह देखकर पिता के प्रति उसका मान कम हो गया और उनके साथ रहना उसके लिए कठिन हो गया। अन्त में उसने इस असत्य जीवन का अन्त कर डालने का संकल्प किया। प्राण भले ही जायँ किन्तु ऋत का लोप न हो, इस संकल्पानुसार वह अजीगर्त के पास से दूर जीवन बिताने लगा। अपने कुटुम्वी जनों के सामने मन्त्रोच्चार न करने का उसने प्रण कर लिया, आर्यों के साथ बोलना बन्द कर दिया। इस प्रकार महर्षियों ने जो शाप दिया था उसका बराबर पालन करना वह अपना धर्म मानने लगा। उसके निर्लज्ज कुटुम्बी जन उसे शत्रु जान पड़ने लगे। प्रातःकाल उठकर उन्हें देखने और उनके साथ रहकर क्षुद्र व्यवहारों का अनुसरण करने की अपेक्षा मृत्यु का आलिङ्गन करना उसने ठीक समझा। किन्तु वह स्वतः अधम था, पतित था, अभिशप्त अजीगर्त का पुत्र था। यमदेव के भयङ्कर सर्वदर्शी कुत्ते उसे पितृलोक में भी जाने नहीं देंगे, यह भी उसे भय लगा। मृत्यु पाकर भी वह पितरों के साथ—भृगु, अङ्गिरा, उशनस, च्यवन आदि परम तेजोमय पितरों में भी वह नहीं मिल सकेगा। इस प्रकार न उसे जीने की आसक्ति रही और न मृत्यु का आलिङ्गन करने की। इस उलझन के कारण उसका प्रति क्षण विषमय हो गया।

इतने में जहाँ वे रहते थे वहाँ एक नई, विचित्र बात हो गई।

सिन्धु-नदी के उत्तर तट पर बसे हुए इक्ष्वाकु वंश के राजा हरिश्चन्द्र नरमेध यज्ञ करने वाले थे, और ऋषि विश्वामित्र तथा जमदग्नि ने नरमेध यज्ञ करवाना स्वीकार किया था। राजा हरिश्चन्द्र के पुत्र नहीं था। वरुण से उन्होंने पुत्र माँगा और देव ने पुत्र दिया, किन्तु इस शर्त पर कि जब वह बड़ा हो जाय तब देव को बलिदान कर दिया जाय। पिता ने वचन दे दिया। उन्हें पुत्र हुआ। उसका नाम रोहित रखा गया। वह जब बड़ा और रूपवान् हुआ तब देवों ने उसका बलिदान माँगा। ऐसे सुन्दर पुत्र को जीवित होमने के लिए असमर्थ राजा ने उसका बलिदान देना अस्वीकार कर दिया। देव क्रोधित हुए, शाप दिया, हरिश्चन्द्र को भयङ्कर व्याधि हुई और उनका पेट फूलने लगा।

देव के शाप से काँपते हुए राजा ने अन्त में वरुणदेव को प्रसन्न करने के लिए पुत्र की आहुति देने की तैयारी की। किन्तु रोहित को जब इस बात का पता चला तब वह मृत्यु के भय से जंगल में भाग गया और छः वर्ष तक छिपता-घूमता रहा। किन्तु जिसकी दृष्टि पर्वतों और नदियों के पार जा सकती है उस सर्वदर्शी वरुणदेव से कुछ अज्ञात या छिपा नहीं रह सकता था। प्रतिज्ञा पालने के लिए हरिश्चन्द्र को तैयार न देखकर वरुण ने उन्हें दण्ड देने का दृढ़ निश्चय कर लिया और हरिश्चन्द्र की पीड़ा बढ़ती गई।

रोहित को जब पता चला कि उसकी कायरता के कारण उसके पिता असह्य पीड़ा भोग रहे हैं, तब अपने प्राण देकर भी पिता को बचाने का उस पितृभक्त ने सङ्कल्प किया। वह वन से लौट आया और नरमेध यज्ञ आरम्भ करके उसने अपनी आहुति देकर देव को प्रसन्न करने के लिए प्रार्थना की। हरिश्चन्द्र ने देव की आराधना की और कृपालु देव ने अन्त में हरिश्चन्द्र से कहा कि रोहित के बदले में यदि वह किसी अन्य लड़के की आहुति दे तो भी देव उन्हें शापमुक्त करेंगे।

दासों के भयंकर गुरुओं के समान नरमेध यज्ञ करने के लिए कोई

आर्य-ऋषि तैयार न थे। अन्त में राजा हरिश्चन्द्र ने विश्वामित्र की शरण ली और जब इन महाभाग ने नरमेध यज्ञ करवाना स्वीकार किया तब समस्त आर्यावर्त चकित हो गया।

अपने पुत्र रोहित के बदले यज्ञ में होमने के लिए राजा हरिश्चन्द्र एक युवक खोजने लगे। चारों ओर उनके दूत उसकी खोज करने लगे। अजीगर्त जहाँ रहता था, उसके निकट के ग्राम में हरिश्चन्द्र के बहुत से ऐसे दूत ठहरे हुए थे। यह बात जब शुनःशेप ने सुनी तब उसे ज्ञात होने लगा कि उसकी निराश अधमता का अब अन्त आ गया।

अँधेरी गुफा में बन्धनों से जकड़े हुए मनुष्य को प्रकाश दीखने पर जैसा उल्लास होता है वैसा ही शुनःशेप को हुआ। यज्ञ के यूप पर चढ़कर कभी न देखी हुई वेदी में, सपने में देखे हुए और केवल संज्ञा-स्मृत ऋषियों का मन्त्रोच्चार सुनते हुए अग्नि में होमे जाने की अपेक्षा, जीवन की इस असह्य दशा से मुक्त होने का अन्य कौनसा सुन्दर मार्ग उसके लिए हो सकता है? वह महर्षि विश्वामित्र और जमदग्नि के दर्शन पाएगा, उनकी वाणी सुनेगा, और उनके आवाहन से आये हुए वरुणदेव के दर्शन करेगा।

दूसरे दिन सवेरे ही उठकर वह पास के गाँव में हरिश्चन्द्र के नायक से मिला। ऐसा सुन्दर और विनयशील युवक यज्ञ में होमे जाने के लिए स्वेच्छा से आता है, यह देखकर वह नायक बहुत प्रसन्न हुआ। शुनःशेप ने उसे अजीगर्त से मिलने के लिए कहा।

जब अजीगर्त ने नायक और शुनःशेप की बातें सुनीं तब वह बहुत गम्भीर बन गया। उसने पूरा दिवस विचार में बिताया। दूसरे दिन वह प्रसन्नचित्त दिखाई पड़ रहा था, उसकी आँखें लोभ से चमक रही थीं और वह बड़बड़ा रहा था—"विश्वामित्र ऋषि आते हैं।"

अन्त में अजीगर्त नायक के साथ जाकर राजा हरिश्चन्द्र से मिला और सौ गायों के बदले उसने शुनःशेप को बेच दिया।

राजा हरिश्चन्द्र ने बड़े ही भक्तिभाव से नरमेध यज्ञ का समारम्भ

प्रारम्भ किया।

: ३ :

सिन्धु-तट पर राजा हरिश्चन्द्र का नगर था। राजा हरिश्चन्द्र राज-गृह में बिस्तर पर पड़े थे। उनको देखने से ऐसा स्पष्ट जान पड़ता था कि उनकी मृत्यु अत्यन्त निकट ही है। उनका पुत्र रोहित बिस्तर के पास बैठा हुआ वरुणदेव के क्रोध की बलि बने हुए पिता की इस स्थिति को साश्रु-नयन देख रहा था।

राजा हरिश्चन्द्र की नाड़ी हाथ में थामे ऋषि जमदग्नि बिस्तर के पास बैठे थे। उनका गम्भीर मुख भावरहित था।

जमदग्नि के लम्बे-चौड़े शरीर के सामने विश्वामित्र अत्यन्त छोटे जान पड़ते थे। उनके अत्यन्त गौरवर्ण भाल पर चिन्ता की रेखाएँ व्याप्त थीं। अपना गठीला और सुकुमार दाहिना हाथ वे अधीरता से घुटने पर इधर-से-उधर फेर रहे थे। कभी-कभी अपनी सुन्दर दाढ़ी पर भी वे अपना हाथ फेर लेते थे। उनकी ममतामय सुन्दर आँखें बाट जोहते-जोहते थक गई थीं और दयनीय जान पड़ रही थीं।

वे इस समय व्याकुल थे। देवों ने उनके लिए तेज के द्वार बन्द कर दिए थे। ऋषि जमदग्नि ने सिर हिलाकर विश्वामित्र से कहा, "मामा, राजा का स्वास्थ्य बिगड़ने लगा है। थोड़ी देर में उनके प्राण चले जायँगे।"

"राजा वरुण को मेरे हाथ से यज्ञ की पूर्णाहुति करानी ही है।" विश्वामित्र की आँखें ऐसी लगती थीं मानों दूर स्तब्ध हो गई हों।

"हाँ, कल पूर्णाहुति करानी ही पड़ेगी," रोहित ने कहा। ऋषि विश्वामित्र यज्ञ की पूर्णाहुति करने में क्यों विलम्ब कर रहे थे, यह उसकी समझ में नहीं आ रहा था।

गम्भीरवदन से विश्वामित्र ने आकाश की ओर देखा।

"हाँ," उन्होंने धीरे से कहा। "कल प्रातः मृगा के उदित होने पर। देव, आपकी जैसी आज्ञा!" उन्होंने कहा।

"शुनःशेप का वध करने वाला क्या कोई मिला ?" जमदग्नि ने पूछा।

"मैं अभी खोज निकालता हूँ," रोहित ने कहा।

जब दोनों ऋषि अपने निवास-स्थान पर जाने लगे तब दोनों के हृदय भारी थे। मार्ग में बहुत देर तक कोई एक शब्द भी नहीं बोला।

जब से विश्वामित्र भरतों का राज्य-सिंहासन छोड़कर ऋषि बने और सुदास राजा का पुरोहित-पद स्वीकार किया तब से देवों ने उन पर कृपा-दृष्टि की थी। राजा उनके चरणों में आकर झुकते थे। आर्य और दस्यु विशुद्ध बनकर उनकी प्रेरणा प्राप्त करते थे। उनके प्रताप से तृत्सु और भृगु जातियों ने उत्तरोत्तर बृद्धिगत होकर शक्ति प्राप्त की थी। दस्यु भी उनके प्रयत्न से संस्कारी बनते जाते थे।

गत बीस वर्षों में वे कभी-कभी अपने निश्चित ध्येय की प्राप्ति में असफल नहीं हुए थे। उन्होंने सरलता से आर्य ऋषियों में श्रेष्ठत्व प्राप्त किया था। अधमोद्धारक के रूप में सब उनकी पूजा करते थे। सूर्य भगवान् की किरणों के समान उन्होंने सब दिशाओं में अपने संस्कार प्रसारित किये थे। जहाँ-जहाँ अश्रुपात होता था वहाँ-वहाँ उनका स्नेहमय हृदय दुख दूर करने के लिए दौड़ जाता था।

उनसे आर्यावर्त को जो प्रेरणा प्राप्त हुई थी उसका मूल यज्ञ था। उन्होंने सिखाया था कि यज्ञ ही देवों को पृथ्वी पर लाने का परम समर्थ साधन है। यज्ञ ही सुख और शान्ति का दाता है, वही मानवों और धेनुओं का रक्षक है, वही इन्द्र को बल देकर वृत्र का संहार करने वाला साथी है, वही सृष्टि को नवपल्लवित करने वाले पर्जन्य का परम सखा है, यज्ञ ही राजा वरुण के ऋत को समझाने वाला और प्रवर्तित करने वाला है।

ये सब रहस्य बीस वर्ष तक तपस्या करने के पश्चात् विश्वामित्र स्वयं समझे थे और उन्होंने सबको समझाए थे। उनके असंख्य शिष्यों ने यही रहस्य प्रत्येक जनपद में सिखाए थे।

समस्त सप्तसिन्धु में विश्वामित्र की घोषणा गुञ्जायमान हो रही थी

कि मनुष्य-मनुष्य में भेद नहीं है; आर्य और दास भिन्न नहीं हैं; सच्चा भेद तो यज्ञ करने वाले और यज्ञ न करने वाले में ही है।

जब वरुणदेव ने राजा हरिश्चन्द्र से उनके पुत्र का बलिदान माँगा और जब हरिश्चन्द्र विश्वामित्र के पास नरमेध कराने की प्रार्थना करने आये, तभी विश्वामित्र की सच्ची कसौटी प्रारम्भ हुई। यदि वे नरमेध यज्ञ कराते हैं तो इतने वर्षों से उनके सिखाये हुए सत्यों और रहस्यों का वे स्वतः ही द्रोह करते हैं। और यदि वे नहीं कराते हैं तो उनके रहस्यों, सत्यों तथा स्वतः उन्हीं को असत्य ठहराने के लिए मानो देव ने नरमेध यज्ञ की माँग की थी। इस प्रकार दोनों प्रकार से उनके किये-कराए पर पानी फिरने की सम्भावना थी।

ऋषियों में श्रेष्ठ विश्वामित्र को यह धर्म-संकट अपनी कठिन कसौटी के समान दिखाई दिया।

विश्वामित्र ने विनयपूर्वक देव को प्रार्थना की, किन्तु देव टस-से-मस न हुए। नरमेध के बिना हरिश्चन्द्र को ठीक करना उन्होंने स्वीकार नहीं किया और राजा हरिश्चन्द्र का स्वास्थ्य दिन-पर-दिन गिरता चला जा रहा था।

अन्त में अपनी स्त्री और पुत्र, रेणुका और जमदग्नि, शिष्य और राजा सबको लेकर व्रत में निश्चल ऋषि दृढ़व्रत होकर राजा हरिश्चन्द्र के यहाँ आ ही गए।

जब यह बात चली कि राजा हरिश्चन्द्र के यहाँ विश्वामित्र नरमेध यज्ञ कराने जा रहे हैं, तब समस्त आर्यावर्त में खलबली मच गई। वसिष्ठों के आश्रमों में उनका उपहास किया जाने लगा। इस यज्ञ कराने में उन्हें विश्वामित्र का अधःपतन स्पष्ट दिखाई देने लगा।

किन्तु विश्वामित्र अपने निश्चय पर अटल थे। यदि देवता भी मनुष्य की बलि लेते हैं तो विश्वामित्र का उपहास होता है। यदि देवता बलि लिये बिना ही हरिश्चन्द्र को जिला देते हैं तो यह निश्चित है कि वरुणदेव से जो विश्वामित्र ने करा लिया वह कोई भी ऋषि नहीं करा सका।

इस विचित्र नरमेध यज्ञ को देखने के लिए गाँव-गाँव से राजा, तपस्वी और सामान्य जन हरिश्चन्द्र के यहाँ आ गए।

यहाँ आकर ऋषि विश्वामित्र ने उग्र तप आरम्भ किया। उपवास, जप, यज्ञ, मन्त्रोच्चार इत्यादि द्वारा उन्होंने देव की प्रार्थना की, किन्तु हरिश्चन्द्र का स्वास्थ्य नहीं सुधरा।

यज्ञ-कार्य में एक और कठिनाई उपस्थित हुई। शुनःशेप को यज्ञ के यूप में बाँधने के लिए कोई तैयार नहीं था। क्या देव सहायता के लिए आयेंगे? क्या देव राजा को रोगमुक्त करके विश्वामित्र की टेक रखेंगे? किन्तु देव की इच्छा कुछ और ही जान पड़ी। उन्हें ज्ञात हुआ कि जिस दुष्ट पिता ने यज्ञ में होमने के लिए पुत्र को बेचा था वह स्वयं सौ गायें अधिक लेकर पुत्र को यज्ञ-स्तम्भ से बाँधने को तैयार था।

विश्वामित्र इस बात से और भी अधिक गम्भीर बन गए। एक ओर राजा हरिश्चन्द्र का स्वास्थ्य दिन-पर-दिन गिरता जा रहा था और दूसरी ओर यज्ञ की पूर्णाहुति का दिन भी आ पहुँचा था। अब तो बीच में केवल एक रात ही बची थी और ऐसा स्पष्ट ज्ञात होता था मानो देव नरबलि लेने के लिए अधीर हो गए हों।

विश्वामित्र और जमदग्नि चुपचाप आश्रम के मार्ग पर चल रहे थे। सामने से दो स्त्रियाँ आईं। एक थी विश्वामित्र की पत्नी रोहिणी—महर्षि अगस्त्य की पुत्री। भरतों की माता के उपयुक्त उसका तेज और गर्व था। अकल्प्य आचार और संकल्प वाले पति का सेवन करके उनके द्वारा उत्पन्न की हुई कठिनाइयों को दूर करके उसके स्वभाव में काठिन्य आ गया था और उसके चिन्तातुर मुख पर इस समय भी वह स्पष्ट दिखाई दे रहा था। दूसरी थी जमदग्नि की स्त्री रेणुका—छोटी-मोटी, रूपवती और हँसमुख। उसके गोल मुख पर अम्बा का—आँसू पोंछती हुई, सहलाती हुई, स्नेह से हृदय वश में करती हुई माता का—सर्वविजयी भाव स्पष्टतया दृष्टिगोचर होता था।

ऋषियों के मुख पर गाम्भीर्य देखकर दोनों स्त्रियाँ बिना बोले साथ-

साथ चलने लगीं।

थोड़ी देर में प्रेम से जमदग्नि ने विश्वामित्र के कन्धे पर हाथ रखकर उनके हृदय में उठते हुए प्रश्नों का उत्तर दिया।

"यदि देव की ऐसी ही इच्छा है तो हम क्या कर सकते हैं ?"

विश्वामित्र ने निःश्वास छोड़ा—"जमदग्नि, इसका यही अर्थ होता है कि मेरे तप की इतिश्री हो गई।"

"ऋषिवर," रोहिणी ने कहा, "देव की इच्छा के अधीन होने में तप की इतिश्री कैसे होती है ?"

"रोहिणी," विश्वामित्र ने खिन्न स्वर में कहा, "तुम सब मेरे मन को फुसलाना चाहती हो। पर मैं सब-कुछ स्पष्ट समझता हूँ।"

"मामा," जमदग्नि ने कहा, "इस प्रकार आत्म-श्रद्धा गँवाने की क्या आवश्यकता है ? इस प्रकार भी देव को कोई नया उत्कर्ष साधना हो तो !"

"जमदग्नि," विश्वामित्र ने चारों ओर दृष्टि डाली। मार्ग निर्जन था, इसलिए वे खड़े हो गए और बोले, "सच्ची बात बताऊँ ?"

"अवश्य बताइए," रेणुका ने हँसकर कहा। उसके कण्ठ में आश्वासन की सरिता बह रही थी।

"मेरी आत्म-श्रद्धा न जाने कब की चलायमान हो गई है। रेणुका, देव मुझे छोड़ गए हैं," विश्वामित्र ने गद्गद कण्ठ से कहा।

"यह क्या कहते हैं ? देवों ने हमें क्या-क्या नहीं दिया है ?" रोहिणी ने पूछा।

थोड़ी देर तक विश्वामित्र चुप रहे। उनका हृदय इस समय भावोर्मि से व्यथित हो गया था।

उन्होंने कहा, "रोहिणी, देवों ने बहुत-कुछ दिया है. यह ठीक है। भरतों जैसी महान् जाति का राजपद दिया, अगस्त्य और लोपामुद्रा जैसे गुरुजन दिये, आर्याओं में अद्वितीय तुम-जैसी स्त्री दी, जमदग्नि और रेणुका जैसे स्वजन दिये, जब राजपद छोड़ा तब तृत्सुओं का पुरोहितपद दिलाया,

राजा दिवोदास जैसा यजमान दिया, शिष्य दियें, धेनुएँ दीं, अश्व दिये, विजय दी। शेष क्या बचा ?·········पर यह सब क्या मुझे दिया है ? ऋषि भरद्वाज की विद्या तक मैं कहाँ पहुँचा हूँ ? मुनियों में श्रेष्ठ वसिष्ठ के तप का मैं कहाँ स्पर्श कर सका हूँ ? यह सब मुझे अपने लिए नहीं मिला, यह सब राजा वरुण ने अपना सत्य स्थापित करने के लिए प्रदान किया है," धीरे-धीरे मानो अन्तःकरण का मन्थन करते हुए वाक्य निकालते हों, इस प्रकार ऋषि बोले।

"और आपने भी सत्य की स्थापना करने के लिए क्या कुछ कम तप किया है ? आपने तो तप से नई सृष्टि का सृजन किया है। आपके कारण तो कितने ही तर गए ?" जमदग्नि ने कहा।

"और आज कितनों ही ने आपके ही प्रताप से नया आर्यत्व प्राप्त किया है," रोहिणी ने कहा।

अपने पति के हृदय में उठने वाली भावोर्मि के झंझावातों से रोहिणी अपरिचित थी। उसका विचार था कि यह समझ में न आने वाले प्रतापी व्यक्ति का कोरा पागलपन है। हृदय की ऊर्मियों के प्रचण्ड झंझावात में स्थित ऋषि की महत्ता के मूल को वह नहीं समझती थी। इन बवण्डरों को बन्द करने योग्य सहृदय हो नहीं सकती थी। कड़े पर्वत के ऊपरी छोर को भिगोए बिना ही जिस प्रकार उछलता हुआ जल उस पर से बह जाता है, उसी प्रकार विश्वामित्र का हृदय-मन्थन उसके व्यवहार-कुशल स्वभाव पर से बह जाता था।

"रोहिणी," विश्वामित्र खिन्न स्वर से बोलने लगे, "इन सबका यश मुझे न दो। सब यश उस ऋत के स्वामी का है जो आज मुझसे नरमेध करवा रहे हैं।"

"तो फिर इस प्रकार खिन्न क्यों हैं ?" जमदग्नि ने पूछा।

"जमदग्नि, तुम क्या नहीं जानते ? मैं जिस सत्य का आचरण कर रहा था, वह आज असत्य प्रमाणित हुआ है। देव ही मेरे द्वारा नरमेध करा रहे हैं। उग्रकाल के सामने बलि देने के लिए भैरव ने मुझे यूप से

बाँधा था, और आज शुनःशेप की बलि देने के लिए मैं तैयार हुआ हूँ। हम दोनों में क्या अन्तर है? मेरा आर्यत्व कहाँ रह गया है? और वरुण-देव तथा उग्रकाल के बीच अन्तर क्या रह गया है? आज तक यज्ञ के जो-जो रहस्य मैंने देखे और जिनके विषय में मैं बोला, वे सब असत्य ही प्रमाणित हुए न?"

"सब आर्य आपकी आज्ञा शिरोधार्य करते हैं," रोहिणी ने कहा, "एक मुनि वसिष्ठ के अतिरिक्त।"

"मेरे मन को समझाने का श्रम न करो। दो मार्ग अलग ही रहते हैं, एक नहीं हो सकते। या तो आर्य और दास—मानव-मात्र—यज्ञ करने के अधिकारी, देव का आवाहन करने में समर्थ, हों या मानव भी पशुओं के समान बेचे जाने और होमे जाने योग्य हो। यदि मनुष्य और पशु समान हों तो मानव की अबाध्यता जो मैंने सिखाई है, झूठी है, कायरता है, मेरा ऋषित्व ढकोसला-मात्र है।" विश्वामित्र के स्वर में व्याकुलता थी। कोई कुछ बोला नहीं।

"आज राजा वरुण शासन कर रहे हैं, मानव होम किये जाने योग्य है। मैं ऋषि नहीं हूँ," उन्होंने काँपते हुए दयनीय स्वर में कहा, "अब पृथ्वी को अपने भार से पीड़ित करने का मेरा कोई अधिकार नहीं है।"

ये भयंकर शब्द सुनकर सब स्तब्ध हो गए। ऋषि आकाश की ओर सजल-नयन देखते रहे। रोहिणी ने आँसू पोंछे। रेणुका बहुत दुखित हुई।

विश्वामित्र के संस्कार-शुद्ध स्वर में वही अवर्णनीय वेदना थी जो मरणोन्मुख प्राणी के स्वर में होती है। यथार्थ में, ऋषि सब-कुछ भूलकर केवल अन्तर के उद्‌गारों को ही शब्दरूप दे रहे थे।

"मुझे तो अनुभव से जो सत्य प्राप्त हुआ उसका मैंने प्रसार किया। मानव-मानव में भेद असत्य है। आर्यत्व वर्ण में नहीं है, संस्कार में है। मानव-मात्र यज्ञ द्वारा देवों को तृप्त कर सकते हैं।"

"कौन कहता है कि यह असत्य है?" आँसुओं से क्षुब्ध स्वर में

रोहिणी ने पूछा ।

"वरुणदेव स्वतः कहते हैं । मैं इस आशा से यहाँ आया था कि अपने सत्य और तप से मैं हरिश्चन्द्र को शापमुक्त करूँगा, और नरमेध रुकवाऊँगा, किन्तु······किन्तु मैं तो अल्प हूँ । देव ही केवल महान् हैं । अपनी अशक्ति का, अपने दम्भ का, अब मुझे भास हो रहा है ।"

"यदि वरुणदेव स्वतः ही यह सब करना चाहते हैं, तो फिर आप खिन्न किसलिए होते हैं ? जो देव अकेले ही महान् हैं, उनकी आज्ञा शिरोधार्य करें," रोहिणी ने कहा ।

"हाँ, हाँ, मैं देव की आज्ञा का अनुसरण करूँगा । मैं देव का दास हूँ । पर···फिर···फिर देव की आराधना करने योग्य मैं नहीं रहूँगा····।"

"तो फिर ?" मानो भयपूर्ण चिन्ता से भरे स्वर में रोहिणी ने उद्गार निकाला ।

"तो···तो···रोहिणी, तुम भगवान् अगस्त्य की पुत्री हो—तपस्विनी । हमारे तीन पुत्र हैं, उनकी देखभाल करना और उन्हें भरतों की कीर्ति बढ़ाने का पाठ पढ़ाना···और जमदग्नि को····वे तो हैं ही ऋषियों में श्रेष्ठ ।"

"मामा, आप क्या करना चाहते हैं ?"

"विश्वामित्र के लिए एक ही मार्ग है जमदग्नि, राजपद पर रहूँगा या भटकता रहूँगा । यदि वरुणदेव मुझसे नरमेध कराएँ तो···तो जीवित या मृत मैं तो शव ही हो जाऊँगा ।"

"ऋषिवर······" बोलते-बोलते रोहिणी का कण्ठ रुँध गया ।

"रोहिणी, इस प्रकार साहस क्यों खोती हो ? मुझे प्रेरणा प्रदान करो । मैं क्या करूँ ? भरत-पुरोहित विश्वामित्र !···नहीं···नहीं," और विश्वामित्र के स्वर में आक्रन्द सुनाई दिया, "नहीं, नहीं, मैं तो मानव-गौरव का तेज देखने वाले देव की आँख हूँ । यदि यह तेज न हो तो आँखें अन्धी ही अच्छी हैं ।"

किसी के पैर की आहट सुनकर सबने ऊपर देखा । सेनापति जयन्त

सबके आगे आकर खड़ा हो गया। वह भरतों के वृद्ध सेनापति प्रतर्दन का पुत्र था; विश्वामित्र के ऋषि होने से वह भरतों का नेतृत्व धारण करता था।

"गुरुदेव," विश्वामित्र को प्रणाम करके उसने कहा, "राजा रोहित ने मुझे आपके पास भेजा है।"

"क्या शुनःशेप का वध करने वाला कोई मिला ?" जमदग्नि ने पूछा।

"हाँ।"

"ऐं !" विश्वामित्र के मुख से उद्गार निकल पड़ा।

"जी हाँ, शुनःशेप का पिता अजीगर्त ही तीसरी बार सौ गायों के बदले अपने पुत्र का वध करने के लिए तैयार हुआ है।"

विश्वामित्र की खिन्न आँखें चमक उठीं।

"क्या वह राक्षस है ?" जमदग्नि बोल उठे।

"जमदग्नि, देव की इच्छा के बिना यह सब सरल कैसे हो सकता है ?" विश्वामित्र का स्वर दीन और भक्तिपूर्ण था—"मैं ऐसा कौन हूँ कि अपने तपोबल से देव की इच्छा को रोक सकूँ ? राजा वरुण, आप देवों में महान् हैं।" अपनी आँखें उन्होंने आकाश की ओर उठा लीं। विश्वामित्र के शब्द सुनने के लिए सब आतुर हो गए। सबके प्राण विश्वामित्र के शब्दों पर निर्भर थे। विश्वामित्र ने निःश्वास छोड़ा व गला खोलकर कम्पित स्वर से वे बोले—

"जमदग्नि, कल प्रातः यज्ञ की पूर्णाहुति करनी है।"

सब काँप उठे। सबको ऐसा जान पड़ा मानो विश्वामित्र अपने ही मुख से अपना जीवन बटोर लेने की आज्ञा दे रहे हों। उनके स्वर में ऐसी निश्चलता थी कि फिर कोई एक शब्द तक बोल नहीं सका। रोहिणी की एक अकल्पित सिसकी से वह क्षण आर्द्र बन गया।

चाँदनी के प्रकाश में विश्वामित्र की मोहक मुखाकृति भव्य दर्शन कराती रही, मानो देव वरुण का तेज उन पर एकाग्र हो गया हो।

: ४ :

अजीगर्त ऋषि विश्वामित्र से मिलने आया था। विश्वामित्र का सुन्दर लावण्ययुक्त देह और शोकग्रस्त आँखें देखकर दुबले अजीगर्त की पाखण्डी आँखों में द्वेष छा गया। उसने विश्वामित्र को साष्टाङ्ग दण्डवत् प्रणाम किया। "गुरुदेव, अजीगर्त प्रणाम करता है," उसने कहा।

विश्वामित्र को यह स्वर और यह आकृति कुछ परिचित जान पड़ी, पर वे इस व्यक्ति को पहचान न सके।

"क्यों भाई, क्या काम है ?" ममतापूर्वक स्वर में ऋषि ने पूछा।

"भगवन्, यदि आप नदी की ओर चलें तो मैं अपनी बात कहूँ। कोई इसका एक शब्द भी सुन लेगा तो परिणाम अच्छा न होगा।" अजीगर्त के स्वर में तिरस्करणीय चाटुकारी भरी थी।

"तुम्हें मुझसे क्या कहना है ? तुम्हारी वृत्ति तो पशु से भी बुरी दिखाई दे रही है।"

"गुरुवर्य !" कृत्रिम दीनता से हँसकर अजीगर्त ने कहा, "विश्व के मित्र ! दीनों के नाथ ! क्या मुझसे बात भी नहीं कीजिएगा ? क्या मेरी बात भी नहीं सुनिएगा ? देव, क्या मैं इतना अधिक अधम हूँ ? किन्तु नहीं, मेरा विश्वास है कि ऋषि विश्वामित्र अपने एक सहाध्यायी का इस प्रकार तिरस्कार नहीं करेंगे।"

"सहाध्यायी ?" विश्वामित्र ने चकित होकर पूछा, "क्या तुम भगवान् अगस्त्य के शिष्य हो ?"

अजीगर्त चालाकी से हँसा—"क्या मुझे भूल गए ? मैं अजीगर्त अङ्गिरा हूँ। मैंने आपको मन्त्रोच्चारण सिखाया था।"

विश्वामित्र इस प्रकार दूर हट गए जैसे साँप ने डंक मार दिया हो। "अजीगर्त अङ्गिरा ? जिसे महर्षि अगस्त्य ने शाप दिया था ? पतित ! इस प्रकार क्यों घूमता है ? शाप से अभी तुम मुक्त नहीं हो पाए, क्यों ?" विश्वामित्र के स्वर में करुणा थी।

"कृपानिधि !" पुनः मिथ्या हँसी हँसकर अजीगर्त ने कहा, "क्षमा

करना, मैं इस शाप से मुक्त होने के लिए ही तो इस वेष में यहाँ आया हूँ। आपसे मिलने के लिए मैंने पुत्र बेचा और उसी कारण आज उसका वध करने का भी वचन मैंने दिया है। प्रभु, प्रभु! मेरा उद्धार करो।"

अजीगर्त के ये शब्द और अनुपयुक्त कटाक्षमय उच्चार सुनकर विश्वामित्र ने तिरस्कारपूर्वक उसकी ओर देखा। किन्तु इस रहस्य के पीछे सम्भवत: देव वरुण ने नरमेध रुकवाने का कोई उपाय ही निश्चित कर रखा हो, ऐसा सोचकर उन्होंने बात चलाए रखी।

"तो तुम महर्षि अगस्त्य के पास जाओ। मेरे पास क्यों आये हो?" उन्होंने कहा।

"गुरु की अनुपस्थिति में उनके आप जैसे तेजस्वी शिष्य के अतिरिक्त मुझे कौन मुक्ति दे सकता है, मेरे कृपानिधि?" पुन: अजीगर्त कृत्रिम स्वर में विनय करने लगा।

"अजीगर्त, तुम्हारे बोलने की रीति मुझे अच्छी नहीं लगती।"

"मैं क्या नहीं समझता प्रभु? बीस वर्ष से मैं वनचरों से भी बुरी दशा भोग रहा हूँ। मैंने मार खाई है, दुत्कार सही है, मैं और मेरे बाल-बच्चे भूखे भटकते फिरे हैं। एक ऋषि-सन्तान की, अगस्त्य के शिष्य की दशा एक दुर्बल और रोगी कुत्ते जैसी हो गई है। मेरा व्यवहार किस प्रकार संस्कारयुक्त रह सकता है?"

"ठीक-ठीक कहो, तुम्हें क्या चाहिए?"

"आप जैसे के हाथ से यह नरमेध न हो, बस यही।" इतना कहकर वह हाथ मलने लगा।

"यह कैसे हो सकता है? तुम ही अपने पुत्र का वध करने को तैयार हुए हो।"

"प्रभु, मुझे एक मार्ग ज्ञात है।"

"कौनसा मार्ग?"

"गुरुदेव, मैं तो अधम दशा में हूँ। आप मुझे शाप से मुक्त कीजिए और एक सहस्र धेनुएँ दीजिए तो मैं आपका काम कर दूं।"

"एक सहस्र धेनुएँ ?" विश्वामित्र अजीगर्त की ओर देखते रहे।

"हाँ, एक भी कम न लूंगा। इतने वर्ष दुख भोगकर प्रतीक्षा की तो क्या कम धेनुएँ लेने के लिए ?" अजीगर्त इतना कहकर दुष्टतापूर्वक हँसा।

विश्वामित्र ने उसके प्रति तिरस्कार का भाव ज्यों-त्यों दबाकर कहा, "महर्षि ने तुम्हें क्यों शाप दिया था, मैं यही नहीं जानता, तब मैं तुम्हें शापमुक्त कैसे कर सकता हूँ ?"

"मैंने स्वयं ही शाप माँग लिया था।"

"क्यों ?" आश्चर्य से विश्वामित्र ने पूछा।

"मैं अपने दुख की बात किससे कहूँ ?" विचित्र प्रकार के भाव मुख पर लाकर मन्द हँसते हुए अजीगर्त ने कहा, "एक दिन भगवती लोपामुद्रा ने मुझे अपना विश्वसनीय शिष्य मानकर एक सद्य:जात बालक दिया और एक वर्ष तक बनवास में रहकर उस बालक को लौटा लाने की आज्ञा दी।"

"सद्य:जात बालक ?" विश्वामित्र ने मस्तक पर आये हुए बाल ऊपर किये। भगवती इस प्रकार सद्य:जात बालक को गुप्त रीति से भिजवाएँ ! किसका बालक और क्यों ? वे काँपने लगे। बीस वर्ष का ढकना खोलकर यह दुष्ट व्यक्ति न ज़ाने क्या-क्या दिखाना चाहता था !

"हाँ, मैं बारह महीने वन में फिरा। उस लड़के पर मुझे इतनी प्रीति हो गई कि मैं उसे अलग न कर सका, और मैं भगवती के पास नहीं गया।"

"तब ?"

उन्होंने मुझे खोज निकलवाया। पर मैं उस लड़के को छोड़ने के लिए तैयार नहीं था। अपनी सन्तान की अपेक्षा भी वह लड़का मुझे अधिक प्रिय था। भगवती से मैंने असत्य भाषण किया और कहा कि वह लड़का तो मर गया। महर्षि ने यह असत्य समझ लिया और क्रुद्ध होकर मुझे शाप दे दिया।"

"तुम्हारी बात मेरी समझ में नहीं आती। तुमने भगवती को सत्य क्यों न कहा? वे तुम्हें और उस लड़के को, दोनों को साथ रखतीं।"

"वह बात बनती जो नहीं थी। यदि उस समय मैंने उस लड़के का कुल बता दिया होता तो परुष्णी रक्त से बहने लगती," अजीगर्त ने स्वार्थ-परता से धीरे-धीरे कहा। उसकी पाखण्डी आँखें विश्वामित्र के मुख के भाव देख रही थीं।

विश्वामित्र स्थिर-नेत्र अजीगर्त की ओर देखते रहे। इस व्यक्ति की बात यद्यपि सत्य जान पड़ती थी, किन्तु फिर भी उसका विश्वास नहीं किया जा सकता था।

"ऐसी क्या बात थी?" उन्होंने पूछा।

"उस समय तृत्सुओं के और आपके बीच वैर था, यह क्या भूल गए? और भरतों को भी आपका दस्यु-प्रेम अच्छा नहीं लगता था, यह भी आप जानते हैं। यदि इस लड़के को मैंने छिपाया न होता तो आपकी, भरतों की और दासों की क्या दशा होती?"

"पर इसमें इस लड़के से क्या सम्बन्ध?" भ्रूभङ्ग द्वारा ऋषि ने पूछा। उन्हें सत्य का धुँधला प्रकाश दिखाई देने लगा था।

"वह लड़का शम्बर और आपका, दोनों का उत्तराधिकारी था।" जैसे किसी सिद्धहस्त बाण छोड़ने वाले ने लक्ष्य साधकर बाण चलाया हो, उसी प्रकार अजीगर्त द्वारा सफलतापूर्वक युक्ति से फेंके हुए बाण ने ठीक जाकर विश्वामित्र का हृदय बेध दिया।

राजर्षि विश्वामित्र को पृथ्वी कम्पित होती हुई जान पड़ने लगी। ...र्ष का ढकना हट गया। शम्बर की पुत्री उग्रा प्रणय के सत्व के ...क्ष हो गई। वह दुखी थी। भरतों के राजा विश्वरथ का गर्भ ... हुई वह निराधार आश्वासनविहीन पड़ी-पड़ी रोती रही थी, ...ती ने उन्हें कहा था कि उसे मृत बालक जन्मा है। कौनसी ...गवती ने जो कही थी वह या जो अजीगर्त कहता है

"क्या कहा ?" विश्वामित्र ने गर्जना की।

"गुरुदेव, वह पुत्र आपका और शम्बर-पुत्री उग्रा का था," धीरे-से क्रूरतापूर्वक पुनः अजीगर्त ने घाव किया। "यदि मैं उक्त बात को खोल देता तो आर्यावर्त में आपका चिह्न भी भरत या तृत्सु न रहने देते। और इसी विचार से मैंने आपका पुत्र लोपामुद्रा को लौटा देने की अपेक्षा पतित होना अधिक अच्छा समझा। भले ही यह मेरी भूल हो, किन्तु उस समय तो मुझे वही मार्ग उचित जान पड़ा था।" अजीगर्त ने कृत्रिम परोपकार का भाव दरशाते हुए शब्द धीरे से कहे और फिर इस प्रकार वह हँसा मानो स्वयं अपना ही अभिनन्दन कर रहा हो।

विश्वामित्र के मस्तिष्क में वज्राघात के समान गड़गड़ाहट हो रही थी। क्या यह व्यक्ति स्वप्न में बात कर रहा है या अपना राक्षस-स्वरूप प्रत्यक्ष कर रहा है ? उसके मनश्चक्षु के आगे चित्रावली उपस्थित हो गई। शम्बर की मृत्यु, अगस्त्य की प्रतिज्ञा, उग्रा का पाणिग्रहण, उग्रा के गर्भ से निर्जीव बालक का जन्म, उग्रा की मृत्यु, भरत और तृत्सुओं का द्वेष—ये और ऐसे अनेक विस्मृत, अर्ध-विस्मृत और समय-समय पर स्मरण में आते हुए कितने ही दृश्य उनकी आँखों के सामने उपस्थित हो गए और उनके मस्तिष्क में घूमने लगे। विस्मृत छाया के आवरण से ढके रहने के कारण अस्पष्ट रहने पर भी वे दृश्य प्रत्यक्ष हुए और वास्तव से भी अधिक मूल के अनुरूप अधिक सुन्दर और अधिक सजीव हो गए। किन्तु क्या भगवती लोपामुद्रा असत्य भाषण करेंगी ? क्या यह नीच, पतित, अधम ब्रह्मराक्षस उन्हें धोखा देकर, बनावटी बात बनाकर उनसे एक सहस्र गायें लेने आया था ?

विश्वामित्र ने अजीगर्त का कण्ठ पकड़ा, "झूठे !"

उनके सशक्त पञ्जे में अजीगर्त तड़पने लगा। उसने आधी चिल्लाहट और आधी विनयशीलता से कहा, "लो देखो, देखो यह।" उसने कमर में से कोई छिपाई हुई वस्तु निकालकर आगे रखी।

विश्वामित्र को ऐसा लगा मानो यह सब स्वप्न में ही देख रहे हों।

उन्होंने अजीगर्त को छोड़ दिया और कमर से चकमक निकालकर दीपक जलाया और अजीगर्त के आगे रखी हुई चमकती वस्तु देखी।

मिट्टी की पक्की छोटी मुद्रा और एक छोटा-सा कुण्डल सूत्र में पिरोया था।

"देखो, देखो, क्या मैं झूठ बोलता हूँ ? यह है राजा शम्बर की मुद्रा और यह है तुम्हारा कुण्डल। है न, पहचाना ? ये उस बालक के गले में थे।" और भयङ्कर द्वेष से अजीगर्त हँसा।

विश्वामित्र की आँखों में अँधेरा छा गया। यही उग्रकाल की छाप वाली मुद्रा थी जो उग्रा गले में बाँधती थी और यही उनका कुण्डल था जो शम्बर के गढ़ में उग्रा ने माँग लिया था। उनका मन स्थिर न रह सका, मस्तिष्क चक्कर खाने लगा। इसी मुद्रा और कुण्डल का उन्होंने न जाने कितनी ही बार चुम्बन लिया था। उग्रा, जिसने सर्वस्व होम करके उन्हें बचाया था, उनका स्मित जिसका प्राण और श्वास था वह उग्रा···यह मुद्रा और कुण्डल······

थोड़ी देर में उन्हें सब-कुछ स्मरण हो आया। उग्रा के शव का जब अग्निदाह किया गया था तब ये कुण्डल और मुद्रा साथ ही थे।

"चाण्डाल, यह उस लड़के के गले में रह ही नहीं सकता," उन्होंने कहा।

उत्तर में फिर अजीगर्त ठठाकर हँसा।

कुछ क्षण तक ऋषि विश्वामित्र पागल के समान स्थिर-नयन अजीगर्त की ओर देखते रहे—"कहाँ है वह लड़का ?"

अजीगर्त कुछ देर तक चुप रहा।

"वही लड़का तो शुनःशेप है जिसे आप कल अग्नि में होमने वाले हैं," उसने अन्त में दुष्टतापूर्वक हँसते हुए कहा।

विश्वामित्र ने इस प्रकार ऊपर देखा मानो उनका स्वर अवरुद्ध होता हो और अपना सिर हिलाया। उनका श्वास रुँधता जा रहा था।

"शुनःशेप ?" वे बड़बड़ाए।

"हाँ, गुरुदेव," उपहास के स्वर में अजीगर्त ने कहा, "वही

शुनःशेप।"

"असम्भव···असम्भव···" विश्वामित्र के मस्तिष्क में शब्द उत्पन्न हुए। वे समझ गए। उस दुष्ट की दुष्टता उन्होंने पहचान ली। वे कुछ स्वस्थ हुए।

"नराधम, तेरे असत्य की कोई सीमा है या नहीं? क्या तू मुझे ठगने आया है? दूर हट दुष्ट, यदि तू सच्चा था तो इन बीस वर्षों तक कहाँ छिपा रहा? जा पतित, जा, अगस्त्य के शाप से तू पृथ्वी पर भटका और अब विश्वामित्र के शाप से·······"

तलवार की धार के समान तीक्ष्ण और क्रूर स्वर से अजीगर्त ने विश्वामित्र का वाक्य बीच में ही काट दिया, "शाप देने के पहले विचार कर लेना। मैं जा रहा हूँ। आप कल अपने ज्येष्ठ पुत्र को यज्ञ में होमने का पुण्य कर्म कीजिए।" इतना कहकर वह चलने लगा।

कुछ पग चलकर वह फिर लौटा। "और आज बीस वर्षों से मैंने यह बात प्रकट क्यों नहीं की, यह पूछते हो न? तो स्मरण रखिए कि इस लड़के का मूल्य केवल दो सहस्र गायें नहीं है।" वह दुष्टतापूर्वक हंसा और बोला, "आपकी मृत्यु के पश्चात् वह भरतों का सिंहासन माँगेगा—यह उसका मूल्य है?"

इस लड़के को भरतों का राजा बनाने के लिए अजीगर्त ने उसे पाल रखा था। उन्हें वह यथार्थ में ब्रह्मराक्षस जान पड़ा। विश्वामित्र के मस्तिष्क में विचार घूमने लगे।

"पर कल तो उसकी आहुति दी जाने वाली है," असमंजस में पड़े हुए ऋषि ने कहा।

"जब तक मैं बैठा हूँ तब तक ऐसा कैसे हो सकता है?" ठठाकर हँसते हुए अजीगर्त ने कहा, "उसे मैंने इस प्रकार अग्नि में होमने के लिए बड़ा नहीं किया है। वह तो दासी का पुत्र है। उसका नरमेध कैसे हो सकता है?"

इतना कहकर खाँसता हुआ अजीगर्त विश्वामित्र की ओर देखता

रहा।

"दुष्ट, जा निकल यहाँ से," विश्वामित्र चिल्लाए। अजीगर्त दबे पैर वहाँ से चला गया।

: ५ :

ऋषिवर ने आँखें मलीं। इस अजीगर्त की बात सच थी, या केवल कल्पना थी, बनावटी थी? खाँसते हुए आगे बढ़ता हुआ अजीगर्त अंधकार में विलीन हो रहा था। क्या वह सच कहता था? क्या उसकी बात सच थी? विश्वामित्र वहीं-के-वहीं स्थिर हो गए। सम्पूर्ण सृष्टि मानो उन पर टूट पड़ी थी। वह समझते थे कि देव ने उन्हें दिव्य चक्षु दिये हैं, किन्तु इस समय वे ही आँखें अंधी हो गई थीं।

थोड़ी देर में वे धीरे-धीरे निवास से दूर जंगल की ओर बढ़ने लगे। उन्होंने समझा था कि देव ने उन्हें आर्यत्व का उद्धार करने के लिए जन्म दिया था। जिस सत्य को किसी ने नहीं देखा था उसे उन्होंने उच्चरित किया था—मानव-मात्र सृष्टि से परे है, संस्कार-शुद्धि ही उसका आर्यत्व है, यज्ञ ही शुद्धि प्राप्त करने का साधन है।

उन्हें ज्ञात होता था कि यह सत्य मानव-मात्र का उद्धार कर रहा था, दुखियों के दुख का निवारण कर रहा था, दासों की अधमता का छेदन कर रहा था।

किन्तु······एकदम यह सब असत्य प्रमाणित हुआ······असत्य····पूर्णतया असत्य।

उनके हृदय में प्रश्नावली उठी।

काले और गोरे मानव एक ही संस्कार के अधिकारी थे, देवों द्वारा समान रूप से रक्षित थे। तो फिर शम्बर की पुत्री उग्रा भी अगस्त्य की पुत्री रोहिणी जैसी ही आर्या थी; तो फिर उग्रा के पुत्र को आज भरत-श्रेष्ठ के ज्येष्ठ पुत्र का स्थान क्यों न दिया जाय?

मानव-मात्र पशु से परे हैं; ऐसे पवित्र हैं कि वे न बेचे जायँ और

न होम किये जायँ। यदि यह सत्य है तो फिर यह नरमेध मैं कैसे कर सकता हूँ ? मैं सत्य का द्रष्टा हूँ, सत्य का आचरण करने वाला हूँ। यही मेरा जीवन-व्रत है। तो फिर शुनःशेप को भरत-श्रेष्ठ के स्थान पर स्थापित करने के बदले पतित के पुत्र के रूप में उसे कैसे रहने दिया जा सकता है ?

इस नरमेध को रोकने के बदले उसे कराने के लिए क्यों इस प्रकार तैयार हुआ हूँ ? सत्य क्या है ? मैंने समझा और समझाया है वह; या जो मुझे करना पड़ रहा है वह ?

तो फिर मुझे क्या करना चाहिए ? एकत्रित जन-समूह को कल क्या स्पष्ट कहना होगा कि शुनःशेप अजीगर्त का पुत्र नहीं, मेरा पुत्र है ?

और मैं उसे अजीगर्त के पुत्र के रूप में यज्ञ में होम दूं तो मेरे जैसा कायर और कौन होगा ?

किन्तु यदि अपने पुत्र के रूप में उसे स्वीकार करूँ तो जगत् जान लेगा कि वह दासी-पुत्र है। फिर उसे यज्ञ में भी कैसे होमा जा सकेगा ? और रोहित भी ऐसा यज्ञ क्यों होने देगा ? देव भी उसे स्वीकार नहीं करेंगे, और मेरी कैसी अपकीर्ति होगी ! भरत क्या कहेंगे ? क्या दासी-पुत्र को अपने राजा के रूप में वे स्वीकार करेंगे ? अगस्त्य की गर्विष्ठ कन्या रोहिणी अपने बड़े पुत्र देवदत्त के लिए क्या आकाश-पाताल एक नहीं कर देगी ? क्या वह शुनःशेप को सहन कर लेगी ? कदाचित् इस प्रश्न के कारण भरतों में भेदभाव जागरित हो, दलबन्दी हो। और वसिष्ठ की तो बन आएगी। सम्पूर्ण आर्यावर्त में आग भी सुलग उठेगी।

पर इस भय से डरकर यदि मैं असत्य का आचरण करूँ, तो वह कायरता की सीमा होगी।

यदि मैं कुछ न बोलूँ तो ?

यज्ञ हो जाय, शुनःशेप होमा जाय और यह बात कोई कभी न जाने तो ?

नहीं······नहीं ! इन सबके भय से क्या मैं चुपचाप बैठा रहूँ ? क्या

निर्दोष बालक को होमा जाने दूँ ? नहीं......नहीं......तो मेरे जैसा धर्म-भ्रष्ट और कौन होगा ?

विश्वामित्र की विचारमाला आगे बढ़ी।

मानव हवि नहीं बन सकता, यदि यह बात सत्य है तो फिर मैं ऐसा करने के लिए क्यों तैयार हुआ हूँ ? वचन-भंग होने के भय से ? देव के रूठने के भय से ?

इस प्रकार विचार करते हुए विश्वामित्र भय-व्याकुल होकर एक स्थान पर खड़े हो गए। जहाँ-जहाँ उनकी दृष्टि पड़ती थी वहाँ-वहाँ अपनी विकराल अपकीर्ति का वे दर्शन कर रहे थे।

विचार-प्रवाह तो अखण्ड और अविरल रूप से चल ही रहा था—मैं इस समय इतना अधम क्यों हो गया हूँ ? कभी मैंने असत्य का आचरण नहीं किया है, फिर भी यह सब क्या है ? भय...भय मुझे अधम बना रहा है। भय, महाभय, प्रलय समुद्रसम भय ने मुझे घेर लिया है। मैं शुनःशेप को अपना कह नहीं सकता, और पराया रहने दूँ यह भी नहीं हो सकता। मैं नरमेध करा भी नहीं सकता, और यह काम छोड़कर चला भी नहीं जा सकता। मैं तो अशक्ति के सत्व के समान हो गया हूँ......क्यों ? भय......भय......महाभय...!

पर ऋषि के हृदय ने विरोध की ध्वनि की, नहीं......नहीं......नहीं......! मैं इस पराये चंचल दृष्टिकोण से ऋषि हुआ हूँ या स्वतः अपने देखे हुए, आचरित किये हुए सत्य से ? क्या मैं पराई चंचल परछाईं के पीछे उड़ने वाला पतङ्ग हूँ ?

नहीं......नहीं......नहीं।

मेरा सत्य ही मेरा है और यही सत्य मेरा जीवन है। जिसे जो कहना हो भले कहे। शुनःशेप मेरा पुत्र है, मेरी विद्या और समृद्धि का स्वामी है।

और देव ! क्या मैं नरमेध करूँ ?

नहीं......नहीं......नहीं।

विश्वामित्र एकाएक खड़े हो गए, उनके मन पर प्रकाश पड़ा।

नहीं······नहीं······मेरा सत्य तो मेरा अपना ही है। वह सत्य मैं ही हूँ। समृद्धि होने पर भी सत्य नहीं बढ़ता, और वह चली भी जाय तो भी सत्य कभी घट नहीं सकता। सत्य तो सत्य ही रहता है—अचल और अमर, अखण्ड और अजेय। तो फिर समृद्धि के जाने का भय क्यों ? कीर्ति कम होने का भय किस लिए ?

आँखों द्वारा मानो व्योम को फटकार रहे हों, इस प्रकार आकाश की ओर स्थिर नयन करके वे बड़बड़ाए—

"देवो ! आपने जो समृद्धि, जो कीर्ति मुझे दी है उसे आप ले सकते हैं। मेरा सत्य आपने मुझे नहीं दिया है, उसे मैंने देखा है, मैंने प्राप्त किया है। उसे आप कभी नहीं ले सकेंगे।"

विश्वामित्र की दृष्टि के सामने महासर्प के समान फुंकार मारता हुआ, विष उगलता हुआ, दुखपूर्ण शीतल स्पर्श से रोम-रोम खड़ा करता हुआ भय आ उपस्थित हुआ। अपने भयंकर वेग से वह उन्हें लपेटता, उनके पैर पर चढ़ता, उनकी कमर तक पहुँच गया था। उनकी आँखें बावली हो गईं। वे हट न सके। उनके स्नायु खिंचने लगे और वे स्थिर हो गए, मानो मृत्यु की प्रतीक्षा कर रहे हों। उनकी आँखें मृत व्यक्ति के समान निस्तेज हो गईं। उनके मस्तक पर की भूरी और भरी हुई नस स्पष्ट दिखाई देने लगी। उनके कान में यमराज के पैरों की आहट आने लगी।

महासर्प वृत्र के समान ही वह भय भी उनके वक्षःस्थल पर आकर उन्हें दबाने लगा। ऐसा उन्हें जान पड़ा मानो वक्ष की हड्डियाँ टूट रही हों। वे श्वास न ले सके, उनके कण्ठावरोध का पार न रहा।

इस विकराल सर्प ने उनके मुँह पर फुंकार मारी। उसके विष ने उनके प्राण निश्चेतन कर दिए। उनकी आँखों में धुँधलापन छा गया। सामने खड़े हुए सत्य के पयोदों को रोककर यह वृत्र उनके गले में फाँसी डालने लगा।

उनकी निस्तेज होती हुई आँखों के सामने गत जीवन के दृश्य उपस्थित हो गए।

और उन्होंने व्योम पर अपनी दृष्टि स्थिर कर ली।

स्वातन्त्र्य और संस्कार की जननी के समान सौन्दर्य और विद्या की खान, सरस्वती माता के समान बालपन में उनका चुम्बन करने वाली, शम्बर के गढ़ में उन्हें मानव-गौरव के पाठ पढ़ाने वाली, उनकी प्रतिज्ञा की रक्षा के लिए दृढ़व्रती अगस्त्य की प्रतिज्ञा तुड़वाने वाली और उन्हें ऋत के नये दर्शन कराती हुई ऊषा देवी के समान देदीप्यमान प्रेरणा-मूर्ति लोपामुद्रा व्योम में खड़ी हुई उन्हें दिखाई दीं। श्रद्धापूर्ण सजल नयनों से वे उन्हें कुछ सन्देश दे रही थीं।

वे कुछ कह रही थीं, पर विश्वामित्र सुन नहीं सकते थे।

"मेरे विश्वरथ···मेरे विश्वरथ···विश्वरथ···मेरे विश्वरथ······" ममतापूर्ण स्वर में वह बोल रही थीं।

उनके अपार्थिव मुख पर देव-दुर्लभ अमर तेज देदीप्यमान हो रहा था। वे लोपामुद्रा थीं या माता सरस्वती—उनकी भारती, जिनकी गोदी में सन्तान विद्या और तप के संस्कार तथा शुद्धि प्राप्त करती थी? इस भयंकर क्षण में उनके मन में प्रश्न हुआ।

लोपामुद्रा कौन? सरस्वती कौन? सरिता? नहीं···। वह तो एकमात्र आर्यत्व-उद्धारिणी, तप द्वारा सेव्य संस्कार की जननी थीं।

और लोपामुद्रा मुस्कराती हुई जान पड़ीं। विश्वामित्र का कण्ठावरोध हो रहा था, उन्हें स्मरण हुआ। इसी देवी सरस्वती ने इन्द्र को प्रेरणा दी थी। जब देव वृत्र को मारने के लिए तत्पर हुए थे तब प्रेरणावाहिनी सरिता के समान इन्द्र को कृतनिश्चय करती हुई सरस्वती खड़ी थीं। फुंकार मारता हुआ अहि उस समय इन्द्र के अंग-अंग को निश्चेतन कर रहा था। देवी हँसी। उनकी प्रेरणा से इन्द्र ने बज्र उठाया और चलाया। सर्पों में भयंकर वृत्र को वह लगा। उसका काला भयंकर शरीर काँप उठा। इन्द्र ने महासंकल्प किया। उसके स्नायुओं ने सर्प की लपेट में से छूटने के महाप्रयत्न किये। कठिन प्राणविनाशकता से लिपटा हुआ पाश शिथिल होने लगा, हटने लगा, छूट गया। वृत्र के मृत शरीर के बीच में इन्द्र खड़े

दिखाई दिए। विजेता का प्रचण्ड हास्य उनके मुख पर था। उल्लास के सुमधुर भाव देवी सरस्वती के गाल पर विराज रहे थे…और सत्य का जो जल वृत्र ने रोक रखा था वह मुक्त होकर आनन्द से कल्लोल करता हुआ जगत् का उद्धार करने के लिए बह निकला।

विश्वामित्र ने स्नायुओं द्वारा भय-सर्प के बन्धन में से छूटने का इस प्रकार प्रयत्न किया मानो इन्द्र का अनुकरण कर रहे हों। भय का महा-सर्प शिथिल होकर गिर पड़ा और वे स्वत: अभय साधकर उसके बीच में खड़े रहे।

सत्य स्पष्ट हुआ।

अजीगर्त दुष्ट है। उसके साथ व्यवहार करना अधम कार्य है।

शुन:शेप भरत-श्रेष्ठ है, यह जगत् को जानना ही चाहिए।

शुन:शेप हवि नहीं है, मानव है, याज्ञिक है, यज्ञ में उसका वध नहीं हो सकता। यज्ञ तो सृजन का साधन है, विनाश का कुण्ड नहीं है। जिसमें मानव का हवन हो, वह यज्ञ नहीं हो सकता।

स्तुति और निन्दा दो मृगजल हैं, समृद्धि केवल अकस्मात् प्राप्त होती है। प्रीति सत्य का साथ देती है, उसकी हिंसा नहीं करती।

यदि नरमेध हो तो एक ही प्रकार से हो सकता है। तपस्वी स्वत: अपना नरमेध कर सकता है। उसके लिए अपने सत्य की ही वेदी हो सकती है। जिन ज्वालाओं का वह आलिङ्गन करेगा, वे अभय की ही होंगी।

विश्वामित्र ने ये स्पष्ट दर्शन किये। सिर ऊँचा करके वे चारों ओर देखते रहे। उन्होंने भय के अहि का संहार किया था, और उसकी मृत देह पर वे खड़े थे जैसे पहले वृत्र का संहार करके देव-श्रेष्ठ इन्द्र खड़े थे।

उन्होंने देव को ललकारा—यदि आपको असत्य का आचरण कराना हो तो भले ही कराइए। विश्वामित्र और उसका पुत्र दोनों मृत्यु का आलिंगन करेंगे। वे कभी नहीं डिगेंगे, चाहे जो हो।

उन्होंने ऊपर देखा। अवर्ण्य सौन्दर्य से उन्हें परिप्लावित करती हुई,

संस्कार के कौमुदीवर्ण जल से सृष्टि का उद्धार करती हुई विद्या और तप की जननी भगवती लोपामुद्रा···नहीं, नहीं···देवी सरस्वती···व्योम में प्रसारित हो रही थीं।

: ६ :

दूसरे दिन प्रातः शुनःशेप उल्लासमय था। निर्धनता का दंश, पतित जीवन की वेदना, विद्या की अतृप्त तृषा, तिमिरमय जीवन की निष्फलता आदि सब-कुछ जाता रहा।

उसके जीवन का महान् अन्तिम दिवस आ पहुँचा। दोपहर तक वह राजा वरुण के चरणों में पहुँच जायगा और फिर यमराज उसे अपने लोक में ले जायँगे।

वह अधम नहीं था, पतित नहीं था, विद्याहीन भी नहीं था। उसकी बलि देवाधिदेव माँग रहे थे।

उसके फीके मुख पर लालिमा छा गई थी। उसकी बड़ी-बड़ी आँखों में चमक आ गई। उसकी गति में निराधारित्व का शैथिल्य जाता रहा। जब हरिश्चन्द्र राजा के सैनिक उसे ले चलने आये तब वह अधीर होकर उनकी प्रतीक्षा कर रहा था। विजय-प्रस्थान करने के समान वह उत्साह और हर्ष से अपने कारावास से निकला।

आसपास की सृष्टि सुन्दर थी। वृक्षों पर पक्षी किलकिला रहे थे। सविता देव आनन्द से प्रकाशित हो रहे थे और शुनःशेप को ऐसा ज्ञात हुआ मानो वे सब उसके जीवन के धन्य क्षण की प्रतीक्षा करके हर्षित हो रहे हों।

शुनःशेप के पैर अधीर हो रहे थे। उसका बस चलता तो वह दौड़ता। उसने आकाश की ओर देखा, किन्तु उसकी प्रतीक्षा करते हुए वरुणदेव उसे कहीं भी नहीं दिखाई दिये। पर अभी वे कहाँ से आते? जब वह यज्ञमण्डप में जायगा तब उसका स्वागत करने वे स्वतः आ पहुँचेंगे। किन्तु कितनी देर लगेगी? दो घड़ी? चार घड़ी? प्रहर? दो प्रहर?

शुनःशेप को जहाँ ले जाया गया वहाँ बड़ा भारी जनसमूह एकत्रित था। चारों ओर वृक्ष के पत्तों के तोरण बाँधे गए थे, और जहाँ सब लोग बैठे थे उसके बीच एक छोटा-सा मण्डप था।

शुनःशेप ने इतना बड़ा जनसमूह कभी नहीं देखा था। इतनी स्त्रियाँ और इतने पुरुष इतने सुन्दर, रमणीय और आकर्षक वस्त्रों में बड़े मोहक जान पड़ते थे। ऐसे सुन्दर दृश्य की कल्पना उसने कभी नहीं की थी। राजा वरुण द्वारा उसका स्वीकारा जाना देखने के लिए ही सब यहाँ आये थे। वह हँसा। यह तो उसका विजयोत्सव था।

सैनिक उसे पीछे के भाग से मण्डप में ले गए। चार स्तम्भों पर पुष्प और पत्र के तोरण बाँधकर यज्ञमण्डप बनाया गया था। चारों ओर चन्दन और पुष्प की सुवास फैल रही थी। यज्ञमण्डप देखने की उसकी जीवन-भर की साध आज सफल हुई। पुष्पों से सज्जित इन चार स्तम्भों के बीच राजा वरुण उसे स्वीकार करेंगे। यह मण्डप उसी के लिए रचा गया है। शुनःशेप के हृदय में गर्व का संचार हुआ।

पानी से, दूध से, घी से, मधु से उसे नहलाया गया। दो ऋषियों ने मन्त्र पढ़कर उसे पवित्र किया। ये मन्त्र शुनःशेप ने अपने पिता से सीखे थे, पर इस समय वह उनके साथ बोल नहीं सकता था। उसकी सब अधमता स्नान करते ही चली गई। जिस दिन के लिए वह लालायित था वह आज आ गया था। अब वह पतित नहीं था। अब वह ऋषियों के सान्निध्य में जाने, देव के चरणों में गिरने के योग्य था।

जब उसे मण्डप के बीच में ले जाकर खड़ा किया गया तब उसका गौरवर्ण शरीर तेज से परिपूर्ण था। उससे मुस्कराए बिना न रहा गया। उसकी उत्साहमय आँखों के सामने वस्त्राभरणों से सुसज्जित नर-नारियों के मुख शोभायमान हो रहे थे। उससे थोड़ी दूर पर मण्डप के बीच में बड़ी वेदी थी।

उसने यज्ञकुण्ड के विषय में बहुत सी बात सुनी थीं, परन्तु अन्त में ....अन्त में उसने यज्ञकुण्ड देखा। उसकी आँखों में हर्षाश्रु उभर आए।

यज्ञकुण्ड के पास किस प्रकार मन्त्र बोलना चाहिए, सब विधि कैसे करनी चाहिए आदि उसने अपने पिता से सुना था। आज इस परम पुनीत धाम में उसने अपने स्वामी अग्निदेव को विराजमान देखा।

यह यज्ञकुण्ड उसी के लिए स्थापित किया गया था। अग्निदेव की गोद में बैठकर वह राजा वरुण के चरणों में जायगा।

"देव, मैं आया, आया," वह मन में बोला। मृत्यु उसे मोक्ष के द्वार के रूप में दिखाई दी।

उसकी आँखों के सामने कुण्ड के चारों ओर बैठे हुए ऋषि स्पष्ट दिखाई देने लगे। उसका हृदय भर आया। जिन्हें देखने की उत्कट इच्छा से वह तड़प रहा था, वे सब उसी की प्रतीक्षा में यहाँ बैठे थे। कैसे थे वे ऋषि! उसने जितनी कल्पना की थी उससे भी अधिक वे तेजस्वी थे।

दो ऋषि सबसे आगे बैठे थे। एक विशालकाय थे। उनकी बड़ी जटा कितनी ऊँची थी! उनका स्वर गम्भीर और मोटा था। वे दर्भ बिछा रहे थे। उनके पास ही दूसरे ऋषि थे—साधारण डील के, पर गठीले। वे अच्छे ढंग से बैठे थे। उनकी दाढ़ी और जटा सुन्दर और सुव्यवस्थित थीं। उनके हाथ सुकुमार ज्ञात होते थे।

शुनःशेप की दृष्टि उन्हीं पर जाकर स्थिर हो गई। वह दूसरी ओर दृष्टि हटा नहीं सका। उस मुख पर भव्य सौम्यता थी, अवर्णनीय करुणा थी, और भाल पर अदृष्ट तेज देदीप्यमान हो रहा था। उनकी सुन्दर काली आँखों में दया, शोक, वेदना, गाम्भीर्य आदि विभिन्न भाव सम्मिश्रित थे। वे आँखें उस पर कितने सद्भाव से स्थिर थीं, शुनःशेप ने विचार किया। उन आँखों में आँसू थे या केवल उनकी भ्रमजनक छाया ही थी? उन आँखों के वेदनापूर्ण और ममतापूर्ण तेज ने शुनःशेप को अभिभूत कर लिया।

ऐसे स्नेह का उसने कभी अनुभव नहीं किया था, जाना तक नहीं था। इन आँखों के आलिंगन से उसे ऐसा भास हुआ मानो वह प्रेम करती हुई माता के हाथ में हो।

शुनःशेप का हृदय उमड़ आया। उसकी आँखें भीग गईं। उसे ऐसा जान पड़ा मानो उन शोकग्रस्त और वेदनापूर्ण आँखों में वह समा रहा हो।

स्नेह और मान के असह्य भार से उसका गला भर आया। उसकी सूरत रोनी-सी हो गई।

वे विश्वामित्र थे या जमदग्नि ? वे ऋत के राजा वरुण तो थे ही नहीं। ऐसे रूपवान्, तेजस्वी, दयामय तथा सबको स्नेहमय दृष्टि से सान्त्वना देते हुए महर्षि कौन थे ? शुनःशेप के हृदय में प्रश्न उठा। उसे शान्ति मिली। वह कौन है यह भी वह इस समय भूल गया था। एकदम आगे बढ़कर उसने इन ऋषि के सामने प्रणिपात किया।

शुनःशेप को इस प्रकार पास आते देखकर सबको आश्चर्य हुआ। सब ओर हाहाकार मच गया। सैनिक उसे पकड़ने के लिए दौड़ आए। पीछे कितने ही उसे देखने के लिए खड़े हो गए। एक ऋषि बोल उठे, "अरे, अरे !"

शोकग्रस्त और वेदनापूर्ण आँखें इस स्वर से दुखित होकर लोगों की ओर देखने लगीं। ऋषि ने एक हाथ ऊँचा किया और निकट आते सैनिकों को रोका। पुनः शान्ति प्रसारित हो गई।

वे आसन पर से ससम्भ्रम उठे और शुनःशेप को उन्होंने उठाया।

"वत्स, देव तुम्हारा कल्याण करें," यह कहकर उन्होंने उसके सिर पर हाथ रखा। उनके स्वर में रुदन की ध्वनि थी। शुनःशेप की आँखों में से धड़-धड़ आँसू गिरने लगे। किन्तु इस चमत्कारपूर्ण स्पर्श और स्वर से उसकी नस-नस में स्फूर्ति आ गई। उसने पुनः ऋषि के पैर छूकर उनकी चरण-रज सिर पर धरी।

ये ही भरत-श्रेष्ठ विश्वामित्र हैं, ये ही ऋषियों के ऋषि हैं, ये ही राम के मामा हैं, और वे राम के पिता जमदग्नि हैं। शुनःशेप का हृदय गर्व से उछलने लगा। सैनिकों ने उसे यूप के पास ले जाकर खड़ा किया।

एक खाट पर सुलाकर राजा हरिश्चन्द्र यज्ञमण्डप में लाये गए। वह

खाट यज्ञकुण्ड के पास रख दी गई। राजा बहुत वृद्ध दिखाई दे रहे थे। उनके सब अंग गल गए थे। केवल उनका पेट बड़ा था, वह उढ़ाये हुए चर्म में से भी दिखाई देता था। उनकी आँखें बन्द थीं और ऐसा जान पड़ता था कि उनका श्वास निकल गया हो। जमदग्नि उठकर तुरन्त उनके पास गये। उनकी नाड़ी देखकर मन्त्रोच्चारण करके उन पर उन्होंने पानी का छींटा दिया।

यज्ञकार्य प्रारम्भ हुआ। अग्नि में घी की आहुतियाँ पड़ने लगीं। मन्त्रोच्चारण हुआ। शुनःशेप के सुख का पार नहीं रहा।

सब स्वरों में विश्वामित्र का भावपूर्ण, गम्भीर और मीठा स्वर स्पष्ट सुनाई दे रहा था। उनके हृदय में जो खेद भरा था वह उनके स्वर में प्रकट होकर शुनःशेप के हृदय में विचित्र भावोर्मि जागरित कर रहा था। शुनःशेप को ऐसा लगा मानो उनकी वेदनापूर्ण आँखें अपनी अधमता के लिए ही द्रवित हो रही हों।

पूर्णाहुति की विधि प्रारम्भ हुई। सैनिक अजीगर्त को यज्ञकुण्ड के पास ले आए। यह उसका पिता था या कोई अपरिचित क्षीण विषयी-सा दिखाई देता हुआ नराधम? उससे शुनःशेप का अब क्या सम्बन्ध रहा? स्वप्न में अनुभूत दुखद अनुभवों का मानो वह साथी था। किन्तु वह तो अब यहाँ बैठे हुए इन सब ऋषियों में से राजा वरुण में मिलने के लिए उत्सुक था।

अजीगर्त की आँखों में विष भरा था। वह कभी-कभी द्वेष से विश्वामित्र की ओर देख लेता था। अपने पिता की यह वक्र-दृष्टि शुनःशेप भलीभाँति समझता था। यह भी उसकी समझ में आ गया था कि वह अत्यन्त नीच काम करने के लिए तैयार हुआ था।

वहाँ रखी हुई एक शिला पर शुनःशेप को खड़ा करके अजीगर्त ने उसे एक स्तम्भ से तीन बन्धनों में बाँधा। वहाँ खड़े-खड़े ही शुनःशेप को आसपास दृष्टि डालकर सन्तोष हुआ। वह इस प्रकार उन सबको व्योम में से देख रहा था मानो स्वयं ही देव हो। वह यथार्थ में देव ही था, क्योंकि ये

सब उसे अर्घ्य देने के लिए एकत्रित हुए थे। उसे हँसी आई। हँसकर उसने विश्वामित्र की ओर देखा। ऋषि की वेदनापूर्ण आँखें हँसीं, और उनका मुख अधिक म्लान हो गया।

मन्त्रोच्चारण होता गया और आहुतियाँ पड़ने लगीं।

शुनःशेप जहाँ यूप में बँधा था वहाँ से बहुत दूर तक देख सकता था। पास में ही वेदी थी। उसके सामने बीच में मार्ग छोड़कर सब दोनों ओर बैठे थे। यज्ञमण्डप में से बाहर के मण्डप से होकर वहाँ तक मार्ग जाता था जहाँ दूर पर आने के लिए बड़ा-सा द्वार बनाया गया था। इस मार्ग पर इस समय कोई नहीं था।

मार्ग निर्जन था। उस पर धूप छा गई थी। यज्ञ के धुएँ में से देखने पर शुनःशेप को यह व्योम का मार्ग-सा जान पड़ा। यही था वह सीधा, चौड़ा और तेजस्वी व्योम-मार्ग जिस पर चलकर वह राजा वरुण से मिलने जायगा।

शुनःशेप अपने शरीर की सुध-बुध भूल गया। उसने समझा कि वह व्योम में ही है। विकसित नयनों से वह वरुण के आने की प्रतीक्षा करता रहा। अभी आयेंगे······अभी······अभी ही······इस अजीगर्त ने उसका शिरच्छेद किया कि बस वे तुरन्त······।

विश्वामित्र मन्त्र बोल रहे थे, पर उनकी आँखें शुनःशेप पर ही स्थिर थीं। यह सुकुमार और सुन्दर युवक क्या उनका पुत्र है? कितना सुन्दर सिर, कितना मनोहर मुख, कमल से कमनीय और धीर गम्भीर नयन। स्वर्ग से उतरकर आये हुए देव के समान वह यूप पर लटक रहा था और गर्व से चारों ओर देखता हुआ आनन्दोल्लास से मन्द-मन्द हँस रहा था। क्या यह मानव है? क्या यह देव है? निकटस्थ मृत्यु भी उसे भयभीत नहीं कर रही है।

विश्वामित्र ने अपना कर्तव्य अन्तिम क्षण के लिए रख छोड़ा था। कभी-कभी वे हरिश्चन्द्र की ओर देखते थे। अन्तिम क्षण में देव कृपा करें और दोनों को बचा लें तो!

मन्त्रोच्चारण हुए। आहुतियाँ पूरी होने को आईं। विश्वामित्र ने जो निश्चय किया था, उसे पूरा करने के लिए वे तत्पर हुए। उनके हृदय की धड़कन इस समय वेग से चल रही थी। उन्होंने भय को पूर्णतया जीत लिया था। उनकी दृष्टि के सामने कर्तव्य-निष्ठा अचल थी···उग्रा के पुत्र को बचाना, नरमेध न होने देना, अपकीर्ति का कलश अपने सिर पर चढ़ाकर सत्य के लिए मर मिटना।

मन्त्रोच्चार पूरा होने को आया।

वरुणदेव से मिलने के लिए शुनःशेप की आतुरता बढ़ती जा रही थी। उसकी दृष्टि तो तेज से परितृप्त व्योम-मार्ग पर स्थिर थी। देव कब आयेंगे ?

चारों ओर क्या हो रहा था, इसका उसे भान न रहा। उसे तो व्योम-मार्ग ही दिखाई देता था। उसके उस छोर पर वह अधीरता से ध्यान दिये बैठा था। और देव कब आयेंगे ? कब ? कब ?

उसके सामने फैले हुए धुएँ में से भी उसे ऐसा जान पड़ा मानो व्योम-मार्ग के उस छोर पर देव उतरे चले आ रहे हों। क्या यह सत्य है या सपना ?

तीन देवों को उसने आते देखा—श्वेत अश्व पर बैठे कन्धे पर धनुष-बाण रखे हुए—उसे ऐसा जान पड़ा मानो उसे दिव्य चक्षु प्राप्त हुए हों··· हाँ···तीन देव थे। तीनों घोड़ों से उतरे···और शस्त्र निकालकर तेज-पूर्ण मार्ग से होते हुए उसकी ओर आने लगे। शुनःशेप को उमंग आई ···प्रचण्ड····सर्वग्राही। उसने बीच में स्थित देवों को पहचाना···वे ही देव वरुण···जिनके लिए उसने तीव्र इच्छा की थी····और दिन-रात जिनके सपने देखे थे, वे ही आ रहे थे।

देव के रूप का पार नहीं था। इस आदित्यवर्णी देव की कान्ति इतने वर्षों में भी वह भूला नहीं था। थे ही उसके देव···देव वरुण आये ····आये···उसकी ओर। उनकी बड़ी-बड़ी आँखों को वह भूला नहीं था, जो कि स्थिर सर्वदर्शी भयरहित दो जलते हुए कोयलों के समान चमकती

थीं। वही मुख—आदित्यवर्ण और भव्य। वह उन्हें दूसरे नाम से पुकारता था।…पर…हाँ, ये ही थे वरुण राजा।

देव बड़े वेग से उसकी ओर आ रहे थे, मानो जगत् को शासित करते हों…कैसा तेज है!

शुनःशेप के गले से शब्द निकले, "देव…राम…असुर वरुण!"

मन्त्रोच्चार करते हुए ऋषि तत्काल रुक गए। देव निकट-ही-निकट आते दिखाई दिए। वर्षों का जो पूर शुनःशेप के हृदय में रुका हुआ था वह अब बह निकला। जो मन्त्र उसने अकेले सीखे थे और एकान्त में जिनका रटन किया था, वे कोकिल-कण्ठ स्वर पर आरूढ़ होकर अनजान में ही उसके मुख से निकलकर विहरने लगे।

सम्पूर्ण जन-समाज शान्त और स्तब्ध हो. श्वास रोककर मन्त्र सुनने लगा।

यूप से बँधा हुआ नराधम का पुत्र देव के समान देदीप्यमान होने लगा। उसके मधुर कण्ठ से राजा वरुण का आवाहन करने वाले अपूर्व मन्त्र गूँज रहे थे। उस मन्त्रोच्चार में स्वर-शुद्धि थी, और सामने के ऋषियों के कण्ठ में जो उत्साह और भक्ति का कम्प नहीं था, वह उसके कण्ठ में था।

शुनःशेप के कण्ठ में से उसके समस्त जीवन की आतुरता उमड़ रही थी। वह ज्यों-ज्यों मन्त्र बोलता गया, त्यों-त्यों देव पास आने लगे।

वे तो आ पहुँचे थे… एकदम यज्ञ-मण्डप के सामने। दाहिनी ओर देवी उषा थीं। बाईं ओर देवों में श्रेष्ठ इन्द्र थे।

उसने अपने कण्ठ से प्राण-प्रतिष्ठा की, उसने ऊषा का स्तवन किया। मन्त्रों से इन्द्र की आराधना की…अग्नि का आवाहन किया…उसके कण्ठ में से विद्या की सरिता अविरल बह निकली।

ऋषिवृन्द स्तब्ध होकर इस मन्त्र-दर्शन—नये मनोहर मन्त्रों के अपूर्व दर्शन—को सुनते रहे। यह नया मन्त्र-द्रष्टा कौन है?

शुनःशेप राजा वरुण की तेजपूर्ण बड़ी-बड़ी आँखें देख रहा था…

ये ही···ये ही···ये देव···आये···तिमिर में से उसे ज्योति में ले जाने के लिए।

सब दग होकर देखते रहे। विश्वामित्र की आँखों में से धड़ाधड़ आँसू बहने लगे।

शुनःशेप अपने देव से मिलने के लिए उछलने लगा···उसका मन्त्रोच्चार बन्द हुआ···वह श्वास लेने के लिए रुक गया।

"मैं ही देव, वरुण,···आया···आया···आया···" रोते हुए स्वर में शुनःशेप बोला और कूद पड़ा।

तत्काल उसके बन्धन टूट गए···ऊपर का, बीच का और नीचे का। वह यूप पर से उछलकर देव के हाथों में जा गिरने के लिए दौड़ा···और गिर पड़ा। विश्वामित्र खड़े हो गए।

"पुत्र···पुत्र···पुत्र," सिसकियाँ लेते हुए वे दौड़े। ऋषि खड़े हो गए। लोगों में हाहाकार मच गया।

शुनःशेप ज्यों ही गिरा त्यों ही मूर्च्छित हो गया। विश्वामित्र दौड़े और उसे हाथ में उठा लिया। राजा हरिश्चन्द्र का श्वास अवरुद्ध होते-होते रुक गया, और उसके मुख में से आवाज़ निकली, "ओ···ओ···ओ !"

चेत में आकर निस्तेज आँखों से वे देखने लगे। राजा वरुण ने उन्हें शाप से मुक्त कर दिया था।

चौथा खण्ड

अभय-संशोधन

: १ :

विश्वामित्र के तप का चमत्कार और अज्ञात युवक-ऋषि का मन्त्र-दर्शन देखकर लोग पागल हो गए, और सर्वत्र 'धन्य है' 'धन्य है' के अतिरिक्त और कुछ सुनाई ही नहीं देता था। राजा हरिश्चन्द्र को वरुण-देव ने नरमेध के बिना ही शापमुक्त कर दिया। विश्वामित्र के प्रताप से पतित का पुत्र मन्त्रोच्चार करने लगा। नरमेध करना नहीं पड़ा। 'धन्य है। तीनों लोकों में एक ही ऋषि हैं—विश्वामित्र,' ऐसी बातें लोग करने लगे।

विश्वामित्र जब शुनःशेप को लेकर यज्ञ-मण्डप से बाहर निकले तब समस्त जनता उनके चरण-स्पर्श करने आगे बढ़ी। यह उनके जीवन का धन्य क्षण था, तो भी उनके हृदय में केवल दीनता थी। देवों ने उदारता की सीमा कर दी थी।

शुनःशेप को उठाकर वे अपने स्थान पर ले आए और उसे होश में लाने के प्रयत्न करने लगे। बार-बार इस कोकिलकण्ठी और सुकुमार पुत्र की मुख-रेखा में उन्होंने उग्रा के दर्शन किये।

उन्होंने शुनःशेप के शरीर पर बँधा हुआ वस्त्र उतार डाला। उसके वक्ष की बाईं ओर उनकी दृष्टि पड़ी। वहाँ एक लाल चिह्न उन्होंने देखा।

ऋषि की आँखों पर धुंधलापन छा गया। उसके बाएँ स्तन के नीचे एक बड़ा-सा लाल चिह्न दिखाई दिया। शम्बर के गढ़ में एक बालिका दिखाई दी—काली, सुकुमार और प्रेम में पागल।

विश्वामित्र शुनःशेप को देखते रहे। वात्सल्य के ओघ में खिचकर वे युवक से लिपट गए। शुनःशेप की आँखों में उनकी आँखों का तेज था, उसके स्वर में उनके बालपंन का संस्कार था, और यह लाल चिह्न—मुद्रा—उसकी माता की साक्षी दे रहा था।

बिस्तर के पास बैठकर उन्होंने शुनःशेप के सिर पर हाथ फेरना प्रारम्भ किया।

रोहिणी के गर्व का पार नहीं था। उसके पति के पागलपन में से अचिन्तित परिणाम निकला। उसका 'विश्वरथ' अद्भुत है। जो कोई न कर सका उसे उसने किया और अन्त में आर्यावर्त उसके चरण छूता है। उसके अस्वस्थ हृदय में बालपन-जैसी उमंग आई और वह झटपट झोंपड़ी में आई।

"ऋषिवर !" कहकर वह प्रेम से पास बैठ गई।

"रोहिणी !" विश्वामित्र ने प्रेम से उसके सिर पर हाथ फेरते हुए कहा।

बहुत बार जब पति के हृदय में तूफान उठता था तब यह स्वस्थ और गर्विष्ठ स्त्री उन्हें समझ नहीं पाती थी, और सहानुभूतिपूर्ण भावोर्मि के बदले निरर्थक उपदेश दिया करती थी। उस समय उसके स्वभाव में कभी-कभी पत्थर का कड़ापन दृष्टिगोचर होता था, और इसलिए वह ऋषि के हृदय की भावोर्मि पहचान नहीं सकती थी। किन्तु अनन्य भक्ति से वह ऋषि को पूजती थी, अपूर्व व्यावहारिकता से विश्वामित्र द्वारा प्राप्त किया हुआ सब-कुछ वह सम्भालकर रखती थी। राजाहीन भरतों के लिए वह राजा और राज-महिषी दोनों की कमी पूरी करती थी, और यद्यपि वह उनके जीवन-मन्त्रों को सुलझा नहीं सकती थी तो भी वह सबकी सफलता के मार्ग में सदा ही सक्रिय सहायता देने का प्रयत्न किया करती थी। ऐसी पत्नी भी उन्हें देवों की ही कृपा से मिली थी। इस समय इस प्रकार उसे सुखोर्मि का अनुभव हुआ मानो इस समय यही विचार ऋषि के मन में आ रहा हो।

"रोहिणी, यह कैसा अद्भुत लड़का है ?" विश्वामित्र ने कहा।

"मानो आपका देवदत्त ही हो !" अनजान में रोहिणी ने शुनःशेप के पितृत्व का प्रमाण दिया। "कितना सुन्दर मन्त्रोच्चार वह करता था ! ऐसी शक्ति तो आपमें देखी थी जब आप छोटे थे, फिर कहीं नहीं देखी।"

"सच बात है, रोहिणी, देव तो दयावान हैं। मेरा पद रखने वाला मुझे दिया तो सही।"

"आपका पद ?" आश्चर्य से रोहिणी बोल उठी, "वह कैसे ?"

"हाँ मेरा, रोहिणी, यह मेरा पुत्र है," विश्वामित्र ने शुनःशेप की ओर दृष्टि डालते हुए कहा।

"आपका ?" और अब इस नये पागलपन का क्या होगा, यह समझने में असमर्थ रोहिणी ने कहा।

"हाँ," विश्वामित्र ने धीरे से कहा, "और उग्रा का।"

"क्या कहते हैं ?" मानो ऋषि पागल होकर ऐसा कह रहे हों, इस भाव से रोहिणी ने पूछा।

"हाँ, इसके जन्म के समय भगवती ने इसे अजीगर्त अंगिरा को सौंपा था। भगवान् वरुण ने आज लौटाया है।"

"क्या ऐसा भी हो सकता है ? क्या ऐसा कभी सुना भी है ?" क्रोध से लाल होकर अगस्त्य की पुत्री रोहिणी बोल उठीं।

"मुझे कल रात अजीगर्त ने बताया।"

"झूठ बात है, वह झूठा है," रोहिणी चिल्लाकर बोली। पर उसकी रोषपूर्ण आँखें सामने पड़े हुए युवक की आँख, नाक और मस्तक पर गईं। उसके मन में संशय उत्पन्न हुआ और उसके हृदय को धक्का लगा।

"नहीं रोहिणी, सच बात है। इस विषय में संशय के लिए तनिक भी स्थान नहीं है। तुम जिस लड़के के साथ अगस्त्य के आश्रम में खेलती थीं, वह स्मरण है ? उसके साथ इसकी तुलना करके तो देखो। अभी तुमने उसकी तुलना मेरे और देवदत्त के साथ की थी, क्या भूल

गई ?"

"हाय-हाय, तो क्या होगा ?"

"यदि देव मुझे शक्ति दें, मेरा साथ दें, तो यह भरतों के सिंहासन पर बैठेगा।"

"क्या कहते हैं ? उसकी माता तो दस्यु-पुत्री थी," रोहिणी ने क्रोध में कहा।

मानो रोहिणी ने कुल्हाड़ी मार दी हो, इस प्रकार विश्वामित्र के उल्लासपूर्ण मुख पर वेदना छा गई। ऋषि मूकभाव से थोड़ी देर नीचे देखते रहे, और फिर उन्होंने अपने गम्भीर नयन रोहिणी पर स्थिर कर दिए।

"रोहिणी," विश्वामित्र के संस्कारी स्वर में दृढ़ता थी, "उग्रा आर्याओं में श्रेष्ठ थी। हमारा पुत्र···मेरा पुत्र भी भरतों में श्रेष्ठ है।"

रोहिणी की आँखों में आँसू उमड़ आए और उसका मुँह लाल हो गया।

"क्या आप भरतों का विनाश करने बैठे हैं ?" उसने व्याकुलता से कहा और अस्वस्थता छिपाने के लिए वह वहाँ से उठकर चली गई।

ऋषि मन्द-मन्द हँसे। अभी उनकी कसौटी पूरी नहीं हुई थी।

: २ :

विमद, राम और लोमा तीनों आ पहुँचे और बातें प्रारम्भ हुईं। ऋषि विश्वामित्र विचारमग्न थे। ज्यों-ज्यों भय बढ़ता गया त्यों-त्यों उन्हें अभय के आनन्द का विशेष अनुभव होने लगा।

ऋषि के मन में विचार आया—लोमा कैसी मनोहर होती जा रही है ! एक बार देवदत्त के साथ उसका विवाह करने का उनका विचार हुआ था। रोहिणी का भी मन था। सुदास को भी इस सम्बन्ध में कहा गया था, किन्तु इसके लिए वह तैयार नहीं था। और अब तो यह हो ही कैसे सकता है ? सुदास वीतहव्यों के राजा अर्जुन के साथ उसका विवाह

करना चाहता था।

शुनःशेप चेत में आया और राम को देखते ही वह उससे गले मिला। उनकी पुरानी मैत्री की बात यहाँ हरी हो गई। शुनःशेप आँखें बन्द करके 'लोमा', 'लोमा' ऐसा कुछ बोला।

राम ने उत्तर दिया, "हाँ शुनःशेप ! मैं जिस लोमा की बात करता था वह लोमा यही है। बहुत गड़बड़ करती है।"

लोमा ने शुनःशेप के मस्तक पर हाथ रखा। वह आँखें बन्द करके मुस्कराई और शुनःशेप पुनः शान्त होकर आँखें बन्द करके सो गया।

विश्वामित्र मन में हँसे—यह लड़का उनका और उग्रा का है, उसका रुधिर गाधिराज और शम्बर के रुधिर से बना है। राजा दिवोदास की पुत्री से यदि यह विवाह कर ले तो आर्यावर्त से और विष निकल जाय। परन्तु यह हो कैसे सकता है ? "ऐसा सौभाग्यपूर्ण दिन आए तो पृथ्वी पर स्वर्ग ही आ जायगा," वे बड़बड़ाने लगे।

इतने में ऋषि जमदग्नि आ गए। अपने इस बालमित्र को बताए बिना विश्वामित्र से न रहा गया। "जमदग्नि, इसका मुख देखो, इसकी आँखें देखो, इसका स्वर सुनो। क्या विश्वरथ का स्मरण नहीं होता ? और इसके हृदय पर इसकी माता की छाप है," उन्होंने कहा।

"और देव वरुण ने तुम्हारे पास इसे लौटा दिया !"

"हाँ, पर मेरा किया-कराया सब व्यर्थ हो गया," आक्रन्दपूर्वक विश्वामित्र ने कहा।

"क्यों, अब क्या रह गया ?"

"क्या तुम इसे भरतश्रेष्ठ के रूप में स्वीकार करोगे ?"

"भरतश्रेष्ठ !" चौंककर जमदग्नि बोले, "पर यह तो दासी-पुत्र है।"

"हाँ," कटुता से विश्वामित्र ने कहा, "हाँ, यह दासी-पुत्र, ऋषि-श्रेष्ठों के गुण द्वारा भरतों में श्रेष्ठ होने योग्य भी हो जाय तो भी इसके शरीर में शम्बर का रक्त है—इसीलिए न ? इसलिए क्या तुम भी उसे योग्य स्थान न दोगे ?" कहते-कहते ऋषि आवेश में आ गए, "क्यों···

क्यों ? उग्रा उसकी माता थी, ठीक है न ? जमदग्नि, मेरे बालपन के साथी, तुम भी अभी वर्ण-द्वेष से परे नहीं हो सके हो ? अभी तक मैं तुम्हारे हृदय में नहीं बस सका हूँ ?···नहीं···नहीं···वहाँ तो वसिष्ठ बसते हैं।"

"क्या रोहिणी को बता दिया है ?" जमदग्नि ने इस उभार का उत्तर न देते हुए पूछा।

"हाँ, और वह तभी से मुँह फुलाए बैठी है।"

"उग्रा के पुत्र को यदि आप पुत्र मान लेंगे तो भरत आपको छोड़ देंगे।"

"यह क्या मैं नहीं समझता ?"

"हमारे भृगु, अनु व द्रुह्यु भी इससे सहमत नहीं होंगे।"

"हाँ, और इसीसे कहता हूँ कि तुम्हारा मेरे साथ कोई स्थान नहीं है।" विश्वामित्र की आँखों में आँसू आ गए। "जाओ भाई, तुम अपने सत्य के पथ पर जाओ। मुझे अपना सत्य पालने दो। या तो आर्य सर्वोपरि और शुद्ध हैं, और या मानवता ही सर्वोपरि और शुद्ध है, वर्ण-मात्र गौण है। या तो वसिष्ठ या विश्वामित्र—दोनों एक साथ कभी नहीं रह सकते।"

"विग्रह तो वसिष्ठ ने प्रारम्भ किया है," जमदग्नि ने कहा।

"यह विग्रह न तो कभी मिटा है और न कभी मिटेगा।"

"मामा, इसीलिए तो मैं इतने वर्षों से कहता आया हूँ कि तृत्सुओं का पौरोहित्य छोड़ दो," जमदग्नि ने कहा।

"जमदग्नि, जो मुझे स्पष्ट दिखाई देता है वह तुम्हें क्यों नहीं दिखाई देता ? मेरा पौरोहित्य तृत्सु-भरत की एकता की मुद्रा है। उसके समाप्त होते ही समस्त आर्यावर्त में पुनः वैर और विष फैलने लगेंगे," विश्वामित्र ने खेदपूर्वक कहा।

"वे तो फैले ही थे। आज तक केवल तुम्हारे त्याग से ही वे दबे हुए थे, पर आज इसका परिणाम देख लिया न ? राजाहीन भरत निःसत्व हो

गए हैं। तृत्सुओं के पास राजा और पुरोहित दोनों हैं।"

"तुम्हारी बात सत्य है।"

"तो आप यह पद छोड़कर भरतों का राजपद क्यों नहीं स्वीकारते ?"

"मैं ? अरे देव !" कहकर विश्वामित्र हँस पड़े, "अपना ऋषिपद मुझे भरतों के वर्तमान राजपद की अपेक्षा अधिक प्रिय है।"

किन्तु विश्वामित्र को आज इन सब बातों में आनन्द नहीं मिल सकता था। जहाँ ये दोनों ऋषि बात कर थे, वहीं कवि चायमान का भेजा हुआ दूत सब समाचार कहने के लिए घोड़े पर आ पहुँचा। वसिष्ठ के आश्रम में से भेद ने शशीयसी का हरण कर लिया, मुनि वसिष्ठ ने देवों की आज्ञा मानकर समस्त आर्यावर्त का पौरोहित्य स्वीकार कर लिया, भेद का विनाश करने के लिए उन्होंने युद्ध-घोषणा कर दी तथा आर्य-राजाओं को आमंत्रित किया, ये सब बातें दूत ने विस्तार से कह डालीं।

ये सब भयङ्कर समाचार थे। उनका पुरोहितपद जाते ही विष का प्रसार तो होने ही वाला था, यह सब सोचकर विश्वामित्र मन में हँसे—और क्या हो सकता है ? रोहिणी आई। उसकी आँखें सूजी हुई थीं। अपने क्रोध करने की क्षमा मांगने आई थी। वह पतिव्रता थी, और पति के प्रति उसने जो अविनयी आचरण किया था उसका उसे दुख हुआ था। अपने पति के हृदय की व्यथा तक वह स्वयं नहीं पहुँचा सकी थी, उसे नहीं समझ सकती थी, इसका उसे न दुख था, न चिन्ता थी।

विश्वामित्र अपने विचार में मग्न थे। उन्होंने निःश्वास छोड़ा।

शम्बर का काला पुत्र भेद, तृत्सु सेनापति हर्यश्व के पुत्र कृशाश्व की पत्नी को भगा ले गया। वसिष्ठ को देवों की आज्ञा प्राप्त हुई। देवों ने उन्हें समस्त आर्यावर्त के पुरोहितपद पर स्थापित किया, और अब जब तक भेद का वध न होगा तब तक वे विश्राम न लेंगे।

देव भी विचित्र परिस्थिति उत्पन्न कर रहे हैं। यहाँ तो उन्हें उग्रा का पुत्र पुनः सौंप रहे हैं,···और वहाँ शम्बर के पुत्र के वध की तैयारी करवा रहे हैं। देव, देव, यह आपने क्या सोचा है ? क्या देव की ही यह आज्ञा

हुई है कि आर्य अब एक-दूसरे के प्राण लें ?

शशीयसी के अपहरण के सम्बन्ध की बात सुनकर रोषपूर्ण जमदग्नि, रोहिणी, जयन्त, पुरुओं के राजा कुत्स, अनु और द्रुह्युओं के राजा आदि सबने विश्वामित्र से चर्चा की। जब जमदग्नि जैसों का मन यह बात सुनकर तिलमिला उठा था, तो दूसरों की तो बात ही क्या ? विश्वामित्र ने सब चुपचाप सुना। सब चले गए। मामा-भानजे अकेले रह गए।

विश्वामित्र ने हँसते हुए कहा, "भाई जमदग्नि, शशीयसी के अपहरण से क्या तुम्हें भी बहुत दुख हुआ है ?"

"बहुत।" अल्पभाषी जमदग्नि ने स्वभावजन्य संयम छोड़ते हुए कहा, "यह तो अत्याचार कहा जायगा। भेद ने मुनि का आश्रम भ्रष्ट किया और राजा सोमक की पुत्री और तृत्सुओं की भावी महिषी को वह भगा ले गया है। कोई आर्य यह सहन नहीं कर सकता। हमारे अनु और द्रुह्यु यह कदापि सहन नहीं करेंगे और आपके भरत भी इसे सहन नहीं करेंगे।"

विश्वामित्र इस प्रकार सहिष्णुता से सब सुनते रहे मानो वृद्ध हों—बहुत ही वृद्ध हों।

"यदि भेद शम्बर का पुत्र न होकर किसी आर्य राजा का पुत्र होता ?" हंसकर विश्वामित्र ने कहा, "यदि उसका वर्ण काला न होता, गौर होता, तब तो सह लेते या नहीं ?"

"यह अलग बात है।"

"नहीं, यही सत्य बात है। शुनःशेप यदि दासी उग्रा का पुत्र न होता तो मेरे सिंहासन को सुशोभित करने का अधिकारी माना जाता। राजा भेद यदि दास न होता तो राजा सोमक की पुत्री को भगा ले जा सकता था; पर वह तो दास, अधम, वध्य, मनुष्य कोटि का नहीं है, उससे ?" विश्वामित्र के स्वर में अन्तर्वेदना की ध्वनि थी।

"मामा, क्या करना चाहते हैं ? क्या आप पागल हुए हैं ?"

"मैं समझदार कब था ?"

"पर आप क्या करना चाहते हैं ?"

"भृगुश्रेष्ठ, मेरा मार्ग सीधा है। मैं अन्य मार्ग से नहीं जाऊँगा। भेद और उग्रा दोनों आर्य हैं, यह मेरी दृष्टि है।"

"और हम सब..."

"तुम सब मेरे सर्वस्व हो—पर जमदग्नि, मेरे सर्वस्व से भी मेरे मन में सत्य श्रेष्ठतर है।"

: ३ :

रेणुका बच्चों के साथ बैठी बातें कर रही थीं। वे प्रश्न पूछतीं और बच्चे उत्तर देते थे। लोमा बात करते-करते उछली पड़ती थी। राम कुछ कहता था। शुनःशेप पूज्य भाव से पूछी हुई बात का उत्तर धीरे-से देता था। जब रोहिणी यहाँ आई तब उसकी आँखें सूजी हुई थीं और उसके मुख पर उद्वेग था। रेणुका उसे देखते ही समझ गई कि कुछ गड़बड़ हुई है।

उसने कहा, "आइये, आइये, मामीजी! बच्चो, जाओ, अब तुम लोग खेलो।"

"आपको कुछ गुप्त बातें करनी होंगी?" लोमा ने पूछा।

"तो इससे तुम्हें क्या? जा," रेणुका ने हँसकर कहा।

"अब तो मैं स्त्री मानी जाऊँगी।"

"नहीं...अभी तो तू बच्ची है...राम के साथ तो खेला करती है। जा, और देखना शुनःशेप को मत सताना। उसे विश्राम करने देना।"

तीनों बच्चे चले गए तब रोहिणी की ओर घूमकर ममता से रेणुका ने कहा, "बैठिए, कहिए क्या है?"

"रेणुका, मुझ पर तो बादल टूट पड़े हैं।" और रोहिणी का मुँह रोना-सा हो गया, गला रुँध गया।

"शान्त होइए। सब-कुछ ठीक करने वाले देवता तो हैं न!"

रोहिणी ने प्रयत्नपूर्वक पुनः मन को स्वस्थ किया और आँखें पोंछीं।

"अरे देव, मैं क्या करूँ?" उसने निःश्वास छोड़ा।

"क्यों, क्या है ?"

"तुम्हारे मामाजी पुनः पागल हो गए हैं।"

"कैसे ?"

"वे कहते हैं कि शुनःशेप उग्रा का पुत्र है और वे उसे भरतों का राजा बनाएँगे।"

"आप क्या कह रही हैं ? यह तो नई बात है।"

"शुनःशेप का पिता अजीगर्त जो कुछ बहका गया उसे ऋषि ने सत्य मान लिया।"

"पर मामाजी इस प्रकार की मिथ्या बात पर कभी विश्वास नहीं करेंगे।"

"उन्हें विश्वास है कि वह उन्हीं का पुत्र है। न जाने यह विश्वास उन्हें कैसे हो गया ? वह कलूटी युवावस्था में ऋषिवर को छीन ले गई थी, और अब इतने वर्षों बाद भी चैन नहीं लेने देती," रोहिणी ने अपनी व्याकुलता उपस्थित की। "वह तो मर गई पर साथ ही मारती भी गई।"

"व्याकुल न हो, मामीजी ! आप इस प्रकार व्याकुल होंगी तो मेरी जैसी की क्या दशा होगी ?"

"कहो भला इस कलूटी का पुत्र भरतों का राजा कैसे हो सकता है, विश्वामित्र का कुलपति कैसे हो सकता है ?"

"पर मामाजी ऐसा नहीं करेंगे।"

"क्या नहीं करेंगे ? उन्हें तो बस एक ही धुन है—उग्रा आर्या थी, उसका लड़का देवदत्त का बड़ा भाई है, हे देव !" इतना कहते-कहते रोहिणी रो पड़ी।

"मामीजी, आप ही इस प्रकार कहेंगी तो जयन्त क्या कहेगा ? भरत महाजन क्या कहेंगे ? और मामाजी की परिस्थिति कैसी हो जायगी ? इससे तो हम सबकी हँसी होगी।"

"पर मैं क्या करूँ ?"

"मामाजी को आप समझाइए। वे आपके सुख में सुख पाते हैं। आप

उनके दुखों को भी तो समझिए।"

"मैं क्या समझूँ, अपना सिर? अगस्त्य के दौहित्र के बदले शम्बर का दौहित्र भरतों का राजा हो? नहीं, मैं कभी न होने दूँगी, कभी नहीं। जब तक मैं जीवित हूँ, तब तक तो नहीं होने दूँगी," गर्विष्ठ रोहिणी ने कहा।

"मामीजी, इस बात में हठ करना ठीक नहीं है। अधीर न होओ। मामाजी के मन की बात शान्ति से समझो तो सही। देखो, कोई-न-कोई मार्ग निकल ही आएगा।"

"और न निकले तो?"

"न निकले तो? तो क्या? यदि मैं आपके स्थान पर होती तो पति की गोद में सिर रखकर निश्चित होकर सो जाती। जहाँ वे वहाँ मैं।"

"रेणुका, तुम नहीं समझोगी। तुम्हारे सौत नहीं न!"

"सौ सौतें हों तो भी क्या? उन सबसे मैं आत्म-समर्पण में बढ़ जाऊँगी। फ़िर उनके लिए कोई मार्ग ही नहीं रहेगा।"

"क्या भगवती हैं?" जयन्त का स्वर द्वार में से सुनाई पड़ा।

"क्यों, क्या है जयन्त? आओ," रेणुका ने उसे भीतर बुलाया, "भृगुश्रेष्ठ कहाँ हैं?"

"मैं नहीं जानता। मैं तो उन्हीं की खोज में हूँ।"

"क्यों, क्या काम है?" ज्यों-त्यों स्वस्थ होते हुए रोहिणी ने पूछा।

"आप काम कर रही हों तो मैं फिर आऊँगा।"

"नहीं, नहीं। क्या बात है, कहो?"

"सुना है कि गुरुदेव प्रसन्नता से पुरोहितपद छोड़ देंगे।"

"अच्छा?"

"हाँ, वृद्ध कवि ने विमद से कहलाया है कि हम पद के लिए तृत्सुओं से लड़ने को तैयार हैं। भरत महाजनों का भी यही मत है। और देखो, यदि गुरुदेव पुरोहितपद छोड़ दें तो हमारी नाक कट जायगी।"

"ठीक है। तो हम भृगुश्रेष्ठ से पूछ देखें कि वे क्या कहते हैं," रेणुका ने कहा।

"यह बात यहीं नहीं है न। शम्बर का पुत्र राजा भेद मुनि के आश्रम में जाकर शशीयसी का अपहरण कर ले गया।"

"ऐं !" दोनों स्त्रियाँ बोल उठीं।

"और वसिष्ठ मुनि ने भेद का संहार करने के लिए सब आर्यों को सूचना भेजी है।"

"अरे रे ! और तुम्हारे गुरुदेव क्या कहते हैं ?"

"सुना है कि गुरुदेव ने ऋषि जमदग्नि से पूछा कि यदि राजा भेद आर्य होता तो क्या मुनि वसिष्ठ उसका वध करने को तैयार होते ?"

"हे देव !" इतना कहकर रोहिणी ने सिर पर हाथ रखा।

"जिन-जिन भरतों और भृगुओं ने शशीयसी के अपहरण की बात सुनी वे तो आवेश में आ गए हैं। उनका बस चले तो वसिष्ठ मुनि के बिना ही भेद को मारकर वे शशीयसी को छीन लाएँ," जयन्त ने कहा।

"जयन्त," रेणुका ने कहा, "तुम क्या करोगे ?"

"अम्बा, मेरी नसों में तो विष व्याप रहा है। एक काला व्यक्ति सोमक की कन्या को भगा ले जाय ? सचमुच, यह तो सीमा हो गई।"

"और यदि गुरुदेव 'ना' कहेंगे तो ?" रोहिणी ने पूछा।

"भरत हाथ में नहीं रहेंगे," जयन्त ने गम्भीर स्वर में कहा।

"जयन्त," रेणुका ने कहा, "भरतों पर विपत्ति आई है। तुम भी इस प्रकार घबरा जाओगे तो क्या होगा ?"

"अम्बा, यह बात कुछ ऐसी-वैसी नहीं है।"

"पर उसमें से तुम्हें ही मार्ग निकालना होगा।"

"मुझे तो कोई मार्ग दिखाई नहीं देता। भरतों के भाग्य की अन्तिम घड़ी आ पहुँची है," जयन्त ने कहा।

"भाग्य की अन्तिम घड़ी नहीं आई है, भाग्य फूट गया है," रोहिणी ने सिर पर हाथ ठोकते हुए कहा। जयन्त चकित होकर देखता रहा।

"जयन्त, घबराओ मत," रेणुका ने मीठे शब्दों में कहा। "भरत, भृगु और मामाजी स्वयं दूसरे झंझटों में पड़े हैं। धीरज बिना मार्ग नहीं

मिल सकता। शान्ति से सोचकर आगे बढ़ना।"

"वह दूसरा काहे का झंझट है ?"

"देवदत्त का बड़ा भाई मिल गया है।"

"देवदत्त का बड़ा भाई ?" जयन्त ने आश्चर्य से पूछा।

"हाँ, उग्रा का पुत्र।"

"उग्रा का पुत्र ?" जयन्त मूर्च्छित होता-सा बोला।

"हाँ, जिसे मरा हुआ समझा था वह जीवित है," रेणुका ने कहा।

"कहाँ ? कौन ?"

"शुनःशेप।"

"ऐं ?"

"और अब वह भरतों का राजा होने वाला है," रोहिणी ने क्रुद्ध होकर कहा।

सेनापति जयन्त सब समझ गया। उसकी आँखों से चिनगारियाँ निकलने लगीं। क्रोध में वह खड़ा हो गया।

"भगवती, क्या यह सत्य है ? यदि सत्य हो तो एक बात निश्चित है कि···"

"क्या ?"

"शम्बर के दौहित्र के सामने यह सिर कभी नहीं झुकेगा," इतना कहकर रोष में जयन्त वहाँ से चला गया।

रोहिणी और रेणुका एक-दूसरी की ओर देखती रहीं।

"देखा ?" अन्त में रोहिणी ने कहा।

"मामी," रेणुका ने कहा, "इन सबका मार्ग एक ही है। आप मामा के हृदय में प्रविष्ट होने का प्रयत्न करें।"

"कैसे ? वे तो द्वार सदा बन्द ही रखते हैं।"

"अरे, उसकी चाबी तो तुम्हारे ही पास है," रेणुका हँसी। रोहिणी भी हँसे बिना न रह सकी।

"मामा के पास जाइए। हिमालय का हिम तो सरस्वती ही बहाकर

ला सकती है, और सरस्वती ऐसा न करे तो हम सब. तड़पकर मर जायँ।"

रेणुका ने रोहिणी के कन्धे पर हाथ रखा।

"रेणुका, तुममें मन को मनाने की विचित्र शक्ति है।"

"आप सबके साथ ही रहकर तो सीखी हूँ। हमारे लिए मामा का हृदय कितना द्रवित होता है, यह तो आप जानती ही हैं। वे ही कठिनाइयाँ उत्पन्न करेंगे और वे ही उन्हें दूर करेंगे।"

रोहिणी ने कहा, "अच्छा, तब मैं पुनः जाती हूँ उनके पास।"

"बहन, क्रोध न करना, गर्व न करना और ईर्ष्या को दूर कर देना। उनके हृदय में आपका स्थान अचल है। देव सब ठीक कर देंगे," रेणुका ने हँसते हुए कहा।

रोहिणी ने हँसते-हँसते कहा, "रेणुका, क्या एक बात कहूँ? अब ठीक अवसर है।"

"कौनसी बात?"

"लोमा की, वह देवदत्त की पत्नी होने योग्य है। इतना करा दो न!"

"मेरी भी ऐसी इच्छा है, किन्तु लोमा और देवदत्त के हृदय भी किसी ने परखे हैं?"

देवदत्त तो उसके लिए पागल है। आज जब से लोमा आई है तब से उसकी आँखें उस पर ही स्थिर हैं। इतना करा दोगी तो जीवन-भर तुम्हारी ऋणी रहूँगी।"

"पर लड़की का माथा फिरा हुआ है," रेणुका ने कहा।

"तो भी आपका कहना अवश्य मानेगी।"

: ४ :

नदी-तट पर ऋषि विश्वामित्र अकेले चक्कर लगा रहे थे। उनके हृदय में आत्म-श्रद्धा प्रकट हुई थी। अब वे निर्भय बने हुए थे। आज नये

आये हुए संकटों का उन्हें दुःख नहीं था। वसिष्ठ, रोहिणी, सुदास, भरत, भृगु, तृत्सु आदि सबको वे आपस में लड़ने वाले छोटे बच्चों के समान समझ रहे थे। उन सबकी व्यथाएँ उन्हें आज बालिश जान पड़ती थीं। आज वे सबसे निर्लेप और पृथक् खड़े थे—अकेले, किन्तु सत्य की दृष्टि से सबका अवलोकन करते हुए, क्षमाशील हृदय से सबको सहन करते हुए।

विश्वामित्र आज आनन्द में थे, क्योंकि बन्धनमुक्त हो चुके थे। मूर्खो! रंग-द्वेष के लिए एक-दूसरे को काटने के लिए तैयार हुए हो? इतना भी नहीं जानते कि आर्यत्व तो हृदय में रहता है, चमड़ी में नहीं? शुनःशेप यदि मेरा पुत्र न होकर किसी दास का पुत्र होता तो भी उसका स्वर, उसके उच्चारण, उसकी विद्या व उसकी देवभक्ति कौन छीन सकता था? शशीयसी का अपहरण करने वाला राजा भेद यदि आर्य होता तो यही पाप पुण्य बन जाता। सहस्रों आर्य दासियों से विवाह करके आनन्द भोग रहे हैं और सैकड़ों आर्याएँ दासों के साथ सुख मना रही हैं। जहाँ संस्कार-भेद न हो वहाँ वर्ण-भेद मानना अन्धविश्वास है। समस्त जगत् अन्धा हो गया है।

इतने में उनके आवास की ओर से कोई आता हुआ जान पड़ा। "कौन है?" विश्वामित्र ने पूछा।

"मैं रोहिणी हूँ," रोहिणी ने कहा।

ऋषि पास सरक आए। "रोहिणी, इस समय तुम? सोई नहीं?"

रोहिणी के स्वर में आँसुओं का कम्प था, "आप इस प्रकार दुःख में भरे घूमें और मैं सुख में सोऊँ?"

"रोहिणी, मुझे तनिक भी दुःख नहीं है।"

"क्यों? यह और नया झंझट पैदा हुआ है न? भेद ने तो बड़ा भयंकर काम किया। क्या होगा?"

"देवों ने जो सोचा है वही होगा, और क्या?" विश्वामित्र ने रोहिणी के कंधे पर हाथ रखा।

"वसिष्ठ आपका पुरोहितपद ले लेना चाहते हैं, यह बात तो सब

भूल गए हैं। शशीयसी के अपहरण की बात से ही सब लोगों का रक्त खौल उठा है।"

"क्यों न खौल उठे ?" दयार्द्र स्वर में विश्वामित्र ने कहा, "आर्य सहस्रों दासियों को भगा लाएँ और उनके पति तथा बाल-बच्चों को निराधार कर दें, इसमें हमारी शोभा है; पर यदि आर्य-स्त्री को कोई दासश्रेष्ठ भगा ले जाय तो इसमें भ्रष्टाचार हो गया ! सचमुच इसके लिए तो बौखला जाना ही चाहिए और रक्त बहाना ही चाहिए।" विश्वामित्र बहुत हँसे।

रोहिणी स्तब्ध हो गई, "तो आपको यह सुनकर क्या क्रोध नहीं आता ?"

"आता है, किन्तु उतना ही जितना सिग्रु राजा की बहन को त्रसदस्यु द्वारा भगा ले जाने पर।"

"पर वह तो आर्या—हमारी—"

"रोहिणी, तो क्या राजा भेद हमारा नहीं है ? वह उग्रा का भाई, हमारे यहाँ पला, पढ़ा हुआ है—और मैंने उसका यज्ञोपवीत किया है।"

"...और वह उसने कलङ्कित किया।"

"जैसा कि बहुत से आर्यों ने किया..."

"और सबको आप क्या ऐसा ही कहने वाले हैं ?"

"नहीं। यह सुनने का जिसे अधिकार होगा उसे ही कहूँगा। रोहिणी, मैं केवल तुम्हें ही कहता हूँ, क्योंकि तुम मेरी अर्धाङ्गिनी हो। मेरी बात जब तुम्हारे ही गले नहीं उतरती, तो दूसरे की क्या बात है ?"

"पर आपका यह विचार यदि सब जानेंगे तो क्या होगा ?"

"मेरी अपकीर्ति होगी। मेरा पुरोहितपद ले लेंगे। मुझे छोड़ देंगे। बस, और क्या करेंगे ?"

"हमारे भरतों का क्या होगा ? हमारे बाल-बच्चों का क्या होगा ?"

"उनका क्या होगा ? यही देखकर सब हँसेंगे कि भरतों में मेरे जैसा भी कोई उत्पन्न हो गया है, और क्या ?" ऋषि हँस पड़े।

"हे देव, यह आप क्या कह रहे हैं?" आक्रन्दपूर्वक रोहिणी ने कहा।

"रोहिणी, आर्याओं में श्रेष्ठ, उद्वेग न करो। हम दोनों तो जीवन-भर के साथी हैं। जमदग्नि जन्म से मेरा मित्र है। भरत मेरे अपने हैं। तुम सब अपने साथ मुझे मनचाहे ढंग से जकड़कर रखना चाहते हो, पर इस प्रकार मुझे जकड़कर रखने में लाभ क्या होगा? तुम सब मुझे पागल समझते हो, पर मैं तुम सबका पागलपन स्पष्टतया देख सकता हूँ। हम लोगों का मेल हो कैसे सकता है? और तुम मुझे अपने साथ रख सको तो मैं आत्मद्रोही, सत्यद्रोही, देवद्रोही, मृतवत् शव के समान रहा तो भी क्या, और न रहा तो क्या?"

"यह क्या करने बैठे हैं ऋषिवर, आज तक का किया-कराया क्यों धूल में मिला रहे हैं? आपकी कीर्ति और प्रतिष्ठा तक कौन पहुँच सका है?"

"कीर्ति और प्रतिष्ठा! यह तो मेरी शक्ति का भूषण···मुझे देवों ने दिया है। यदि वह शक्ति चली जाय तो ये दोनों कैसे रहेंगे?"

"अब क्या होगा? पिताजी भी नहीं हैं कि कोई मार्ग निकालें।" रोहिणी रोने लगी।

"यदि गुरुदेव होते तो वही मार्ग बताते जो मैं देखता हूँ। रोहिणी, रोओ मत। तुमने मुझसे विवाह किया है, मेरी कीर्ति, प्रतिष्ठा या पद से नहीं। पर मैं यह भी देख रहा हूँ जिस सत्य का मैंने वरण किया है, उसका तुमने वरण नहीं किया है।"

थोड़ी देर तक दोनों शान्त रहे।

"शुनःशेप के लिए क्या सोचा है?" अन्त में रोहिणी ने धीरे से पूछा।

"अभी निश्चय नहीं किया। तुम्हें मैंने बहुत दुखी किया। क्षमा करो रोहिणी, मेरे जैसे पति का वरण करके ऐसे संकट तो भोगने ही होंगे।"

विश्वामित्र ने रोहिणी को बड़े प्रेम से गले लगा लिया। रोहिणी को रेणुका की सम्मति स्मरण हो आई।

"नाथ, उस समय मैं उग्र हो गई थी। क्षमा तो मुझे माँगनी चाहिए।

जिसको आपने ज्येष्ठ पुत्र माना है, वह मेरा भी ज्येष्ठ पुत्र है।"

"रोहिणी, तुम यथार्थ में अद्भुत हो! पर तुम्हारे त्याग पर मैं अपनी कर्तव्यपरायणता कैसे रच सकता हूँ?"

"तो शुनःशेप के विषय में क्या सोचा?"

"अभी निश्चय नहीं किया।"

"उग्रा के पुत्र को भरतश्रेष्ठ बनाएँगे तो मैं उसे स्वीकार करूँगी, इसका विश्वास रखें। पर गर्विष्ठ भरत इसे स्वीकार नहीं करेंगे। जयन्त तो ये बातें सुनकर जल-भुन गया है।"

"रोहिणी, भरतों या अपने बच्चों को मैं तनिक भी दुखी नहीं होने दूंगा। उन्हें किसी प्रकार कम बलवान् भी न होने दूंगा।"

"वचन देते हैं?"

"हाँ, वचन देता हूँ। जाओ, जाकर सो जाओ, तुम्हारा स्वास्थ्य बिगड़ जायगा।"

"आप भी चलिए।"

"नहीं रोहिणी, आज तो सिन्धु की तरंगों में से कुछ नया संगीत मुझे सुनाई दे रहा है। तुम जाओ, मैं भी आ जाऊँगा। तुम सो जाना रोहिणी, मेरी रोहिणी, मैं चाहे जैसा होऊँ, पर उदार वृत्ति से मुझे अपने हृदय में स्थान देना।"

"नाथ, आपको कोई नहीं समझ सका, तब मैं कैसे समझ सकूँगी? देव, मुझे आवास तक पहुँचाने चलिए।"

रोहिणी को पहुँचाकर लौटते समय कोई उनके पैर पड़ा।

"कौन है?"

"मैं हूँ शुनःशेप।"

"शुनःशेप, तुम अभी सोये नहीं?"

"मैंने सोने के बहुत प्रयत्न किये, पर मुझे नींद ही नहीं आती। इसी से मैं आपकी प्रतीक्षा करता था।"

"वत्स, तुमने यह सब विद्या कहाँ से प्राप्त की?"

"देव, मैंने तो कितने ही पाप करके यह विद्या प्राप्त की है।"

"विद्या प्राप्त करने में जो पाप किया जाता है वह पाप हो ही नहीं सकता। मुझे बताओ तो सही वत्स, कि पतित के घर रहकर तुमने ये संस्कार कहाँ से प्राप्त किये ?"

सिन्धु के तट पर चक्कर लगाते-लगाते शुनःशेप ने ऋषि को अपनी पूर्ण आत्म-कथा कह सुनाई। उसने अपने मोहक ढंग से अपनी विद्या-प्राप्ति की उत्कट इच्छा शब्द-बद्ध की, अभेद्य कठिनाइयों को पार करने की उसने अपनी आतुरता का वर्णन किया और अपने को बेचने का पाप करके सुराग्रस्त पिता के पास से विद्या प्राप्त करने के कठिन प्रयत्नों का विस्तार से वर्णन किया। अन्त में यथार्थ विद्यानिधियों के मुख से एक बार मन्त्रोच्चार सुनने की अभिलाषा को सन्तुष्ट करने के लिए अपने को बलिदान करने का भी अपना संकल्प कह सुनाया। यह सुनकर विश्वा-मित्र मुग्ध-से उस सुकुमार युवक को देखते रहे। उनके अपने विद्या-प्रेम में से उग्रा ने कितना सुन्दर नव-जीवन निकाला था।

प्रेम से विश्वामित्र ने उसके दोनों कन्धों पर अपने दोनों हाथ रख दिए, "शुनःशेप, आर्यों की विद्या के स्वामी होने के लिए देवों ने तुम्हें बचाया है।"

"गुरुदेव, आपकी कृपा के अतिरिक्त मुझे और कुछ नहीं चाहिए।"

"अच्छा वत्स, जाओ, अब तुम सो जाओ।"

"और आप ?"

"मैं तो यहाँ अभी टहलूंगा, तुम जाओ।"

"जैसी आज्ञा," इतना कहकर शुनःशेप अपने आवास पर लौट आया।

और उनके हृदय में सिन्धु की तरंगों के उल्लास-गान की ध्वनि सुनाई दी। शुनःशेप जिस ओर गया था उस ओर दृष्टि डालकर वे स्थिर हो गए।

"यह दासीपुत्र ? भरतश्रेष्ठ होने के अयोग्य ?" वे मन में बड़बड़ा-कर हँसे, "अन्धो! यह विरल सरलता, विनय, एकनिष्ठा, किसके हैं ?

कहाँ से आये ? कहाँ से उसे प्राप्त हुए ? और क्या अब उसे छोड़ देंगे ?"

"पर आर्य नहीं समझेंगे, वसिष्ठ नहीं समझने देंगे—कभी नहीं समझने देंगे। जो वस्तु मुझे दीपक के समान दिखाई देती है उसे वसिष्ठ अन्धकार कहते हैं। रोहिणी, जमदग्नि, जयन्त, भरत, भृगु, मित्र और शत्रु—सबकी आँखों पर अँधेरा छा गया है—केवल भगवती लोपामुद्रा की आँखों में प्रकाश था, तो भी इस अन्धकार का आश्रय लेकर उन्होंने उग्रा के पुत्र को आज तक छिपाए रखा। आज भी वे न कहें तो कौन जान सकता है ? कौन कह सकता है ? मैं यदि आज भेद के पापाचार की मुक्त-कण्ठ से निन्दा करूँ तो मेरी कीर्ति और प्रतिष्ठा बढ़ जाय। पुरोहितपद भी छोड़ना न पड़े···"

विश्वामित्र हँसे। यह सब करें तो ?

"नहीं···नहीं···मुझे तो अपने सत्य के ही पथ पर चलना चाहिए—अकेले ही—भले ही विनाश के मुँह में, वहीं मुझे शान्ति मिलेगी।"

: ५ :

जमदग्नि पुरुओं के राजा कुत्स के साथ मन्त्रणा करते थे। राजा कुत्स रेणुका और लोमहर्षिणी की माता के मामा होते थे। हिमालय की कन्दराओं के प्रदेश में बसने वाले यह वृद्ध पुरुश्रेष्ठ हिमालय के अवतार के समान थे। पहाड़ के समान उनका शरीर अभी तक अभेद्य था। बहते हुए झरने से अंकित सिकुड़न उनके पूरे शरीर पर थी, और उनके सिर के हिमधवल बाल कैलाश का स्मरण करा रहे थे।

जमदग्नि की चिन्ता का पार न था, इसलिए उन्होंने भृगुओं में विद्यानिधि माने जाने वाले वृद्धश्रवा, अपने बड़े पुत्र विदन्वन्त, विश्वामित्र के बड़े पुत्र देवदत्त और भरतों के सेनापति जयन्त इत्यादि को भी उस समय वहाँ बुलवा लिया था।

भरतों पर, भृगुओं पर, अरे समस्त आर्यों पर, ऐसा संकट कभी नहीं आया था। उन सबके राजा, गुरु और देव विश्वामित्र इस समय पागल हो

गए थे। ऐसी परिस्थिति में विश्वामित्र को तृत्सुओं का पुरोहितपद छोड़ना पड़े, यह इन सबको नीचा दिखाने वाली बात थी। तो भी इस पद को सुरक्षित रखने के प्रयत्न करने की विश्वामित्र की इच्छा तक नहीं दिखाई देती थी; और सब-कुछ इस प्रकार व्यवस्थित कर दिया गया था कि विश्वामित्र स्वयं भी इस पद को छोड़ना अस्वीकार नहीं कर सकते थे।

और इस समय, जिसके अस्तित्व का किसी को सपना भी नहीं था, वह उग्रा का पुत्र भी प्रकट हो गया। गर्विष्ठ भरतों ने तो देवदत्त को ही अपना राजा माना था। भूतपूर्व सेनापति प्रतर्दन और जयन्त ने उसे राजा जैसा मानकर भरतों की महत्त्वाकांक्षा का पोषण किया था, और आर्यों में विपुल और समृद्ध भरत जाति ने तो आशा की थी कि वह बड़ा होकर सिंहासन पर बैठकर अपूर्व पराक्रम कर दिखाएगा। तृत्सुओं के वर्चस्व से मुक्त करने वाले की पदवी तो उसे अभी से ही मिल गई थी। अगस्त्य के दौहित्र का यह स्थान शम्बर का दौहित्र कैसे ले सकता था?

और इस सब परिस्थिति में भेद की करतूत ने विचित्र समस्या उपस्थित कर दी थी। शशीयसी के अपहरण से सबको क्रोध आ गया था। दास पशु नहीं थे, मनुष्य थे, सेवा करने में प्रामाणिक थे—उनमें जो संस्कारयुक्त थे उन्हें विद्याभ्यास कराना सरल था—और उन्हें विश्वामित्र ने यज्ञ करने का अधिकारी भी मान लिया था। इससे भरत उनसे बहुत प्रसन्न रहते थे, वे इन असंस्कारी दासों का सुधार करते और उनके गर्व का पोषण करते थे। दूसरों के दासों की अपेक्षा भरतों के दास सन्तोषपूर्वक रहते थे और इससे उन्हें लाभ भी होता था। छोटे-बड़े गाँवों में दासियों के साथ भरत विवाह भी करते थे, जिससे उनकी शक्ति बढ़ती थी। परन्तु, शृंजय के राजा सोमक की पुत्री और तृत्सुओं की भावी रानी को दास भगा ले जायँ, यह तो असह्य था! सबके हृदय से इस समय एक ही स्वर निकल रहा था—कुत्ते की पूँछ सीधी नहीं हो सकती और दास की नीचता जा नहीं सकती। वसिष्ठ की बात सत्य थी—आर्य स्त्री भगा ले जाने वाले दास का वध करना ही चाहिए।

विश्वामित्र का दृष्टि-बिन्दु जब जमदग्नि के गले नहीं उतर सका, तब जयन्त, भृगुओं और भरतों के गले कहाँ से उतरेगा ? वे सब न तो कभी भेद की सहायता कर सकेंगे और न शशीयसी के अपहरण को एक सामान्य बात ही स्वीकार करेंगे ।

"इन भरतों का क्या होगा ? मुनि वसिष्ठ क्रुद्ध हैं, इतना भी गुरुदेव इस समय देखते नहीं । यदि इस समय शान्त न रहे तो हमारी बुरी दशा होगी ।"

"विश्वामित्र को हम लोग अपने साथ किसी दिन भी रख सके हैं ?" जमदग्नि ने कहा । "वे ही संकट खड़े करते हैं और वे ही उनमें से छुट-कारा पाने के मार्ग ढूंढ़ निकालते हैं और उनके इन सब प्रयत्नों के परिणाम-स्वरूप हमारी शक्ति सदा बढ़ती ही गई है ।"

"पर अब क्या होगा ?" कुत्स ने कहा, "मुझे इस शुनःशेप वाली बात का विश्वास नहीं है ।"

"उस शुनःशेप को तो बुलाओ । वह स्वयं इस सम्बन्ध में क्या जानता है, वह तो देखें," वृद्धश्रवा ने कहा ।

"जाओ विमद, उसे बुला लाओ," जमदग्नि ने कहा ।

"जो आज्ञा ।"विमद वहाँ से उठकर शुनःशेप को बुलाने चला गया ।

"सच्चा झंझट तो इस समय एक दूसरा ही है । इस भेद के विरुद्ध विग्रह में हमें क्या करना चाहिए ?" जमदग्नि ने कहा ।

"यदि गुरुदेव को पुरोहितपद से हटा दें तब तो भरत तृत्सुओं की सहायता कभी नहीं करेंगे," जयन्त ने कहा ।

"भृगु भी नहीं करेंगे, और वे नहीं जायँगे तो अनु और द्रुह्यु भी नहीं जायँगे," वृद्धश्रवा ने कहा ।

"शृञ्जय तो जायँगे ही," जयेन्त ने कहा ।

"शृञ्जय भी जायँगे और वीतहव्य भी जायँगे । राजा अर्जुन के साथ सुदास का बहुत अच्छा सम्बन्ध है ।"

"वह तो मेरी लोमा का अर्जुन के साथ विवाह करना चाहता है ।

पर लोभ। इस प्रकार मानने वाली नहीं है," कुत्स ने कहा।

"गुरुदेव ने हमारे देवदत्त के साथ उसका विवाह करा दिया होता तो एक कठिनाई कम हो जाती।"

देवदत्त के मुख पर प्रसन्नता छा गई।

"सुदास तो यथासम्भव सब-कुछ करेगा," वृद्धश्रवा ने कहा।

"तृत्सु, शृञ्जय और वीतहव्य आदि तीनों मिलकर भेद का अन्त कर देंगे, यदि हम लोग उसकी सहायता न करें तो," जमदग्नि ने कहा।

"हम लोग भेद की किस प्रकार सहायता कर सकते हैं ? हमारे महाजन क्या यह बात नहीं सुनेंगे ?" जयन्त ने कहा।

"विश्वामित्र कहेंगे तो भी ?" कुत्स ने पूछा।

"विश्वामित्र ऐसा कभी नहीं कहेंगे। वे भारतों को भली प्रकार पहचानते हैं; और भृगु तो ऐसा कभी नहीं मानेंगे। मुझे ज्ञात होता है कि भेद के इस अधर्म के कार्य में हम लोग उसकी तनिक भी सहायता नहीं कर सकेंगे। और ऐसा कुछ करने का यदि प्रसंग उपस्थित भी हो तो तृत्सुग्राम छोड़ हम लोग अपने गाँव में जाकर बसें तभी यह काम बन सकता है," जयन्त ने कहा।

"एक प्रकार से यह बुरा नहीं है," कुत्स ने कहा।

"वह शम्बर का पुत्र है। अज और सिग्रु उसकी सहायता भी करेंगे और सिग्रु राजा की पुत्री तो हमारे घर में ही बैठी है," जमदग्नि ने कहा।

"पर सुदास की रानी पौरवी आपके भाई की पुत्री है। क्या आपको वह घसीट न लेंगी ?" जयन्त ने पूछा।

"ऊँहुँ, सुदास की मैं कभी सहायता नहीं करूँगा। तृत्सुओं ने मुझे सताने में कुछ भी उठा नहीं रखा था।"

विमद शुनःशेप को लेकर आया, और अग्निकुण्ड के अस्पष्ट प्रकाश में भी उसके तेजपूर्ण मस्तक, सुन्दर बड़ी-बड़ी आँखें, सौम्य मुख व सुकुमार काया ने सबका ध्यान आकृष्ट किया। सकुचाते-सकुचाते उसने सबको प्रणाम किया।

"बेटा शुनःशेप, बैठो यहाँ। तुम अंगिरा हो, तुम मेरे ही हो," जमदग्नि ने कहा।

"मैं कृतार्थ हुआ, गुरुवर्य !" गौरवपूर्वक शुनःशेप ने कहा।

"तुम्हारे पिता को मैं कल शापमुक्त कर दूँगा। तुमने अपने कुल को तार दिया बेटा !" प्रेम से जमदग्नि ने उसकी ओर वात्सल्यपूर्ण दृष्टि से देखते हुए कहा।

"आप तो कृपानिधि हैं," शुनःशेप ने कहा।

इस सुकुमार और तेजस्वी बाल-ऋषि का विनय देखकर सबके हृदय कसमसाने लगे। इस संस्कारयुक्त युवक को उसके योग्य स्थान न मिलने देने के लिए मध्यरात्रि में वे सब बड़े-बड़े तपस्वी और महारथी षड्यन्त्र रच रहे थे।

"तुम्हें सपरिवार सुखपूर्वक रहने देने के लिए सरस्वती-तट पर तुम्हारी सब व्यवस्था हम करवा देंगे," जमदग्नि ने कहा।

"मुझे कुछ भी नहीं चाहिए देव," शुनःशेप ने निर्लेप भाव से विनम्रतापूर्वक कहा।

"तुम्हारे माता-पिता को तो आवश्यकता होगी ?"

"वह तो आपकी कृपा और उनकी इच्छा पर निर्भर है।"

"तुम्हें क्या चाहिए ?"

"आपके और ऋषि विश्वामित्र के चरणों की सेवा करने के अतिरिक्त अन्य कोई भी इच्छा नहीं है।"

"पर फिर भी तुम्हें धन और धेनुओं की आवश्यकता तो होगी न ?"

"मैं उन्हें लेकर क्या करूँगा ?" शुनःशेप ने कहा, "मुझे क्षमा करें। मैं आपके चरण छूता हूँ। मुझे परिग्रह का मोह नहीं है। मैं केवल मन्त्र-दर्शन करना चाहता हूँ।"

सब इस प्रकार लज्जित हो गए मानो इस लड़के ने सबको चाँटा लगा दिया हो। सबने देवदत्त की ओर देखा, और फिर शुनःशेप की ओर दृष्टि डाली। देवदत्त लम्बा और गोरा था। वह गर्विष्ठ जान पड़ता था।

शुनःशेप सुकुमार और छोटा दिखाई पड़ता था। वह कुछ कम गोरा था और उसके मुख पर गौरव शोभायमान हो रहा था। जमदग्नि को ऐसा जान पड़ा मानो विश्वामित्र दो विभागों में बँटकर नये स्वरूप में दर्शन दे रहे हों।

"ठीक कहते हो पुत्र, तुम्हारे ललाट पर तो महर्षि होना लिखा है।"

"यदि देव और गुरु की कृपा हो तो," शुनःशेप ने नीचे देखते हुए उत्तर दिया।

"अच्छा, अब तुम जाओ," जमदग्नि ने कहा।

"हाँ, पर देखो, कोई कहता था कि तुम अजीगर्त के पुत्र नहीं हो, क्या यह सच है ?"

शुनःशेप ने ऊपर देखा और जमदग्नि की ओर वह देखता रहा। "मैं शुनःशेप अंगिरा हूँ," उसने सरलता से कहा।

किसी को कुछ कहने का साहस नहीं हुआ। शुनःशेप ने उठते हुए कहा, "आज्ञा ?"

"हाँ, अब कल प्रातःकाल।"

शुनःशेप चला गया।

इस लड़के ने अपनी निर्दोषता से सबको अपने-अपने दोष का ज्ञान करा दिया था।

"अद्भुत बालक है," कुत्स ने कहा।

"क्या यह मेरा भाई है ?" देवदत्त रोष से बोल उठा, "उसमें भरतों का तेज कहाँ है ?"

"कुछ भी हो, पर कोई महातपस्वी इसका पिता है और महासाध्वी इसकी माता है," जमदग्नि ने ऐसा कहकर देवदत्त की चपलता को रोका।

जमदग्नि के शब्दों ने सबके हृदय प्रभावित कर दिए।

उस रात्रि को सब चक्कर में पड़े रहे।

: ६ :

प्रातःकाल यज्ञ के समय सब महारथी विश्वामित्र के पास एकत्रित हुए। जमदग्नि और राजा कुत्स के अतिरिक्त अन्य सब सामने बैठे थे, मानो गुरु के आदेश की प्रतीक्षा करते हों। स्त्रियाँ एक ओर बैठी थीं। उनमें रोहिणी, रेणुका और लोमा भी थीं। राम आकर जमदग्नि और विश्वामित्र के बीच में बैठ गया। विश्वामित्र के मुख पर आनन्द था। उस मुख पर कहीं चिन्ता और व्यथा की छाया तक दिखाई नहीं देती थी।

जब सब शान्त होकर उनके पास बैठे तब उनके प्रताप का महत्त्व सबकी समझ में आ गया। सबके हृदय का उद्वेग अन्धकार और बादलों के समान हट गया। उनके स्नेहमय स्मित से इस प्रकार सबके मुख खिल गए जैसे सूर्य के प्रकाश से फूल खिलते हैं।

"बोलो जमदग्नि, अब क्या करना होगा ?" हँसकर विश्वामित्र ने पूछा। उनकी उपस्थिति में मानो सब बातें सरल और सीधी हो गई थीं।

"मुनि तो तृत्सुग्राम चले गए हैं, इसलिए अब पुरोहितपद रखकर करेंगे क्या ?" जमदग्नि ने कहा।

"जिस दिन की तुम प्रतीक्षा करते थे, वह आ गया न ? सुदास ने सम्बन्ध तोड़कर हम लोगों को मुक्त कर दिया," ऋषि ने कहा।

"तो फिर अब मुनिवर को क्या सन्देश कहलाइएगा ?"

"सन्देश क्या ? पुरोहित की नियुक्ति तो राजा करता है। इसमें पुरोहित का क्या काम ?" विश्वामित्र ने कहा।

"तब मैं जो यहाँ आई हूँ सो ?" लोमा ने कहा।

"तुम राजा नहीं हो, राजा की पुत्री हो," विश्वामित्र हँसे, और उनके शब्द सुनकर सब हँस पड़े।

"तुम्हारे भाई मुझसे अलग ही होना चाहते हों तो फिर उसे हम लोग कैसे रोक सकते हैं ?"

"तो मैं तृत्सुग्राम नहीं जाऊँगी।"

"यह बात अलग है। अच्छा हम लोग इस पर फिर विचार करेंगे।

पर इस भेद के विषय में अब हम लोग क्या करेंगे ?" विश्वामित्र ने पूछा।

"भृगु, अनु और द्रुह्यु भेद की सहायता नहीं करेंगे," जमदग्नि ने कहा।

"भरत भी बहुत ही क्रुद्ध हुए हैं," जयन्त ने कहा।

"पर कल मैंने जो देखा उससे तो कहा जा सकता है कि तृत्सुओं की सहायता कोई नहीं करेगा," राजा कुत्स ने कहा।

"राजन्, तृत्सुओं को सहायता देने की आवश्यकता नहीं है," विश्वामित्र ने हँसकर समझाया। "मुनिवर ने आर्यमात्र का पुरोहितपद लिया है, तृत्सुओं का नहीं। यह विग्रह केवल सुदास का ही नहीं होगा, यह तो आर्यत्व की रक्षा के लिए होगा। उसके राजा और सेनापति दोनों मुनिवर स्वयं ही होंगे।"

"अर्थात् ?" जमदग्नि ने पूछा।

"अर्थात् ? अर्थात् भृगु, भरत, अनु, द्रुह्यु जो-जो लड़ना चाहते हों वे सब मुनि की सहायता करेंगे। मुनिवर सप्तसिन्धु के पुरोहित व्यर्थ में नहीं हुए हैं।"

"अरे हाँ, यह तो हमें सूझा ही नहीं, तब ?" कुत्स ने आश्चर्य प्रदर्शित किया।

"तब ? जहाँ तक मैं समझता हूँ, मुनि अपने मन की अवश्य करेंगे।"

"तब क्या किया जाय ?"

"मैं जो कुछ करना चाहता हूँ, उसे तुम लोग नहीं कर सकते।"

"ऐसी क्या बात है ?"

"मैं इस प्रकार से राजा भेद से व्यवहार करूँगा मानो वह आर्य हो। मैं उसके पास जाकर शशीयसी को छोड़ देने की प्रार्थना करूँगा। और यदि वह छोड़ देने को तैयार होगा तो हर्यश्व से प्रार्थना करूँगा कि कृशाश्व अपनी पत्नी को पुनः स्वीकार करे। बहुत से आर्य राजाओं ने अपनी अपहृता पत्नियों को पुनः स्वीकार कर लिया है।"

"हर्यश्व ऐसा नहीं होने देगा," जमदग्नि ने कहा।

"मैं जानता हूँ। तृत्सु अभिमानी हैं, और मैं जो कहता हूँ वह भी

कोई साधारण बात नहीं है।"

"तो फिर ?"

"भेद से यज्ञ कराऊंगा। उसके पापों का प्रायश्चित कराऊंगा और यदि कृशाश्व ने शशीयसी को पुन: स्वीकार नहीं किया तो जैसा पहले अंगिरा ऋषि ने अश्विनों का यज्ञ किया था वैसा ही यज्ञ कराकर शशीयसी का विवाह भेद के साथ कर दूँगा।"

"विवाह ? विवाह ?" सब चकित हो गए।

"हाँ, और फिर यदि वसिष्ठ समस्त सप्तसिन्धु के साथ आक्रमण करें तो भी मैं उनका सामना कर लूँगा, क्योंकि वही यथार्थ में सत्य होगा।"

"यह कैसे हो सकता हूँ ?" जमदग्नि ने कहा।

"कोई सुनेगा नहीं," जयन्त ने कहा।

"मामा," जमदग्नि ने कहा, "ये कोई बोलते नहीं, इसलिए मुझे ही इनकी ओर से बोलना पड़ रहा है। भेद ने भयंकर पापाचार किया है। यह बात सुनकर मेरा भी रक्त खौल उठा है। कल भरत महाजन क्रुद्ध हो गए थे। अनुओं और द्रुह्युओं के महाजन भी यह सहन नहीं कर सके हैं। पूछ देखिए उनके राजाओं से। भले ही भेद आर्य राजाओं के समान हो, पर उसका यह पापाचार तो अक्षम्य ही है।"

"अच्छा समझा," विश्वामित्र ने हँसकर कहा, "जयन्त, मैं जिस अवसर की प्रतीक्षा करता था, वह आ पहुँचा है।"

"कौनसा ?"

सब समझे कि ऋषि कोई नई त्रासदायक सूचना देना चाहते हैं।

"बहुत वर्षों तक भरतों ने राजा के बिना काम चलाया।"

"आप तो हैं," जयन्त ने कहा।

"ऐसे ही प्रसंग पर सत्य समझ में आता है। एक ही व्यक्ति को राजा और ऋषि दोनों बनने का मोह नहीं रखना चाहिए।"

"क्या कहा ?" जमदग्नि ने आश्चर्यचकित होते हुए पूछा।

"अब अधिक समय भरतों को राजा बिना नहीं रखना होगा।"

सबका श्वास रुक गया। क्या शुनःशेप को भरतों के सिंहासन पर बिठाने का विचार है ?

"कौशिक···" रोहिणी गद्गद कण्ठ से बोली।

"मैंने निर्णय कर लिया है। आज सन्ध्या-समय अजीगर्त को शाप-मुक्त करने से पहले मैं देवदत्त को राजतिलक दूंगा," निश्चलता से विश्वामित्र ने अपना निश्चय कह सुनाया।

अकल्पित संकल्प से सब आश्चर्यचकित हो गए। इस संकल्प का रहस्य किसी की समझ में नहीं आया। पर विश्वामित्र ने एक वाक्य से सब चिन्ता दूर कर दी।

"जयन्त, जाओ अब तैयारी करो।"

भरत जाति की एकता और शान्ति की रक्षा होती जानकर सब भक्तिपूर्ण नयनों से उन्हें देखते रहे। सबको ज्ञात हुआ कि यह विश्वामित्र की वसिष्ठ को स्पष्ट और सफल फटकार है। अब भरत तृत्सुओं के राजा सुदास के नहीं हैं, गाधि राजा का पौत्र अब उनका राजा होगा। विश्वामित्र ने राजपद छोड़कर भरत-तृत्सुओं को पुनः स्वतन्त्र करने की ओर पग बढ़ाया था।

जमदग्नि अकेले ही विश्वामित्र को भली प्रकार पहचानते थे। उन्हें यह संकल्प अच्छा न लगा। इसका क्या अर्थ है ?

"अभी कौनसी शीघ्रता है ?" जमदग्नि ने कहा।

"मुझे शीघ्रता है," अधिकारपूर्ण स्वर में विश्वामित्र ने कहा।

कोई कुछ न बोल सका। इतने में एक परिचर आकर खड़ा हुआ। परन्तु किसी को उससे भी कुछ पूछने की इच्छा नहीं हुई। विश्वामित्र ने उसे देखते ही पूछा, "क्यों ?"

"कृपानिधि, वृद्ध कवि का सन्देश लेकर भार्गव-दीर्घ आया है।"

"अच्छा, बुलाओ।"

सब चिन्तातुर हो गए। दीर्घ भीतर आया। वह लम्बा और मोटा,

धूल में लिपटा हुआ और वेग से पूरी की हुई यात्रा के कारण थका हुआ था।

"क्यों दीर्घ, बैठो," विश्वामित्र ने कहा।

"गुरुदेव, मैं प्रणाम करता हूँ।" उसने पहले जमदग्नि को फिर विश्वामित्र को प्रणाम किया।

"कुछ विश्राम ले लो," जमदग्नि ने कहा।

"वृद्ध कवि ने मुझे आज्ञा दी है कि रात को दिन मानकर मुझे आपके पास पहुँचकर समाचार सुनाना ही चाहिए।"

"क्या समाचार है ?"

"जिस दिन विमद इस ओर आने को चले, उसी दिन सन्ध्या-समय मुनि वसिष्ठ तृत्सुग्रास आ पहुँचे और भेद से लड़ने के लिए योद्धाओं को तैयार करने लगे। उनका विचार है कि सब आर्य राजाओं के पास स्वयं जाकर लड़ने के लिए योद्धाओं की माँग करें।"

"मैं नहीं कहता था ?" विश्वामित्र ने कहा।

"जब से वे आये तब से दासों को तृत्सुग्राम के बाहर बसने की आज्ञा हुई है, और जो कोई प्रतिष्ठित दास हो उसे मारना-लूटना प्रारम्भ हो गया है।"

"अच्छा ?"

"जी हाँ, और भरत तथा तृत्सु योद्धाओं के बीच भी मारपीट प्रारम्भ हो गई है। वृद्ध कवि ने कहलाया है कि तृत्सुग्राम में अब अधिक समय नहीं रहा जा सकता। उन्होंने यथाशक्ति अधिक-से-अधिक व्यक्तियों को नदी के उस पार अनुओं के ग्रामों में भिजवा दिया है। इसलिए तुरन्त ही आप सबको वहाँ चल देना चाहिए, ऐसी प्रार्थना की है।"

"अच्छा !"

"और अगले दिन अनूप देश के राजा अर्जुन भी तीन सहस्र योद्धाओं के साथ आ पहुँचे। ऐसा जान पड़ता है कि ये सब योद्धा वे वसिष्ठ को दे देंगे।"

"अच्छा, मुनिवर ने प्रारम्भ तो बहुत सुन्दर किया है," विश्वामित्र हँसे। ज्यों-ज्यों झंझट बढ़ता जा रहा था, त्यों-त्यों वे अधिक प्रफुल्लित होते जा रहे थे।

"और वृद्ध कवि ने कहलाया है," दीर्घ ने लोमहर्षिणी को देखकर कहा, "कि राजा सुदास ने वसिष्ठ मुनि की सम्मति से राजा अर्जुन के साथ लोमादेवी का विवाह निश्चित किया है।"

"मैं उससे विवाह नहीं करूँगी," लोमा ने क्रोधपूर्वक कहा।

"हर्यश्व स्वयं लोमादेवी को बुलाने यहाँ आने वाले हैं।"

"इस जंगल के राजा से मेरी पुत्री कभी विवाह न करेगी," कुत्स बोल उठे, "मैंने सुना है कि वह बहुत ही दुष्ट व्यक्ति है।"

"राजा सुदास की आज्ञा हो चुकी है," दीर्घ ने कहा।

"मैं नहीं जाऊँगी," लोमा ने दृढ़ता से कहा।

"अर्जुन इसके योग्य नहीं है। लोमा के जैसे संस्कार हैं उस दृष्टि से तो यह उसे जीवित मार डालने जैसा काम होगा," जमदग्नि ने कहा।

थोड़ी देर तक कोई कुछ नहीं बोला।

"दादा," फिर रेणुका ने कहा, "तो लोमा को किसी प्रकार भी बचाना चाहिए।"

"मैं तो दूर रहा," कुत्स ने कहा।

"लोमा वास्तव में कठिनाई में पड़ गई है," गहरा विचार करते हुए विश्वामित्र ने कहा। "मैं और जमदग्नि दोनों जब तृत्सुग्राम से चले जायँगे तब इसकी चिन्ता कौन करेगा ?"

"रेणुका इसे साथ रखेगी," कुत्स ने कहा।

"आज की परिस्थिति देखते हुए इसमें कोई बुद्धिमत्ता नहीं है," जमदग्नि ने कहा।

"राजन्," विश्वामित्र ने कहा, "यह बात बहुत गम्भीर है। लोमा दिवोदास राजा की और आपकी बहन की पुत्री है। अर्जुन इसके योग्य नहीं है। तुम लोमा को विमद के साथ पुरुग्राम भिजवा दो, आज ही—

अभी, हयंश्व के आने से पहले। विमद थोड़े सैनिक लेकर यहाँ से चलेगा और मार्ग में किसी स्थान पर ठहरेगा। फिर···फिर दूसरे दिन तुम यहाँ से चल देना।"

रोहिणी ने रेणुका की ओर देखा। उसकी दृष्टि में विनय भरा था।

"मामाजी, अब देवदत्त राजा हुआ, तो इसे रानी भी तो चाहिए न! लोमा का इससे विवाह कर दें तो?" रेणुका ने कहा।

यज्ञकुण्ड में से जिस प्रकार एकाएक ज्वाला निकलती है, उस प्रकार उग्र बनकर लोमा एकदम खड़ी हो गई।

"मैं दादा के साथ जाने वाली हूँ।"

"हाँ-हाँ, और इस समय ऐसे विकट प्रसंग पर एकाएक शीघ्रता करने की आवश्यकता भी नहीं है," विश्वामित्र ने कहा।

लोमा एक से दूसरे की ओर आँखें निकालकर देखती रही।

"तुम भी रेणुका के साथ जाओ," जमदग्नि ने हँसकर कहा।

रेणुका भी उसी प्रकार हँसी, जैसे पति को पूर्णतया पहचानने वाली पत्नी हँसती है—माता से भी अधिक उदारता के साथ।

"ऐसी गड़बड़ी में मैं आपके पास से दूर कैसे जा सकती हूँ?" रेणुका ने कहा।

"रेणुका, तुम इतनी बूढ़ी हुईं, पर अभी पति के पीछे पागल होना नहीं छूटा," राजा कुत्स ने कहा।

"पागल बनाने वाले पति खोजे ही क्यों? आप कहें तो साथ में राम को भेज दूँ। इस दौड़-धूप में वह आपके यहाँ स्थिर होकर कुछ सीख ही लेगा," रेणुका ने कहा।

"हाँ-हाँ, राम को भेजो। उसे भी मैं दो-चार शास्त्र सिखाऊँगा, जिनका तुम किसी को ज्ञान भी नहीं है," कुत्स इतना कहकर ठठाकर हँसे।

"हाँ-हाँ, ठीक है। मैं अम्बा के साथ दादा के यहाँ चली जाऊँगी," लोमा ने अपना अन्तिम निर्णय सूचित किया।

"रेणुका," जमदग्नि ने कहा, "तुम इन बच्चों के साथ जाओ। बहुत

दिनों से दादा के यहाँ गई भी नहीं हो, और लोमा को अकेली भेजेंगे तो सुदास उसे शान्ति से रहने भी नहीं देगा। तुम साथ रहोगी तो ठीक होगा।"

"भृगुश्रेष्ठ जो कहते रहे हैं वह सत्य है। सुदास कब क्या कर बैठे इसका कोई ठिकाना नहीं है," विश्वामित्र ने कहा।

"रेणुका भी मेरे यहाँ बहुत वर्षों से नहीं गई है। क्यों, ठीक है न रेणुका ? तैयार हो जाओ," राजा कुत्स ने कहा।

"क्यों रेणुका ?" जमदग्नि ने पूछा।

"जैसी आपकी आज्ञा," रेणुका ने कहा।

"विमद, तुम लोमा को लेकर यहाँ से प्रस्थान कर दो। सन्ध्या को दादा, राम, रेणुका और अन्य लोग यहाँ से चलकर उसी मार्ग पर मिलेंगे। हाँ···पर वृद्ध कवि को तो कोई बाधा नहीं होगी न ?" जमदग्नि ने पूछा।

"नहीं होगी," विमद ने विश्वास दिला दिया।

"ऐसी धाँधली के समय राम कहीं भी शान्ति से रहेगा तो उन्हें अच्छा ही लगेगा।"

"अरे मैं सब-कुछ समझ लूँगा," राजा कुत्स ने कहा।

"और मैं भी तो हूँ न," लोमा ने कहा। उसका हृदय हर्ष से नाचता था।

: ७ :

भरत, भृगु, पुरु, अनु और द्रुह्यु वीर जो यहाँ विश्वामित्र और जमदग्नि के निमन्त्रण पर नरमेध में आये थे, उनके उल्लास का पार नहीं था। विश्वामित्र पर देवता प्रसन्न हुए, हरिश्चन्द्र राजा अच्छे हो गए, और रोहित अब इक्ष्वाकु जाति के राजा हुए। यह उत्सव तो था ही, उसमें बली विश्वामित्र ने तृत्सुओं के पुरोहितपद का त्याग किया, राजा-हीन भरतों को राजा दिया, और तृत्सुओं से सम्बन्ध टूट गया। इन कारणों से यहाँ एकत्रित सब वीरों के मन विजयोत्साह में मग्न थे। और इस उत्साह का

मध्यबिन्दु बन गया भरतों की महत्ता और विजयाकांक्षा का ध्वज-दण्ड—नया राजा देवदत्त।

सन्ध्या के पूर्व विमद पचास भृगुओं और लोमहर्षिणी के साथ पुरुग्राम के मार्ग पर बढ़ने लगा।

देवदत्त का राज्याभिषेक हुआ।

अजीगर्त की शुद्धि हुई।

दूसरे दिन प्रातःकाल पुरुओं के राजा कुत्स ने भी प्रस्थान किया। रेणुका और राम दोनों उनके साथ चले। पुरुओं के राजा कुत्स का दल इस प्रकार आगे बढ़ रहा था मानो कोई सेना विजय-प्रस्थान करके अपने शत्रु को ललकार रही हो।

हरिश्चन्द्र राजा के इस ग्राम से और उसके आसपास के प्रदेशों से नरमेध देखने के लिए आये हुए सैकड़ों नर-नारी और बच्चे, जो आस-पास के खेतों में ठहरे थे, वे भी इस दल को देखकर उत्साह में भर गए। रंग, राग और नृत्य से सम्पूर्ण वातावरण उल्लासमय हो गया। राजा हरिश्चन्द्र के भोजनालय में ही दिन-रात सबके लिए भोजन की व्यवस्था थी। इस समय वहाँ कल्पनातीत धूम मची हुई थी।

इस जनसमूह में भरत, भृगु, अनु और द्रुह्यु छाती फुलाकर घूमने लगे। योद्धाओं की भुजाएँ लड़ने के लिए फड़कने लगीं।

सबको ऐसा भास हुआ मानो भरत और भृगु आज दासता से मुक्त हुए हों। जमदग्नि जिनके पुरोहित थे वे अनु और द्रुह्यु भी इससे प्रसन्न हुए थे। सबके मन में यही विचार समा रहा था कि चलो तृत्सुओं के शासन से मुक्त तो हुए।

केवल विश्वामित्र ही अकेले दुखी थे। उनका पुरोहितपद इन पाँच-सात जातियों को एकता में बाँधने वाला बन्धन था। आज ये बन्धन छूट गए और ये अल्प-बुद्धि इस प्रकार प्रसन्न हो रहे थे मानो मुक्ति मिल गई हो। वे नहीं जानते थे कि भरतों और तृत्सुओं के मध्य एक राजा और एक पुरोहित होने से ही सप्तसिन्धु में सुदास एकचक्र राज्य करता था और

उसीसे सुख और शान्ति व्याप्त थी। अगस्त्य और लोपामुद्रा की दूरदर्शिता द्वारा रचित महत्ता आज इस प्रकार नष्ट हो रही थी और ये मूर्ख आनन्द का अनुभव करते थे। पर इसका परिणाम क्या होगा ? वैमनस्य, विग्रह, हत्याकाण्ड—और क्या ?

इस प्रकार विश्वामित्र का हृदय खिन्न था, पर रोहिणी के हर्ष का पार नहीं था। देवदत्त की आंखों में नया तेज चमक रहा था। जयन्त के गर्व की सीमा नहीं थी। इस प्रकार विश्वामित्र के स्त्री, पुत्र और शिष्य सब मुक्ति के आनन्द का अनुभव कर रहे थे।

विश्वामित्र और उनके अपने गिने जाने वालों में आज कितना अन्तर स्पष्ट दिखाई देता था ! इतने वर्षों तक उन्होंने विभिन्न जातियों को एकत्र करने का जो प्रयोग किया था वह निष्फल सिद्ध हो गया। उन्हें और सब नहीं समझ रहे थे और वे सबके आनन्द को नहीं समझ रहे थे। उनके और इन सबके बीच में एक दुस्तर सागर फैला हुआ था। पर उनके हृदय में कहीं कटुता नहीं थी, कर्कशता नहीं थी। यह मार्ग उन्होंने स्वयं अपने हाथों रचा था। अपनी निष्फलता को समझने और सुधारने में उन्होंने अपना कर्तव्य और आनन्द माना था। वे उत्साह से पागल इन स्त्री-पुरुषों को इस प्रकार देख रहे थे मानो स्वतः तट पर खड़े-खड़े नदी में डूबते हुए मनुष्यों को देख रहे हों। अब वे भी मुक्त हो गए थे। उनकी रची हुई सृष्टि वसिष्ठ के स्पर्श से अदृष्ट हो गई थी। यह भी उनके लिए हर्ष का कारण था। यह सृष्टि उन्हें कारावासमय प्रतीत होती थी। स्वयं अब क्या करें यही एक प्रश्न रह गया था।

और वह उग्रा का पुत्र···

उसके लिए तो अब भृगुओं में ही व्यवस्था करनी पड़ेगी। भरतों में कोई उसे सुख से रहने नहीं देगा। सब उसे अंगिरा मानते थे। इसीलिए जमदग्नि ने उसे अपनाया था। मुनि वृद्धश्रवा भी उसमें रस लेते थे। किन्तु प्रातःकाल के समारम्भ के समय उस लड़के को उन्होंने देखा। उसकी आंखें उन पर ही स्थिर थीं—भक्ति-भाव से, पूज्य-भाव से। और

वे भी उसे ही स्थिर नयनों से देख रहे थे। उनका बस चले तो वे उसे अपने ही साथ रखें, उसे अपनी विद्या का स्वामी बनाएँ। पर आज जो वे मन में सोच रहे थे, उसमें उसका स्थान नहीं था।

: ८ :

दोपहर को तृत्सुओं का सेनापति हर्यश्व अपने घुड़सवारों के साथ लोमहर्षिणी को ले जाने के लिए आ पहुँचा।

देवों ने विश्वामित्र पर जो कृपा की थी और हरिश्चन्द्र को जो आयु प्राप्त हुई थी उस विषय में उसने सुना नहीं था। वह तो यह सोचता था कि जब वह हरिश्चन्द्र के ग्राम में पहुँचेगा तब तक विश्वामित्र नरमेध पूरा कर चुके होंगे और तेजहीन ऋषि तुरन्त लोमा को भिजवा देंगे।

पर हरिश्चन्द्र के ग्राम के निकट आते ही उसके आश्चर्य का पार नहीं रहा। वहाँ उसे रणशृंग और दुन्दुभि का नाद सुनाई दिया, और अधिक निकट आने पर उसने चारों ओर सशस्त्र पहरे वाले खड़े देखे। उसे ऐसा भास हुआ मानो सारा ग्राम युद्ध की तैयारी में हो। वह पास आया और घुड़सवार के हाथ उसने सन्देश भिजवाया कि तृत्सु सेनापति भरत-श्रेष्ठ से मिलने आये हैं। उत्तर में धनुष-बाण और खड्ग से सज्जित सौ भरत उसे लेने आये।

'विचित्र !' हर्यश्व ने विचार किया। विश्वामित्र ऋषि से भेंट करने के लिए यह सब ! वह कुछ समझ न सका।

उसे बुलाने जो अधिकारी आया था वह उसे एक महालय में ले गया। योद्धाओं का सुसज्जित दल वहाँ इस प्रकार खड़ा था मानो युद्ध करने को तैयार हो। उनके मुख पर कठोरता थी। प्रत्येक की आँखों में विष था।

हर्यश्व और उसके साथ चार तृत्सु-अधिकारी घोड़ों पर से उतरे। दोनों ओर खड़े नंगी तलवार वाले सैनिकों की पाँत से होकर वे अग्नि-शाला में पहुँचे। हर्यश्व इस सबका अर्थ नहीं समझ सका।

सिंहासन पर एक लड़का राजमुकुट धारण किये बैठा था। कौन,

देवदत्त ? यह क्या ? पास में ऋषि जमदग्नि, रोहित, अनु और द्रुह्युओं के राजा, और जयन्त सब सशस्त्र खड़े थे। विश्वामित्र के स्थान पर यह कौन है ? और प्रत्येक की दृष्टि उस पर गड़ी थी। प्रत्येक की आँखों में से उसे विष बरसता हुआ दिखाई दिया, और ऋषि विश्वामित्र तो वहाँ कहीं भी नहीं थे। वह सकपकाकर खड़ा रहा। उसकी अगवानी के लिए सेनापति जयन्त आगे बढ़ा।

"भरतश्रेष्ठ आपका स्वागत करते हैं," उसने कहा।

इस प्रकार हर्यश्व उससे गले मिला मानो स्वप्न देख रहा हो और उसके साथ आगे बढ़ गया। सब उसकी ओर ही आँखें गड़ाकर इस आशा से देख रहे थे कि अब कुछ होने वाला है।

जमदग्नि धीरे से बोले, "हर्यश्व, आज राजा देवदत्त का राज्याभिषेक हुआ है। भरतों के नाथ अब···" हर्यश्व को चक्कर आने लगे। उसके घुटने स्वयं ही झुक गए और उसने देवदत्त को प्रणाम किया।

"सेनापति, पधारिए। कुशल तो है ?" देवदत्त ने पूछा।

"हाँ देव !"

ऋषि विश्वामित्र कहाँ हैं ? भरतों का राजा तो सुदास था, देवदत्त कहाँ से हो गया ? वसिष्ठ वहाँ और देवदत्त यहाँ ! यही बात वह नहीं समझ सका।

"क्या समाचार लाये हो ?"

"राजन्, राजा सुदास की आज्ञा से कुमारी लोमहर्षिणी को बुलाने आया हूँ।"

"आपको व्यर्थ ही कष्ट हुआ," जयन्त ने कहा।

हर्यश्व को भास हुआ कि सम्पूर्ण राज-सभा उसका उपहास कर रही है।

"कुमारी लोमहर्षिणी को मैं ले जाने आया हूँ," उसने फिर से कहा।

जमदग्नि ने मन-ही-मन में कुछ गणना की। विमद इस समय बीस कोस निकल गया होगा, कहने में कोई आपत्ति न थी।

"सेनापति, वह तो अपने दादा राजा कुत्स के साथ पुरुग्राम चली गई है।"

"उसे वापस बुलवा लेना चाहिए।"

"सेनापति," देवदत्त ने कटुता से कहा, "इसके विषय में क्या करना चाहिए, इसका विचार मैं करूँगा। जहाँ भरतों का राज्य हो, वहाँ अत्याचार नहीं हो सकता।"

वह लड़का देवदत्त भी इस प्रकार बातें सुना रहा था, यह देखकर हर्यश्व को क्रोध आ गया। उसने पुनः चारों ओर दृष्टि डाली। उसे विश्वास हो गया कि सब उसका उपहास कर रहे हैं।

"राजा सुदास की बहन को कौन रोक सकता है ?" हर्यश्व ने गरजकर कहा।

"उसकी इच्छा के विरुद्ध उसे कौन ले जा सकता है ?" जयन्त ने भी वैसे ही गरजकर कहा।

जमदग्नि ने हाथ ऊँचा किया, "सेनापति, ऐसी बात करने से कोई लाभ नहीं है। राजा कुत्स अपनी बहन की दौहित्री को ले गए हैं। तुम उनके पास जा सकते हो।"

हर्यश्व ने ओंठ चबाए।

"मुझे ऋषिवर विश्वामित्र से मिलना है। उनसे मिलकर तुरन्त ही पुरुराज के पास जाना चाहता हूँ।"

"जैसी तुम्हारी इच्छा। तुम सब भोजन-विश्राम करके कल यहाँ से प्रस्थान करना।"

"जैसी आज्ञा," हर्यश्व इतना कहकर वहाँ से चला गया।

वह जब विश्वामित्र के पास गया तब उसे इस परिवर्तन का रहस्य समझ में आया। विश्वामित्र का पुरोहितपद जाने का अर्थ था कि स्वयं आर्यावर्त के ही खण्ड हो गए। उन्हें पुरोहितपद से हटाने का काम सरल था, किन्तु आर्यावर्त के खण्डित होने पर इसका परिणाम सँभालना कठिन था।

जिस विश्वामित्र से वह मिला, वे भी कुछ बदले-से जान पड़े। उनका

वदन खिन्न था, उनके बोलने की रीति तटस्थ थी। हर्यश्व ने प्रणाम किया।

"गुरुदेव, प्रणाम !"

"हर्यश्व, क्या तुम लोमा को लिवाने आये हो ?"

"जी हाँ।"

"क्या अर्जुन से उसका विवाह करना है ?"

"राजा सुदास की यही इच्छा है।"

"लोमा को अर्जुन अयोग्य लगता है।"

"इसमें अयोग्य लगने की क्या बात है ? क्या आर्यावर्त के किसी राजा से वह कम है ?"

"हर्यश्व, सुदास यह क्या कर रहे हैं ? उसने मुनिवर को पुरोहित बनाया, अच्छा ही किया। मुझे उस पद का मोह नहीं है। पर उसका परिणाम देखा ? भरतों और तृत्सुओं के बीच वैर स्थापित हो गया। इसका क्या अन्त होगा ?"

"आपके हाथ में है। आपने भेद को सिर चढ़ाया। आप उसका विनाश करके आर्यावर्त में पुनः शान्ति स्थापित कर सकते हैं।"

"हर्यश्व, मैं क्या कर सकता हूँ ? बीस वर्ष की तपस्या के पश्चात् भी यदि आर्यावर्त में से वैमनस्य न गया, तो मैं किसी का विनाश करके वैर को कैसे शान्त कर सकता हूँ ? मैं तो हार गया। आप लोग जीते। जब अपने भरत मुझे स्वीकार नहीं करते तो समस्त आर्यावर्त मुझे कहाँ से स्वीकार कर सकता है ?" कहकर वे रुक गए।

"हर्यश्व, कल प्रातःकाल तो तुम लौट जाने वाले हो न ?" विश्वामित्र ने धीरे से कहा, "अच्छा, तो मुनिवर से मेरा एक सन्देश कहना।"

"मुनिवर पहले शक्ति ऋषि द्वारा सन्देश कहलाने वाले थे, पर मैं आने लगा तो मुझे ही आपको सन्देश देने और आपसे सन्देश ले आने को कह दिया है।"

"हर्यश्व," विश्वामित्र धीरे से बोलने लगे, "मुनिवर को मेरा प्रणाम कहना और कहना कि देव ने जिस प्रकार की दृष्टि दी है उसी प्रकार मैंने

आचरण किया है और आगे भी करूँगा। मैंने देवों के कहने से और आर्यों के उत्कर्ष के लिए पुरोहितपद स्वीकार किया था। आज मुनिवर की इच्छा के अधीन होकर वह पद छोड़ रहा हूँ। इतना ही नहीं, भरतों का स्वामित्व भी मैंने छोड़ दिया है। मैं अपने सत्य को अपने ही ढंग पर सुरक्षित रखूँगा। किन्तु अब जो वैर बढ़ेगा, अब जो रक्तपात होगा, अब आर्यावर्त के सुन्दर और समृद्ध ग्रामों में जो क्रान्ति मचेगी, उसका उत्तरदायित्व मेरे सिर पर नहीं रहेगा।"

हर्यश्व सुनता रहा।

"भेद ने पापाचार किया है, अत्याचार किया है, यह सब ठीक है।" विश्वामित्र ने आगे कहा, "किन्तु अत्याचार के विष में वर्ण-भेद का विष मिलाने से देव कैसे प्रसन्न हो सकते हैं? किन्तु मुनिवर इस समय थोड़े ही मानने वाले हैं? इस विष को उतारने का मैं प्रयत्न करूँगा—तुम्हारी रीति या भरतों की रीति से नहीं, पर अपनी रीति से—केवल अपनी ही रीति से।"

"तब क्या भेद के विनाश में भरत तृत्सुओं का साथ देंगे?" हर्यश्व ने पूछा।

"यह तो अब भरतों का राजा जाने।"

बाहर से इस प्रकार कोलाहल सुनाई दिया मानो इसी प्रश्न का उत्तर मिल रहा हो। युद्ध का-सा स्वर सुनाई दिया। घोड़े हिनहिनाते हुए सुनाई दिए।

"यह क्या है?" हर्यश्व चकित हुआ।

"घोड़े लाओ, घोड़े लाओ," बाहर उच्च स्वर हुआ।

ऋषि विश्वामित्र ऊँचा सिर करके इस कोलाहल का कारण जानने के लिए तनकर बैठ गए।

जयन्त आया। उसकी आँखें और उसका मुँह दोनों क्रोध से लाल हो गए थे।

"गुरुदेव!"

"क्यों, जयन्त ?"

"सेनापति हर्यश्व ने विश्वासघात किया।"

"क्या ?" हर्यश्व खड़ा हो गया।

ऊंचा, गर्विष्ठ जयन्त कमर पर हाथ रखकर हर्यश्व की ओर देखता रहा।

"तुम अर्जुन और उसके सैनिकों को कुछ कोस दूर पर खड़ा कर आये हो, क्यों ? और उसने राजा कुत्स को पकड़ लिया है।"

"क्या रेणुका भी पकड़ी गई ?" विश्वामित्र ने कहा, "ऋषि जमदग्नि की पत्नी ? कितना बड़ा अधर्म है !"

"यह क्या हुआ ?" कहकर हर्यश्व बाहर जाने लगा।

जयन्त ने उसके कन्धे पर अपना प्रचण्ड पंजा रखा।

"सेनापति, भरतश्रेष्ठ की आज्ञा है।"

"आज्ञा ?"

"जब तक राजा कुत्स और उनके साथी नहीं छूटते, तब तक सब तृत्सु हमारे बन्दी हैं।"

"क्या कहते हो ?"

इतने वर्षों से चुप बैठे हुए भरतों के सेनापति को ऐसा अवसर कहाँ से मिलता ? उसने शान्ति से कहा, "तुम्हारे सब साथियों को हमने पकड़ लिया है, और घोड़ों को हम ले जाते हैं। आपके साथ हमारे दो नायक रहेंगे। रुष्ट होने की कोई बात नहीं है।"

विश्वामित्र हँसते रहे। वैर की आग अब चारों ओर फैलने लगी थी। जहाँ द्वेष का साम्राज्य फैलता है वहाँ मनुष्यों को देवता अन्धा ही तो बनाते हैं, उनके मन में विचार आने लगा।

हर्यश्व ने क्रोध से चारों ओर देखा। विश्वामित्र की ओर दृष्टिपात भी किया। मन में ऐसी मूर्खता के लिए अर्जुन को गाली भी दी।

विश्वामित्र ने हर्यश्व के मूक प्रश्न का उत्तर देते हुए कहा, "हर्यश्व, मैं न तो पुरोहित हूँ और न राजा हूँ।"

"जयन्त, जयन्त, चलो," जमदग्नि का अधीर स्वर सुनाई दिया।

"क्या जमदग्नि भी जा रहे हैं ?" विश्वामित्र ने पूछा।

"जी हां। सेनापति," जयन्त ने जाते-जाते कुछ ऊँचे स्वर से कहा, "भरत-श्रेष्ठ की आज्ञा शिरोधार्य किये बिना छुटकारा नहीं है।"

विश्वामित्र मन में हँसे। उनका अंकुश दूर होते ही जयन्त कैसा खिल गया है !

"अच्छा।"

हर्यश्व ने चुपचाप आज्ञा स्वीकार की और जयन्त चला गया। द्वार के पास दो नायक मानपूर्वक हर्यश्व की प्रतीक्षा कर रहे थे। बाहर घोड़े हिनहिनाए। थोड़ी देर में घोड़ों की टापों की टपटप सुनाई दी। वे दूर चले गए और टपटप बन्द हुई।

"हर्यश्व," विश्वामित्र फिर हँसे, "आग लगाना बहुत सरल है, पर बुझाना कठिन होगा।" फिर थोड़ी देर पश्चात् वे धीरे-से बोले, "जैसी देव की इच्छा !"

: ६ :

पाँच सौ चुने हुए हैहय घुड़सवारों सहित अर्जुन हर्यश्व के साथ आया था। सुदास ने रोका था, पर अर्जुन लोमा को ब्याहने के लिए अधीर था और हठ करने पर अर्जुन को कौन समझा सकता था ?

अर्जुन तो प्रचण्ड योद्धा था। उसके स्नायु अश्वराज का स्मरण दिलाते थे। उसकी भयंकर मुखमुद्रा त्रास फैलाती थी। उसके हैहय योद्धाओं की गर्जना से सेनाएँ काँपती थीं। सप्तसिन्धु की सीमा से बहुत दूर पर बहती हुई रेवा के तीर तक उसकी धाक जमी हुई थी।

बहुत वर्षों से सुदास ने उससे मैत्री कर रखी थी। भरतों और उनके मित्रों से लड़ने का प्रसंग आने पर अर्जुन को साथ रखने से अवश्य विजय प्राप्त होगी, इस कारण उससे अच्छा सम्बन्ध रखने के लिए उसने बहुत बातें सही भी थीं।

अर्जुन के सामने सप्तसिन्धु के राजाओं की कोई गिनती नहीं थी, पर उनके संस्कार, उनका सौन्दर्य और उनका शिष्टाचार देखकर उनके साथ मैत्री जोड़ने की इच्छा होती थी। उसे अपनी शक्ति का बहुत गर्व था, पर इसी इच्छा से वह गर्व भंग हो जाता था। जब सुदास ने उससे सहायता माँगी तब उसने तुरन्त 'हाँ' तो कह दिया पर एक ही शर्त पर, कि लोमा उसकी पत्नी बनेगी।

अनूप देश के जंगलों में बसने वाले राजा के रहन-सहन का सुदास को तनिक भी विचार नहीं था। उसकी अनेक स्त्रियाँ थीं, इस प्रकार की किंवदन्ति भी प्रचलित थी। उसमें संस्कार बहुत ही कम थे, यह तो स्पष्ट ही दिखाई देता था। तप और आचार-जैसी भी कोई वस्तु उसके राज्य में होगी, यह भी शंकास्पद था। मुनि अगस्त्य और भगवती लोपामुद्रा वहाँ आश्रम बनाकर निवास कर रहे थे, इसके अतिरिक्त इस देश के विषय में और कोई अच्छाई सुनने में नहीं आई थी। सप्तसिन्धु के अप्रतिरथ राजा दिवोदास की पुत्री ऐसे देश के राजा से ब्याह करे इसमें हेठी तो थी, पर सुदास को तो सप्तसिन्धु पर विजय प्राप्त करनी थी, और उस कार्य के लिए अर्जुन की सहायता अत्यन्त अपेक्षित थी। इधर अर्जुन को भी दिवोदास की कन्या से विवाह करके अपनी ऐंठ दिखानी थी। सुदास सहमत हो गया और अर्जुन तीन सहस्र घुड़सवारों के साथ आ पहुँचा।

अर्जुन ने आते ही अपने आने का मूल्य माँगा—लोमा कहाँ है ? पर वह तो चली गई थी। शेर की गर्जना के समान भयङ्कर ध्वनि उसके मुँह से निकली। उसे शिष्टाचार की चिन्ता नहीं थी। "लोमा को उपस्थित करो, नहीं तो मैं अपनी सेना के साथ यहाँ आया हूँ, मैं रीते-हाथ लौटकर नहीं जाऊँगा।" सुदास घबरा गया, अर्जुन शत्रु बन जाय तो ?

अर्जुन से विरोध करना उसे सह्य नहीं था। उसने लोमा को ले आने का निश्चय किया। सुदास ने साथ में हर्यश्व को भी भेजा।

मुनि वसिष्ठ राजा सोमक के साथ मन्त्रणा करने गये थे, इसलिए उनसे पूछने का समय नहीं था। अर्जुन और हर्यश्व जब हरिश्चन्द्र के ग्राम

के पास आये, तब बड़ी कठिनाई से हर्यश्व ने अर्जुन को दूर ही छावनी डालकर एक दिन रहने के लिए समझाया। भरत, भृगु और उनके सब मित्र यहाँ साथ में हैं, यदि वह साथ चला तो लोमा को कोई आने न देगा; और इस समय मार-काट करने में कोई सार नहीं था।

अन्त में अर्जुन मान गया। "लोमा को लिये बिना न लौटना," उसने हर्यश्व से कहा। पर वह शान्ति से बैठ नहीं सकता था। अपनी ठोड़ी अपनी वज्रमुष्टि के सहारे टिकाकर रात-भर वह चुपचाप बैठा रहा। उसे सप्तसिन्धु के इन छोटे-छोटे राजाओं और छोटी-छोटी सेनाओं से चिढ़ थी। वह दस सहस्र घुड़सवारों का स्वामी था, जबकि इन सब राजाओं के पास सब मिलाकर भी दस सहस्र घोड़े नहीं थे। फिर भी जब वह यहाँ आता तब सब उसे यह होगा, यह न होगा, ऐसा कुछ-न-कुछ कहा करते थे। एक दिन ऐसा आएगा कि मैं सबको अधिकार में कर लूँगा, ऐसी उसकी इच्छा थी। किन्तु सबसे विशेष इच्छा यह थी कि वह तृत्सु राजा की कन्या के साथ विवाह करे। राजा दिवोदास की पुत्री उसकी पत्नी बने, उसकी आज्ञा का पालन करे, उसके चरण दाबे, खड्ग माँजे—बस इस समय यही एक बात उसकी महत्त्वाकांक्षा की सीमा थी।

उसके कान वनराज के समान सावधान थे। दूर से आते हुए घोड़ों और मनुष्यों की आहट उसने पाई। उसने कान ऊँचे किये। रात-भर इस प्रकार बैठे-बैठे क्या किया जाय? इतनी देर में तो न जाने क्या किया जा सकता है? उसने तुरन्त नायक को आज्ञा दी और साथ में पचास सशस्त्र योद्धा लेकर जिस ओर से आहट आती थी, उस ओर चल पड़ा। उसके सैनिक तो जंगल में पले थे; इस प्रकार उनके लिए आगे बढ़ना नया नहीं था। चाँदनी रात थी, इससे मार्ग भी सरल हो गया था।

मध्यरात्रि के पश्चात् वे लोग एक छोटे-से गाँव में पहुँचे। वहाँ सैनिक पहरा दे रहे थे। गाँव के एक बड़े दालान में एक देहाती खाट पर दो व्यक्ति सो रहे थे। चारों ओर लगभग पच्चीस सैनिक सोए पड़े थे। थोड़ी दूर पर घोड़े बँधे हुए थे। घोड़ों के बन्धन काट डालना, झोंपड़ियों

के पीछे जाकर खाट पर सोये हुए व्यक्तियों को उठा ले जाना और सोये हुए सैनिकों को मसल डालना आदि दो-चार क्षण का काम था। और अर्जुन ने वैसा करने की आज्ञा दी। घबराये हुए और खुले हुए घोड़ों ने हलचल मचा दी। सहसा जागे हुए भृगु और पुरु सैनिक लड़ने के लिए तैयार हो गए। थोड़े समय तक मार-काट चली। देखते-ही-देखते विमद के चालीस और अर्जुन के पन्द्रह सैनिक कट मरे। इसकी चिन्ता किये बिना ही विमद और लोमा को पकड़कर, घोड़े पर बाँधकर, बचे हुए आदमियों को साथ लेकर, अर्जुन अपनी छावनी में लौट आया।

अर्जुन विचक्षण सेनानी था। जिस मार्ग पर उसकी छावनी थी उससे अलग मार्ग से विमद के सैनिक आये थे। उस मार्ग से कोई चला न जाय, इसलिए उसने अपने दूसरे सैनिक तैयार किये और जिस ग्राम में विमद रात्रि को ठहरा था वहाँ प्रातःकाल के पूर्व ही जाकर उसने अपना अधिकार जमा लिया और छावनी डाली।

प्रातःकाल पुरुराज कुत्स आनन्द से अपने ग्राम जाने के लिए चले थे। रेणुका और राम उनके साथ थे। मार्ग में उन्हें किसी प्रकार की कठिनाई उपस्थित होगी, इसका उन्हें सपने में भी विचार नहीं था।

इस ग्राम में राजा कुत्स और उनके साथी आ पहुँचे। और क्या हो रहा है यह समझने देने के पहले ही अर्जुन और उसके सैनिकों ने उन्हें घेर लिया। कुत्स क्रोधित हुए। कौन पकड़ने वाला है, इसकी पूछताछ की। पर अर्जुन तो हँसता ही रहा।

"मैं इतनी दूर आनन्द लेने के लिए आया हूँ; व्यर्थ नहीं आया हूँ," उसने वृद्ध कुत्स से कहा।

जब कुत्स, रेणुका और राम आकर विमद और लोमा से मिले तब अर्जुन की समझ में आया कि उसके बन्दी महापुरुष हैं। किन्तु वह रात-भर जाग चुका था, इसलिए वह थोड़े समय के लिए सो गया।

मध्याह्न के पश्चात् वह उठा और सब बन्दियों को उसने अपने सामने बुलवाया। कुत्स तो समझ ही न पाए कि सप्तसिन्धु में ऐसा कौन है जो

उन्हें पकड़ सके। गौरवभग्न रेणुका भी यह सब न समझ सकी। विमद ने तुरन्त अर्जुन को पहचान लिया।

"हैहयराज, यह क्या है?"

अर्जुन ने भी उसे पहचान लिया।

"कौन, कवि चायमान का पुत्र! हा…हा…हा, छोड़ो, छोड़ो इसे। इसके पूर्वज तो हमारे गुरु थे। हा…हा।"

विमद तुरन्त ही समझ गया कि वे सब अर्जुन के हाथ में फँस गए हैं। पर वह चतुर था। लोमा को बचाने की उसे आवश्यकता प्रतीत हुई। उसने लोमा की ओर संकेत किया।

"यह रेणुका ऋषि जमदग्नि की पत्नी और पुत्र तथा यह उनकी पुत्री है।"

"ओह ओ!" अर्जुन ने कहा। ऋचीक उसके दादा के पुरोहित थे, यह स्मरण करके उनके कुटुम्बियों का उसने सत्कार किया।

"मैं भाग्यशाली हूँ, जहाँ जाता हूँ वहाँ मुझे लाभ ही होता है।"

विमद ने आँखों के संकेत से राम और लोमा को चुप रहने की सूचना दी।

"तुम तो कुमारी लोमहर्षिणी को लिवाने के लिए आये होगे?"

"हाँ।"

"लोमा वहीं है, इसलिए सेनापति हर्यश्व उसे लेकर ही आयेंगे," विमद ने कहा।

लोमा समझ गई और नीचे देखती हुई अम्बा के पास सरककर बैठ गई।

"हाँ, लाएगा ही। नहीं लाएगा तो जायगा कहाँ?"

अर्जुन बोलते-बोलते रुक गया। राम के मुख पर भयंकर निश्चलता व्यक्त हो गई थी। उसकी आँखें विकराल होकर अर्जुन को देख रही थीं। अर्जुन को उसकी दृष्टि देखकर क्रोध आ गया।

"पुत्र, मेरी ओर तुम इस प्रकार क्यों देखते हो?"

"और तुम हमसे दासों के समान बातें क्यों कर रहे हो ?" राम ने कहा ।

विकराल अर्जुन और निर्भयता के कारण वैसा ही विकराल राम एक-दूसरे को देखते रहे । फिर अर्जुन मूँछों पर ताव देकर हँसा ।

"जानते हो तुम्हारे दादा हमारे गुरु थे ?"

"तुम्हारे दादा के आचरण से मेरे दादा तुम्हारा देश छोड़कर चले आए थे, यह भी मैं जानता हूँ ।"

"हा···हा···हा, दादा गये," अर्जुन ने हँसते हुए कहा, "अब रहे हम लोग ।"

"हाँ, अब रहे हम लोग," राम ने उसके शब्द कटुता से दोहरा दिए।

कुत्स ने बात बदल दी, "तब हमें अब जाने दो । मुझे गाँव जाना है ।"

"क्या शीघ्रता है ?" अर्जुन ने कहा, "अभी थोड़ा समय विश्राम करो, भोजन करो और हर्यश्व के आने पर जाना । हाथ में आये अतिथि को कौन इस प्रकार जाने देगा ?" अर्जुन ठठाकर हँसा ।

"क्या मुझे बन्दी बनाया है ?" कुत्स ने पूछा ।

"यह मैं कैसे कह सकता हूँ ?" अर्जुन ने कहा ।

उसने भोजन की तैयारी करवाई और सब नहाने-धोने में लग गए । पर उनके बन्दी सैनिकों के पास शस्त्र नहीं रहने दिये गए थे, यह विमद भाँप गया ।

पर उनके भोजन करके उठने से पहले ही आंधी-जैसी धूल उड़ी । घोड़ों की टापों की खट-खट सुनाई दी, तुरही का शब्द सुनाई दिया । तुरन्त ही चतुर अर्जुन के सैनिक सन्नद्ध हो गए ।

धूल से आकाश भर गया, और प्रचण्ड गर्जना करते हुए एक सहस्र योद्धाओं ने इस छावनी पर आक्रमण किया । आगे-आगे जमदग्नि, देवदत्त और जयन्त थे ।

अर्जुन एक क्षण में सब समझ गया । वह जितना भयंकर था उतना

ही विचक्षण भी था। उसने अपने सैनिकों को आगे बढ़ने की आज्ञा दी, और स्वत: दस योद्धाओं के साथ खड़ा रहा। उसकी छावनी में पुरु व भृगु योद्धा थे। उन्होंने अपने मित्रों को पहचाना और जयघोष का प्रतिशब्द किया।

अर्जुन ने देखा कि प्रतिरोध अशक्य था। थोड़े आदमियों के साथ वह लौटा। उसकी दृष्टि राम पर पड़ी। पास में उसकी बहन खड़ी थी। अर्जुन को रीते हाथ लौट जाना स्वीकार नहीं था।

वह राम और लोमा की ओर बढ़ा और उसके सैनिकों ने दोनों को उठा लिया। अर्जुन और उसके योद्धा दोनों को घोड़े पर बिठाकर वहाँ से विद्युत् वेग से भागे।

जमदग्नि और जयन्त ने जब हैहयों को परास्त कर दिया तब उन्हें ज्ञात हुआ कि लोमा और राम को लेकर अर्जुन भाग गया है।

जमदग्नि उग्र हो गए—"उनका पीछा करें।"

कुत्स ने उन्हें रोका।

"मेरे ग्राम चलो। यह तो वसिष्ठ के महाविग्रह का प्रारम्भ है।"

"पर यदि अर्जुन लोमा से विवाह कर ले तो ?"

"उसकी चिन्ता न करना। वह लड़की इस प्रकार मानने वाली नहीं है।"

सदा सतोगुणी रहने वाले जमदग्नि की उग्रता इस प्रकार शान्त न हुई।

"कुत्सराज, आप अपने ग्राम जाइए। छः मास में हम अपनी सेनाएँ एकत्रित करेंगे। मैं मामा को ले आऊँगा। जब तक ऐसे दुष्ट जीवित हैं तब तक सप्तसिन्धु में धर्म नहीं रह सकता। और विमद, तुम सैनिकों को लेकर अर्जुन का पीछा करो। यदि वह न पकड़ा जाय तो मुनिवर वसिष्ठ के पास जाना और कहना कि महिष्मत के पौत्र अर्जुन हैहय के साथ लोमा का विवाह न करना। ऋचीक के पुत्र जमदग्नि की सौगन्ध है।"

: १० :

मध्यरात्रि थी।

ऋषि विश्वामित्र की आँख लगी नहीं थी। चारों ओर फैलता हुआ असत्य उन्हें चिन्ता में डाल रहा था। वे उठे, पास में रोहिणी निश्चित होकर सो रही थी। ऐसा जान पड़ता था मानो वह आज अपने राजा बने हुए पुत्र के सपने देख रही हो। उसके मुख पर मुस्कान थी। ऋषि विश्वामित्र क्षण-भर दयार्द्र आँखों से उसे देखते रहे। वे जीवन में अकेले थे। उन्हें समझने वाला कोई नहीं था।

वे धीरे से बाहर निकले। पुरोहितपद, भरतों का राज्य-विग्रह, राजनीति इत्यादि उन्होंने साँप की केंचुली के समान उतार फेंके थे। उन्होंने हाथ में दण्ड-कमण्डलु ले लिया था।

वे धीरे-धीरे नदी के तट पर आये। नदी के संगीत ने उन्हें प्रोत्साहन दिया। तारों ने उनका साहचर्य प्राप्त किया। उन्होंने धीरे-धीरे जंगल की राह पकड़ी।

सर्प की केंचुली पूरी उतर गई। विश्वामित्र के साथ कोई नहीं था। उनके हृदय में शान्ति थी।

उनका आज तक का जीवन पूर्व-जन्म के संस्कारों के समान विस्मृत हो गया। उनके हृदय में शक्ति और शान्ति दोनों का संचार हुआ।

वे आगे-ही-आगे बढ़ते गए। उनके चरणों से उत्साह टपक रहा था। वे असत्य में से सत्य में विचर रहे थे।

उनके पीछे पत्तों की खड़खड़ाहट हुई।

ऋषि हँसे। उनका बस चलता तो वे हिंसक जीव को हाथ में लेकर सहलाते।

वे आगे बढ़े। चन्द्र अस्त हुआ। अन्धकार फैला। नदी के प्रवाह ने श्याम वर्ण धारण किया। थोड़ी देर में अरुणोदय के चिह्न दिखाई देने लगे। प्रकाश छा गया। मन्द पवन बहने लगा। तट के एक पेड़ के पास वे खड़े हो गए। पेड़ के सहारे खड़े होकर उन्होंने आँखें बन्द कर लीं।

उनके हृदय में शान्ति थी।

सूर्योदय होने पर उन्होंने आँखें खोलीं। उनके पैरों के पास कोई खड़ा था। उसने इनका कमण्डलु भर रखा था। उनके खड़ाऊँ सामने व्यवस्थित करके रख दिए थे।

"कौन, शुनःशेप ?"

"जी, आज्ञा ?"

"मैंने तुम्हारे लिए सब व्यवस्था कर दी है।"

"मुझे किसी व्यवस्था की आवश्यकता नहीं है।"

"पर तुम यहाँ कहाँ से आये ?"

"मैं आपके आवास के बाहर ही था। आपके पीछे-पीछे मैं भी चला आया।"

"पर मुझे किसी की आवश्यकता नहीं है। अकेले ही जाऊँगा।"

"मैं आपके साथ नहीं चलूँगा, पीछे-पीछे आऊँगा। आप मुझे देखेंगे भी नहीं।"

ऋषि की आँखों में आँसू आ गए।

"पर वत्स, तुम्हें तो विद्या सीखनी है न ?"

"जहाँ आपके चरण पड़ेंगे वहाँ रज सिर पर धारण करूँगा। इसी से सरस्वती माता स्वतः प्रसन्न हो जायँगी।"

विश्वामित्र का हृदय भावार्द्र हो गया। उग्रा—भक्तिपूर्ण शाम्बरी, पुरुष-रूप में—पुत्र-रूप में !

"पर मेरा कोई ठिकाना नहीं है, तुम्हें बहुत कष्ट उठाना पड़ेगा।"

"उग्रा—उग्रा—उग्रा," ऋषि के हृदय में प्रतिशब्द सुनाई दिया।

"अच्छा।"

"क्या आज्ञा है ?"

विश्वामित्र हँसे—"एक शिष्य चलेगा।" शुनःशेप नीचे देखता रहा।

"भगवान् ! लोमा कहती थी कि मैं आपका पुत्र हूँ।"

विश्वामित्र चौंके।

शुनःशेप ने गद्‌गद कण्ठ से कहा, "मैं जानना नहीं चाहता, उत्तर नहीं चाहता, उत्तर देकर मुझे चिन्ता में न डालिएगा।"

थोड़ी देर तक कोई न बोला।

"भगवन्, क्या मैं आपको पिताजी कहकर सम्बोधित कर सकता हूँ ?" कहते हुए शुनःशेप की वाणी काँप उठी।

विश्वामित्र की आँखों में प्रकाश आया, वे उठे। पुत्र को गले लगाया, उसका सिर सूँघा।

"उग्रा······उग्रा······उग्रा······!" उनके हृदय में प्रतिशब्द गूंज रहा था।

पाँचवाँ खण्ड

जमदग्नि की आन

: १ :

पाँच महीने में तो मुनि वसिष्ठ ने समस्त आर्यावर्त में हलचल मचा दी। वे स्वयं राजाओं के पास गये, उन्हें कर्तव्य का बोध दिया, आर्यावर्त की अवनति का दर्शन कराया, उद्धार का मार्ग समझाया, युद्ध के लाभ बताए और मुनि के नाते प्रभावशाली शब्दों में भयंकर परिणामों की चेतावनी दी—यदि आर्य उनके आदेश का अनुसरण न करें तो! मुनि के बाणतुल्य शब्दों ने आर्यों के हृदय बेध दिए।

मुनि की दृष्टि के सामने सदा समरांगण के अधिष्ठाता इन्द्रदेव दिखाई देते थे। देव की आज्ञा से वे यह सब कर रहे थे, इस विषय में उन्हें तनिक भी शंका नहीं थी। वे ब्रह्ममुहूर्त में उठते थे। कुछ समय तक देवाराधना करते थे। देव उन्हें दर्शन देते थे। तब वे अग्निशाला में यज्ञ करते, शंकाशील लोगों का समाधान करते, सेना की व्यवस्था निश्चित करते और राजाओं को रिझाते थे। दोपहर में तीन घटिका तक वे ध्यान धरते और अपनी हृदय-शुद्धि करते थे। कहीं राग-द्वेष उनकी दृष्टि में प्रविष्ट न हो जाय इस भय से मन्त्रों द्वारा देवों का आवाहन करके उनके चरणों में वे अपना स्वत्व न्योछावर कर देते थे। दोपहर के पश्चात् पुनः मन्त्रणा प्रारम्भ होती, व्यूह-रचना पर विचार किया जाता और जो महर्षि मिलने आते उन्हें आदेश दिया जाता। सन्ध्या-समय पुनः वे यज्ञ करने बैठते। रात्रि में राजा सुदास के साथ एकान्त में मन्त्रणा होती और प्रायः समय मिलने पर, आर्यों की नीति के सम्बन्ध में वे महापुरुषों को शिक्षा देते।

रात्रि में सबके जाने के पश्चात् पुनः अग्निशाला में जाकर मुनि वसिष्ठ देवों की आराधना करते और बहुत रात तक देवों का ध्यान करके अपनी दृष्टि विशुद्ध करते थे। उनकी आँखों में निद्रा नहीं थी। बहुत बार तो मध्यरात्रि का ध्यान लगभग ब्रह्ममुहूर्त तक पहुँच जाता था और कुछ देर तक लेटकर तुरन्त ही स्नान-सन्ध्या के लिए नदी पर चले जाते थे।

बहुत बार तप से विशुद्ध बनी हुई उनकी दृष्टि के सामने देव उसी प्रकार देदीप्यमान रूप में आ खड़े होते थे जैसे हाथ में वज्र लेकर वृत्र को मारते समय इन्द्रदेव। उस समय उनके मानवीय बन्धन टूट जाते थे, उस समय उनका आत्मा ज्वलन्त और दुर्जेय आर्यत्व का साक्षात्कार करता था। यह आर्यत्व नर-नारियों को अमर बनाने वाला अमृत बनकर उन्हें समस्त सृष्टि का उद्धार करता जान पड़ता था।

इन पाँच महीनों में वे बहुत घूमे—पालकी पर, घोड़े पर, रथ पर, और पैदल। सत्ता का गर्व हृदय में प्रसारित न होने देने के लिए उन्होंने अधिकाधिक नम्रता प्राप्त करने का प्रयत्न किया। सदा के आहार की वस्तुओं को छोड़कर वे फल-मूल पर रहने लगे, धरती पर ही सोने लगे।

मुनि वसिष्ठ ने तप की पराकाष्ठा कर दीं। ऐसा कठिन तप आज तक किसी ने नहीं किया था। उन्हें निरन्तर देव के दर्शन होने लगे। मध्यरात्रि में देव उन्हें आदेश देते थे। भूत और भविष्य भी उनके सामने प्रकट होने लगे। उनके रक्षक, प्रेरक और पूज्य इन्द्रराजा सदा वज्र लेकर शोभायमान होते हुए उनकी आँखों में दिखाई दिया करते थे।

आर्यावर्त भयाकुल था। उसका उद्धार करना उनका श्वास और प्राण बन गया। मुनि की आँखों के सामने सदा वह आर्यावर्त दिखाई देने लगा—आर्ष जीवन से शुद्ध, धर्म के पुण्य-धाम के समान शक्ति से समृद्ध और देवी-देवताओं से सुशोभित। देव ही ऐसे आर्यावर्त की रचना करना चाहते थे—वे तो केवल निमित्त-मात्र थे और दीनता से निमित्त-मात्र रहना चाहते थे। फिर तो उनकी प्रेरणा से आर्यावर्त के संस्थानों में प्राण आ गए। ग्राम-ग्राम से आये लोग सब काम छोड़कर शस्त्रों से सुसज्जित

होकर भेद के विनाश के लिए तृत्सुग्राम में आने लगे और तप तथा विद्या के धाम, ऋषियों के आश्रम, नव-चेतन से उभरने लगे। सर्वत्र आर्य-संस्कारों की विशुद्धि साधने के प्रयास होते रहे।

भरत और भृगु चले गए थे, परन्तु उनके स्थान पर अब दूसरे लोग आ गए थे। पहले के समान ही तृत्सुग्राम आर्यों का मुख्य नगर बन गया था। अन्तर केवल इतना ही था कि पहले वह सौम्य था, अब शूर बन गया था।

राजा सुदास की अभिलाषा का दिन निकट आ गया था। उसने चक्रवर्ती पद प्राप्त किया था। गाँव-गाँव में उसका शासन माना जाने लगा। सब आर्यों ने दासों को गाँव से बाहर निकालना और दास महारथियों को अधिकार-भ्रष्ट करना प्रारम्भ कर दिया था। आर्य कुल के आचार-विचार की शुद्धि की रक्षा के लिए नये नियम बनाए और स्वीकार किये जाते थे। प्रत्येक संस्थान से सब राजा लोग सुदास की बढ़ती हुई सेना में सम्मिलित हो रहे थे।

जब मुनि पर्यटन करके लौटे तब सुदास ने उनसे कहा कि हर्यश्व के साथ हैहयों का राजा अर्जुन भी गया है। मुनि को यह बात अच्छी न लगी। स्वेच्छाचारी अर्जुन में उन्हें अविश्वास था। अनेक बार देवों की आराधना करके उन्होंने इस भयंकर राजा का हृदय निर्मल करने के लिए प्रार्थना की थी। आर्यावर्त की विजय में वह एक अंग-रूप था। उसकी मैत्री का स्तम्भ दृढ़ करने के लिए उससे लोमा का विवाह आवश्यक था और मुनि को यह भी ध्यान था कि लोमा के साथ विवाह करने से अर्जुन के संस्कार जागरित होंगे, लोमा जैसी जाज्वल्यमान युवती उस पर शासन करेगी। दूर-स्थित माहिष्मती नगरी की जब वह रानी बन जायगी तब उसके कारण सरस्वती से भी अधिक विशाल रेवा के तट पर विद्या और तप का प्रसार होगा···और यदि देव की इच्छा होगी तो उन्हीं के हाथों आर्यावर्त की सीमा रेवा नदी के तीर तक फैल जायगी।

अनेक बार मध्यरात्रि में मन्त्रों का दर्शन करते समय उन्हें प्रतीति

हुई थी कि अर्जुन और लोमा का विवाह आर्यत्व की विजय का एक अंग था। इसी में आर्यावर्त की जय-जयकार थी। और उसके द्वारा अर्जुन का हृदय संस्कारयुक्त करने की शक्ति देने के लिए वे देवों की प्रार्थना करते थे। उन्हें कभी-कभी ऐसा लगता भी था कि वह शक्ति देव उन्हें प्रदान कर रहे हैं।

तो भी जब वे अर्जुन से मिलते तब उनका हृदय काँप जाता था। उसमें धर्म या संस्कार के बीज थे या नहीं, इसमें भी उन्हें शंका थी। किन्तु देवों को यह काम कराना ही था, इसलिए उसे शुद्ध करने की शक्ति देव अवश्य प्रदान करेंगे, ऐसा मुनिवर वसिष्ठ मानते थे।

तो भी लोमा के पीछे अर्जुन का जाना उन्हें तनिक भी अच्छा न लगा।

एक दिन सन्ध्या-समय उन्हें समाचार मिला कि अर्जुन कुछ सैनिकों के साथ कुछ बन्दियों को पकड़कर तृत्सुग्राम लौट आया है; हर्यश्व और उसके सैनिकों को भरतों ने बन्दी किया था और बड़ा युद्ध हुआ था; जमदग्नि, कुत्स इत्यादि उसमें जीते थे।

यह अपूर्ण बात सुनकर वसिष्ठ आश्चर्य-चकित हुए। दूसरी दिशा में यह अकल्पित युद्ध चेत गया, इससे वे खिन्न हुए। आकर तुरन्त अर्जुन उनसे मिलने क्यों नहीं आया, यह भी उनकी समझ में न आया। देव की बनाई हुई योजना में यह बाधा उन्हें अच्छी न लगी। मुनिवर ने सुदास के पास समाचार लाने मनुष्य भेजा, किन्तु उत्तर मिला कि इस सम्बन्ध में सुदास को कुछ ज्ञान नहीं है; और जब उसने कृशाश्व को समाचार लाने भेजा तब अर्जुन थकावट के कारण सो गया था, इसलिए वह नहीं मिल सका। पर इतना ज्ञात हो गया कि बन्दियों में तो वह केवल दो को ही पकड़कर लाया था।

वसिष्ठ की चिन्ता का पार न था। यह अर्जुन बिना कहे चला गया, बिना पूछे चला आया और जो सोचा भी नहीं था वह कर आया। वह मेरी और देवों की अवगणना कर रहा है, इसका भी उसे विचार नहीं

था। तब तो बस एक ही मार्ग रह गया है—लोमा को उसके साथ ब्याहने के अतिरिक्त उसके उद्धार का कोई उपाय नहीं था।

सारी रात्रि मुनि ने देवाराधना में व्यतीत की। उन्होंने देव से अर्जुन के लिए सद्बुद्धि और अपने लिए शक्ति की याचना की। जिस मनुष्य पर आर्यावर्त का बल और विस्तार अवलम्बित था, उसे अपना कहा मानने की प्रेरणा करने के लिए उन्होंने बहुत देर तक देवों की आराधना की।

प्रातःकाल स्नान-सन्ध्या करके जब मुनि स्वस्थ हुए तब एक शिष्य समाचार लाया कि कवि चायमान भार्गव का पुत्र विमद आया है और तत्काल मिलना चाहता है।

ऋषि ने विमद को तुरन्त ही बुलवाया।

बहुत दिनों तक घोड़े पर अथक यात्रा करने के कारण वह धूलि-धूसरित हो गया था। उसने ज्यों-त्यों मुनि को प्रणाम किया।

"इस समय कैसे आये, विमद ?"

"मुनिवर्य, लोमा कहाँ है ? राम कहाँ है ?"

"यहाँ कहाँ हैं ?"

"अर्जुन हैहय उन्हें बलपूर्वक यहाँ उठा ले आया है।"

ऋषि की भौंहें तन गईं। राजा दिवोदास की पुत्री और ऋषि जमदग्नि के पुत्र पर ऐसा अत्याचार हुआ ! बाहर से शान्त रहने का प्रयत्न करते हुए मुनि ने कहा, "क्या हुआ, विस्तारपूर्वक कहो ? ऋषि विश्वामित्र का क्या हुआ ? और यह सब क्या है ?"

विमद ने संक्षेप में सब कह सुनाया। हरिश्चन्द्र का उद्धार, शुनःशेप का मन्त्र-दर्शन, ऋषि विश्वामित्र का निर्णय, देवदत्त का राज्याभिषेक, अपना पुरुग्राम की ओर प्रस्थान, लोमहर्षिणी, राजा कुत्स, अम्बा, राम और अपने बन्दी होने की कथा, भृगुओं और पुरुओं का धावा, लोमा और राम का अपहरण आदि सब बातें मुनि ने ध्यान से सुनीं।

"भरतों और भृगुओं ने तृत्सुओं से विग्रह प्रारम्भ किया क्यों ?"

"विग्रह ?" विमद ने आश्चर्यान्वित होकर पूछा, "भूल है, भेद ने

शशीयसी का जो अपहरण किया है उससे हम सब—भृगु-श्रेष्ठ भी—बहुत क्षुब्ध हैं। क्या वह पातक अक्षम्य नहीं कहा जा सकता है ?"

"ऋषिवर क्या कहते हैं ?"

"उन्होंने हम लोगों से कहा है कि इस विषय में तुम्हारी जो इच्छा हो करो। उन्होंने पुरोहितपद और भरतों का राजपद दोनों छोड़ दिये।"

"भरतों की क्या वृत्ति है ?"

"अब क्या बतलाई जाय ? सबकी वृत्ति तो आपकी ही ओर है।"

वसिष्ठ ने चुपचाप देवों का उपकार माना। देव सभी कुछ कर सकते हैं। आर्यावर्त उन्हें एक होता जान पड़ा। किन्तु विमद के शब्दों पर उन्होंने पुनः विचार किया। उन्हें शङ्का हुई।

"अब क्या बताया जाय, कहो ?" उन्होंने पूछा ;

"राजा कुत्स, अम्बा, राम और लोमा पर अत्याचार हुआ है। अब और क्या कहा जा सकता है ?"

"मैं अर्जुन को समझाऊँगा। वह क्षमा माँग लेगा, प्रायश्चित्त करेगा। उसे अपने आचार-विचार का कम ज्ञान है।"

"मुनिवर, आप—आचार के प्रणेता—क्या उसे क्षमा करेंगे ?"

"क्षमा करने वाला मैं कौन हूँ ? जिसे देव क्षमा करें वही सच्चा। लोमा तो उसकी पत्नी होने वाली है। वह लोमा को ले आया, इसमें मुझे देव का हाथ दिखाई देता है।"

"मुनिवर, यह आप क्या कहते हैं ?" विमद ने उच्च स्वर से पूछा।

"देव की इच्छा, अर्जुन और लोमा के सम्बन्ध पर रेवा-तट तक के आर्यों का उद्धार अवलम्बित है।"

"मुनिवर, क्षमा करें।"

"क्यों ?"

"यह बात नहीं हो सकती।"

"क्यों नहीं हो सकती ?" हँसकर मुनिवर ने पूछा।

"मुनिवर, महाअथर्वण ऋचीक के पुत्र भृगुश्रेष्ठ जमदग्नि की आन

है। यह विवाह नहीं हो सकता," विमद ने स्थिर स्वर में कहा।

मुनि क्षण-भर चुप रहे और अग्नि की ओर देखते रहे।

"देव, यह क्या है ?" वे मन-ही-मन बोले। "कैसे जाना ?" उन्होंने विमद से पूछा।

"भृगुश्रेष्ठ ने आपको यह कहने के लिए ही मुझे भेजा है। भृगुओं की आन के आड़े कोई नहीं आ सकता।"

मुनि फिर चुप हो गए। भृगुओं-अथर्वणों जैसे ऋषियों की आन में भयंकर तेज था। ऐसी आन का प्रभाव स्वयं तो उन्होंने कभी नहीं देखा था, किन्तु अगस्त्य मुनि जैसे महापुरुष भी उस आन का उल्लेख बहुत मानपूर्वक करते थे। महाअथर्वण ऋचीक की अन्तिम आन अर्जुन के दादा महिष्मत के प्रति थी। परिणामस्वरूप वह मरा, उसके सहस्रों मनुष्य मरे, दुष्काल और महामारी से कितने ही वर्षों तक उसका देश त्रस्त रहा। आज उनके पुत्र की आन इस प्रकार उनके मार्ग में कहाँ से आ गई ?

"देव, यह क्या है ?" मुनि ने मूक प्रश्न किया। उन्होंने एक क्षण तक आँखें बन्द करके राग-द्वेष को जीता।

"विमद," उन्होंने ऊँचे स्वर से कहा, "बहुत बुरा हुआ। भरतों, भृगुओं और पुरुओं के साथ मैं वैर करना नहीं चाहता। देव ने मुझे आर्यत्व का उद्धार करने की आज्ञा दी है। आर्यों को परस्पर लड़ना नहीं चाहिए। अर्जुन अधीर और क्रोधी है। उसने ऋषि-पत्नी रेणुका और उनके पुत्र राम को पकड़कर महापाप किया है। जमदग्नि जैसे सौम्य महापुरुष ने ऐसा कोप क्यों किया होगा, यह मैं समझता हूँ। तुम शान्त हो जाओ। मैं अभी अर्जुन को यहाँ बुलवाता हूँ और लोमहर्षिणी तथा राम को भी यहाँ बुलवा लेता हूँ।"

: २ :

विमद के जाते ही मुनि ने सुदास को बुलवाया और अपने पौत्र

पराशर को अर्जुन को बुला लाने के लिए भेजा।

क्षण-पर-क्षण बीते। थोड़ी देर में सुदास आया। मुनि ने उससे सब बात कही, कृशाश्व और अर्जुन को बुलाने के लिए दूत भेजे।

अन्त में अर्जुन आया।

"आइए हैहयराज, बैठिए," मुनिवर ने कहा।

"यह सब क्या कर आए ?" सुदास ने पूछा, "और हर्यश्व कहाँ है ?"

"हर्यश्व तो पीछे रह गया। मैंने तो पुरु के राजा कुत्स और जमदग्नि की स्त्री, पुत्र और पुत्री को बन्दी किया था। पर फिर कोई बड़ी सेना आई। मैंने अपने सैनिकों को लड़ने दिया और उस लड़के और लड़की को लेकर यहाँ चला आया।"

"पर अपने मित्रों पर तुमने आक्रमण किया, इसका परिणाम क्या होगा ?" मुनि ने धीरे से पूछा।

"और क्या होगा ? मैंने उनके मनुष्यों को काट डाला, उन्होंने मेरे मनुष्यों के प्राण लिये। बस, लेखा बराबर।"

"यह अनूपदेश नहीं है, और हम लोग बिना कारण मनुष्यों के प्राण नहीं लेते। और पुरुजन तथा ऋषि-पत्नी ?"

"उन्हें तो मैंने छोड़ दिया था," निर्लज्ज अर्जुन हँसा।

"पर इससे तो अपने ही मित्रों में फूट पड़ेगी," सुदास ने कहा।

"उसकी अब क्या चिन्ता है ?" अर्जुन ने कहा, "तुम्हारे इन सब मित्रों के बदले मैं क्या कम हूँ ?"

"आर्यत्व के युद्धोत्सव में एक भी आर्य की अवगणना नहीं हो सकती," मुनि ने कहा। "हम तो धर्म-युद्ध करने निकले हैं। दासों के विनाश के लिए हमने जो युद्ध ठाना है, उसमें ऐसी निरर्थक मुठभेड़ का भयंकर परिणाम होगा।"

"ऐसा क्या परिणाम होगा ?"

"वे सब विरोधी पक्ष से मिल जायँगे।"

"मैं पाँच सहस्र घुड़सवार और बुलवा लूंगा।"

"परन्तु इस प्रकार यदि प्रत्येक व्यक्ति अपनी इच्छानुसार मनमाना युद्ध करेगा तो हमारी शक्ति क्षीण हो जायगी। ऐसे युद्ध सर्वदा देव की इच्छा के अनुसार होने चाहिएँ, मनुष्य की इच्छा के अनुसार नहीं। नहीं तो यह अधर्म का युद्ध हो जायगा।"

"यही तो दुख है। जहाँ धर्म नहीं, वहाँ आर्यत्व नहीं। तुमने ऋषि-पत्नी और उनके बच्चे को पकड़कर कितना अनुचित काम किया?" मुनि ने कहा।

अर्जुन चुप रहा। ऋषि-पत्नी और बच्चों को पकड़ते समय उसका मन भी व्यग्र तो हुआ ही था। और फिर वे भृगु तो उसके गुरु के कुलपति की पत्नी और बच्चे थे। परन्तु किये हुए व्यवहार पर पश्चात्ताप करने का अर्जुन को अभ्यास नहीं था।

"मैं क्या जानता था कि वे ऋषि के स्त्री-बच्चे हैं?"

"पर तुमने उन्हें पकड़ा क्यों? और यहाँ लाए क्यों?" मुनि ने पूछा।

"मैं जानता ही था कि यह आपको अच्छा नहीं लगेगा," हँसकर अर्जुन ने कहा।

इस प्रकार के प्रश्न उससे कोई पूछ नहीं सकता था, किन्तु सप्तसिन्धु में यदि महर्षि ऐसे प्रश्न पूछें तो उनका मुँह बन्द करने का भी कोई उपाय नहीं था।

"तब किया क्यों?" मुनि ने कुछ कड़ाई से पूछा।

अर्जुन ने भौंहें टेढ़ी कीं।

"क्या करना चाहिए, इसके लिए आपकी आज्ञा लेने कहाँ-कहाँ पहुँचूँ?" निर्लज्जता से अर्जुन हँसा। "मेरे दादा ने ऋचीक को अनूप देश से निकाल दिया था, तो मैंने उसके पौत्र-पुत्री को पकड़ा। इसमें हो क्या गया?"

"वीतहव्य," मुनि ने कहा, "अनूप देश में जब धर्म का लोप हुआ तब वे महाभार्गव तुम्हें छोड़कर चले आए। वहाँ यदि पुनः धर्म का राज्य प्रसारित करना हो तो उनके शासन को स्वीकार किये बिना काम नहीं चल सकता है। और यहाँ तो ऋत का भंग किया ही नहीं जा सकता।"

"मेरे लिए तो अनूप देश और आर्यावर्त दोनों ही समान हैं। जहाँ मैं जाऊँ वहाँ मेरी इच्छा ही मेरा धर्म होता है। यदि आप सबको यह ठीक न लगता हो तो लीजिए मैं जाता हूँ।"

मुनि ने अर्जुन की धमकी की अवगणना की। अधर्म सहने के लिए वे तैयार नहीं थे। स्थिर दृष्टि से वे अग्निकुण्ड की ओर देखते रहे, और फिर गम्भीर स्वर में बोले, "आर्यावर्त पुण्यभूमि है। यहाँ हमारे वंशजों के भविष्य बनाने वाले संस्कार उद्भूत होते हैं। यहाँ के आचार सर्वश्रेष्ठ हैं। यहाँ जो धर्म प्रवर्तित होता है उसका लोप नहीं होता, और उस धर्म की रक्षा करना राजाओं का पहला कर्तव्य है।"

अर्जुन चुप रहा।

"तुम दूर के प्रदेश में रहे हो। उस देश में भी जब धर्म प्रवर्तित होगा तभी उसका उद्धार होगा। जिस पर हमारी शुद्धि और हमारा भविष्य अवलम्बित है उसे हृदय में उतारने में तुम्हें देर लगेगी, यह मैं समझ सकता हूँ।"

"अच्छा," अर्जुन ने ओंठ बन्द करके तिरस्कारपूर्वक शब्द निकाला।

"तुम पर, तुम्हारे जैसे राजा पर तो हमारे धर्म का आधार है," वसिष्ठ कहते रहे। "धर्म के बिना राज्यपद लुटेरों का खेल है। राज्यपद छोड़ा जा सकता है, धर्म का लोप नहीं किया जा सकता।"

अर्जुन अपने क्रोध को बड़े परिश्रम से वश में रख रहा था। "जो लुप्त हो गया उसका अब क्या?" उसने कहा।

"अब उसका प्रायश्चित्त।"

"अच्छा, आप कराइए प्रायश्चित्त, मैं तो तैयार बैठा ही हूँ।" अर्जुन निर्लज्जता से हँस दिया। वसिष्ठ कठोरतापूर्वक देखते रहे।

"अन्तर के पश्चात्ताप के बिना देव प्रायश्चित्त स्वीकार नहीं करते। पाप का जो प्रायश्चित्त नहीं करता पितर उसका रक्षण नहीं करते।" और ये शब्द कहते समय वसिष्ठ के स्वर में दैवी सन्देशवाहक का आवेश आ गया।

"तुम महान् हो, बलाढ्य हो, तुम्हारे पास शक्ति है, समृद्धि है, पर जिस

वरुणदेव के ऋत पर आर्यत्व स्थित है, उसकी अवगणना करके क्या प्राप्त करोगे ? इसमें से क्या सुरक्षित रख सकोगे ?"

मुनि के स्वर में उग्रता नहीं थी, देववाणी जैसी निश्चलता थी। अर्जुन के हृदय पर इस वाणी का प्रभाव पड़ा। वह अपनी स्वभावजन्य निर्लज्जता और अभिमान इस सयय भूलकर असमञ्जस में पड़ गया।

"तुम्हारी शक्ति निःसीम भले ही हो, पर धर्म का द्रोह करने से तुम अधम गति को प्राप्त होगे," मुनि की गर्जना बढ़ी। पर फिर उन्होंने स्वर धीमा करके कहा, "जाओ राम को लौटा आओ। उसे ले आने का पाप किया है तो ऋषि जमदग्नि से क्षमा-याचना करके आओ। तुम क्या करके आये हो, यह तुम नहीं जानते।"

अर्जुन की आत्म-श्रद्धा चली गई। वह नीचे देखने लगा। नाग जिस प्रकार बाँसुरी के नाद से वश में हो जाता है, उसी प्रकार वह मुनि के शब्दों से पल-भर के लिए वश में हो गया।

"तुम जमदग्नि की पुत्री को नहीं उठा लाए, तुम सुदास राजा की बहन लोमहर्षिणी को उठा लाए हो।"

"अच्छा !" अर्जुन की आँखें फट पड़ीं और वह हँसा, "उसे ही लाने मैं गया था।"

"पर किस प्रकार लाए ?"

"किस प्रकार ?"

"तुमने ऐसी परिस्थिति खड़ी कर दी है कि तुम्हारा विवाह ही न हो सके। जो विवाह कराने का हम सबने निश्चय किया था वह अभी तो अशक्य हो गया है।"

"क्यों ? लोमा तो अब आ गई है, फिर क्या बाधा है ?" अर्जुन ने हँसकर पूछा।

"विवाह नहीं हो सकेगा।"

"क्यों ?"

"महाअथर्वण ऋचीक के पुत्र भार्गव-श्रेष्ठ जमदग्नि की आन है।"

"क्या ?" अर्जुन चिल्लाया।

"हाँ, एक बार तुम्हारे दादा महिष्मत महाअथर्वण की आन के कारण हुए थे, और आज तुम उनके पुत्र की आन के कारण हुए हो।"

अर्जुन क्रुद्ध हो गया। उसकी आँखें हिंसक पशु के समान चमकने लगीं।

"अब ऋषि जमदग्नि को मनाकर यह आन लौटवानी होगी," मुनि ने धीरे से कहा।

अर्जुन के मुख से गुर्राहट निकली। उसने ओंठ चबाए। उसकी मुख-मुद्रा भयङ्कर हो गई।

"मैं डरने वाला नहीं हूँ। मैं किसी से डरता नहीं। मैं किसी का दास नहीं हूँ।"

"तुम्हारे दादा बुढ़ापे में पैर घिसते हुए महाअथर्वण की आन लौटवाने के लिए आये थे, पर ऋषियों ने नहीं माना और फिर जो हुआ वह तुम जानते हो न ?"

"वे कायर थे और ऋचीक उन्हें डरा गए थे, पर मैं उस प्रकार डर नहीं सकता।"

"हम आन का उच्छेद नहीं करेंगे," मुनि ने कहा।

"अर्थात् लोमा को न ब्याहेंगे, यही न ?" अर्जुन ने कठोरता से पूछा।

"आन जब लौटा ली जायगी तब ब्याहेंगे। हम लोग ऋषि जमदग्नि को मनाएँगे। तुम जाओ और शीघ्रता से लोमा और राम को यहाँ भिजवा दो, जिससे यह काम मैं जल्दी से हाथ में लूं।"

"लोमा को······राम को······" अर्जुन बड़बड़ाया।

"लोमा को तुम्हें अपने पास रखना ही नहीं चाहिए था। तुम्हारे आवास में कोई स्त्री नहीं है," वसिष्ठ ने कहा।

"मैं क्या उसे खाये डालता हूँ ?" अर्जुन ने ये शब्द कह तो दिए, बोल तो गया, पर उसने मुनि और सुदास के मुख पर कठोरता देखी। अर्जुन की व्यवहार-पटुता कम नहीं हुई थी। उसके मुख पर भावों में परिवर्तन हुआ। उसकी उग्रता शान्त हुई और उस पर असत्य हास्य प्रसारित

हो गया।

"हाँ-हाँ...मेरी भूल हुई, भूल हुई। मैं यहाँ आया हूँ तब से भूल ही करता आया हूँ। उन दोनों को मैं अभी यहाँ लिये आता हूँ। भृगु की आन!" वह बड़बड़ाया। "मैं अभी आया, थोड़ी देर में।" वह उठा और वेग से बाहर निकला।

: ३ :

राम और लोमहर्षिणी को लेकर अर्जुन जब तृत्सुग्राम की ओर चला उससे पहले लोमा बड़ी घबराई हुई थी, किन्तु राम को तनिक भी भय नहीं था। राम ने उसे साहस बँधाया और दोनों ने चुपचाप बहुत सी बातें कीं। राक्षस जैसा अर्जुन लोमा से विवाह करना चाहता था, पर लोमा उससे विवाह करने को तैयार नहीं थी, और इसीसे विमद ने राम की बहन के रूप में, जमदग्नि की पुत्री के रूप में, उसका परिचय दिया था। अर्जुन के तृत्सुग्राम पहुँचने पर यहाँ सब हम दोनों को पहचान लेंगे और तुरन्त हम दोनों छोड़ दिए जायँगे, इसका उन्हें विश्वास था। उस समय अर्जुन का मँह कैसा हो जायगा, इस सम्बन्ध में बात करते हुए दोनों बहुत हँसे, परन्तु फिर भी लोमा की घबराहट कम नहीं हुई थी।

राम ने कहा, "मैं देखूंगा, कौन तुम्हें उसके साथ ब्याहता है?"

"तुम क्या करोगे? मैं स्वयं सबसे निपट लूँगी। देखूँ तो सही, मुझे कौन ब्याहने आता है?" लोमा ने कहा। और इस प्रकार बहुत देर तक वे इसी बात पर सोचते रहे कि इस झंझट में से कैसे निकला जाय।

पहले तो सैनिकों ने दोनों को अलग अपने-अपने घोड़े पर आगे बिठाया था। राम जिसके साथ बैठा था वह वृद्ध अर्जुन की सेना का सेनापति था। सब उसका आदर करते थे।

"आपका नाम क्या है?" राम ने पूछा। सेनापति ने उस मोहक लड़के की ओर देखा और उसकी क्रूर आँखों में अमृत भर आया।

"मेरा नाम भद्रश्रेण्य है, और तुम्हारा नाम क्या है?"

"जानते नहीं ? मेरा नाम राम है। आप ऋषि जमदग्नि को नहीं पहचानते ? मैं उनका पुत्र हूँ।"

"महाअथर्वण के पौत्र," सेनापति बोला और राम की ओर स्थिर आँखों से ध्यानपूर्वक देखता रहा।

"हाँ, वे तो आपके गुरु थे। महिष्मत को छोड़कर वे आर्यावर्त में क्यों आये, उसकी कथा तो भृगुग्राम में प्रतिदिवस गर्व से सुनी जाती है।"

"जब महाअथर्वण हमारा देश छोड़कर गये तब मैं बहुत छोटा था। मैं ऐसे हाथ रखता हूँ तो क्या तुम्हें कष्ट होता है ?" राम की सुविधा के लिए भद्रश्रेण्य चिन्तित होने लगा।

"क्या अर्जुन के समान आप भी दुष्ट हैं ?" राम ने पूछा।

भद्रश्रेण्य ने कुछ आश्चर्यान्वित होकर उस लड़के की ओर देखा। वह लड़का उसके राजा का अपमान कर रहा था। उसके प्रश्न की सरलता का उसे विचार आया और वह राम पर मुग्ध हो गया।

"हम लोग दुष्ट नहीं हैं," वृद्ध हँसा।

"तब आप लोगों ने अम्बा को, मेरी बहन को और मुझे क्यों पकड़ा ?" राम ने पूछा।

वृद्ध के मन में जो शंका थी वह राम ने स्पष्ट की। जब से ऋचीक अनूप देश छोड़कर गये और हैहय बिना गुरु के हो गए, तब से उस जाति पर से देव की कृपा-दृष्टि चली गई थी, ऐसा सब समझदार अपने हृदय में समझते थे। अर्जुन भी अपने बाप-दादा के समान मनस्वी था। उसके शौर्य से हैहयों ने बड़ा राज्य प्राप्त किया था, तो भी हैहयों के मन में से देवों की खोई हुई कृपा पुनः प्राप्त करने की लालसा कम नहीं हुई थी; और इसीसे उनकी ऐसी अव्यक्त इच्छा थी कि यदि आर्यावर्त से सम्बन्ध स्थापित हो तो अच्छा हो। वृद्ध भद्रश्रेण्य राम की तेजस्वी कान्ति को देखता रहा।

"क्या तुम हमारे यहाँ चलोगे ?"

राम का हैहयों से मिलने का यह पहला ही प्रसंग था, पर वह स्वयं

उनका गुरु था और किसी प्रकार भी उन लोगों की दुष्टता कम करना उसका ही कर्तव्य था। इस सम्बन्ध में उसके बाल-मन में तनिक भी सन्देह नहीं था। जब से वह समझने लगा तभी से उसमें सामान्य लोगों जैसा गर्व नहीं था, प्रत्युत् एक विचित्र प्रकार की आत्म-श्रद्धा थी कि मैं भृगु-श्रेष्ठ का पुत्र हूँ, सबसे भिन्न और अद्‌भुत हूँ, एक प्रकार का देव हूँ। इस श्रद्धा के विषय में उसने गम्भीरता से विचार नहीं किया था, तो भी क्षण-भर के लिए भी वह अस्पृष्ट नहीं हुई थी। इस समय अपने वंश-क्रमागत शिष्यों की उपस्थिति में उस आत्म-श्रद्धा ने स्वयंनिर्णीत देव-सुलभ अधिकार दे दिया।

"क्या आप लोगों को गुरु-हीन होकर भटकते रहना अच्छा लगता है? महाअथर्वण की आज्ञा आप लोगों ने मानी नहीं थी। मैं चलूं और आप लोग मेरी आज्ञा न मानें तो?" राम ने पूछा।

भद्रश्रेण्य को उस गम्भीर बालक के शब्द और रीति से अपरिचित पूज्य भाव का अनुभव हुआ।

"हम मानें तो?" उसने प्रेम से राम को समझाते हुए कहा।

"तो फिर आप लोग ऋषि-पत्नी और उसके बच्चों को इस प्रकार क्यों पकड़ते हैं?" मानो कोई ऋषि उलाहना देता हो इस प्रकार प्रश्न उपस्थित हुआ।

वृद्ध भद्रश्रेण्य के हृदय में परिवर्तन होने लगा। महाअथर्वण का वह पुत्र यदि मुझ पर कृपा करे तो—उसने प्रेम से किन्तु हृदय की गहराई से उद्‌गार निकाला।

"इतने समय तक जो भूल हुई वह अब नहीं करेंगे।"

"गुरु को जो कष्ट देते हैं उन पर देव कैसे प्रसन्न हो सकते हैं?"

"सच है।" ऋचीक के शाप के कारण जो दुःख पड़े थे और उसने जो अशान्ति देखी थी उन सबकी स्मृति भद्रश्रेण्य की कल्पना में खेलने लगी।

"आप लोगों को प्रायश्चित्त करना होगा," गम्भीर बनकर राम ने

आदेश दिया, "सहस्रों गायों का।"

भद्रश्रेण्य को एक दृष्टि से उस बालक के वचन हास्यजनक मालूम हुए, किन्तु वह गुरु का आडम्बर नहीं करता था, गुरुदेव के अधिकार से कहता था। उनकी सरलता और उनका गौरव उसमें स्पष्ट था।

"अच्छा, क्या तुम गायें लोगे ?"

"मैं कैसे ले सकता हूँ ? पिताजी तो हैं। आप लोगों का गुरुपद दादा ने छोड़ा। जब तक आप लोग प्रायश्चित्त नहीं करते तब तक वे भी कैसे स्वीकार कर सकते हैं ?"

"यदि तुम्हारे पिताजी स्वीकार न करें तो तुम्हें स्वीकार करने में क्या कोई आपत्ति है ?" भद्रश्रेण्य ने राम को बनाया।

राम कुछ देर चुप रहा, मानो दान लेने या न लेने पर विचार कर रहा हो।

"मुझे आप लोगों की रीति अच्छी नहीं लगती," उसने कहा। "आप लोगों का राजा ऐसे पाप करना बन्द करे तब यह हो सकता है।"

ये सब शब्द यह छोटा-सा बालक बोल रहा था या उसके मुख से महाअथर्वण स्वयं पितृ-लोक से बोल रहे थे, यह भद्रश्रेण्य न समझ सका।

थोड़ी देर में राम ने कहा, "दोनों को अलग एक ही घोड़े पर क्यों नहीं बिठाते ? मुझे इस प्रकार अलग अच्छा नहीं लगता। हम दोनों एक ही घोड़े पर बैठना चाहते हैं।"

"तुम लोग भाग जाओ तब ?" भद्रश्रेण्य ने हँसकर कहा।

"भाग क्यों जायँगे ?" राम ने कहा, "अच्छा तो हमारे घोड़े की लगाम अपने हाथ में रखना।"

"क्यों ?"

"मेरे दादा आप लोगों के गुरु थे। और कौन ज़ाने मैं भी आप लोगों का गुरु बनूं।"

"पर महाअथर्वण को तो देव के दर्शन होते थे, तुम्हें देव दर्शन कहाँ देते हैं ?"

"झूठ बात है। मुझे भी देव दर्शन देते हैं। मैं बहुत बार उनसे बात भी करता हूँ। और अन्य ऋषियों के समान मुझे उनका आवाहन भी नहीं करना पड़ता। बहुत बार जब मैं अकेला घूमता रहता हूँ तब वे मुझे मिलते हैं।"

भद्रश्रेण्य उस लड़के की ओर ध्यान से देखने लगा। वह पागल नहीं था, इसका उसे विश्वास था। उसने राम का कहा मानकर लोमा को और उसे एक घोड़े पर बिठा दिया।

सबसे आगे अर्जुन घोड़ा दौड़ाए चला जा रहा था, उसके पीछे उसके सैनिक थे। राम और लोमा भी उनके साथ ही थे।

अर्जुन को ऋषि के इन बच्चों के प्रति कोई रस नहीं था।

: ४ :

उस रात को राम और लोमा जीन पर सिर रखकर पास-पास सोये। आस-पास सैनिक सोये और थोड़ी दूर पर अर्जुन सोया। थोड़ी देर पश्चात् लोमा ने कहा—

"राम, ये सब मुझसे ब्याह क्यों करना चाहते हैं?"

"कौन सब?"

"देखो न, कल वह देवदत्त मुझे विवाह के सम्बन्ध में कहने आया था।"

"अच्छा, क्यों?"

"क्यों, तुम्हारा सिर फोड़ने," क्रुद्ध होकर लोमा ने कहा, "अब वह भरतों का राजा हुआ, उसे रानी भी तो चाहिए न, इसीसे।"

"और अर्जुन भी तुम्हें ब्याहना चाहता है, क्यों?"

"वह दुष्ट तो व्याघ्र के समान विकराल है।"

राम हँसा—"तुम व्याघ्री बनो तो बड़ा आनन्द आ जाय।"

"बस, तुम्हें तो हंसी छोड़कर कुछ सूझता ही नहीं। ये सब मुझसे ही क्यों विवाह करना चाहते हैं? मेरी समझ में तो कुछ नहीं आता। और सब कहते हैं कि इस अर्जुन की तो इतनी स्त्रियाँ हैं कि एक पूरा गाँव बस जाय।"

राम ने आँखें मलीं, "तुम सबमें अच्छी हो न, इसलिए।"

"पर मुझे विवाह नहीं करना है।"

राम ने जँभाई ली। उसकी आँखों में नींद भर आई थी। उसने सोते-सोते कहा, "विवाह हो जाने पर तुम मेरे साथ न रह सकोगी।" फिर उसने करवट बदली और कहा, "तब तो तुम्हें पति के साथ रहना होगा।"

लोमा कुछ न बोली, राम भी चुप रहा और थोड़ी देर में सो गया।

लोमा की आँखों से नींद जाती रही। राम की बात सच थी। वह किसी से विवाह करे तो उसे पति के साथ जाना पड़ेगा; तब राम के साथ रहा न जा सकेगा।

वह आकाश की ओर देखती रही। चन्द्र का उदय हो चुका था। आस-पास वृक्षों के झुण्ड में पवन साँय-साँय कर रही थी। चारों ओर सैनिक सो रहे थे। कैसे थे वे सब—मैले, दुर्गन्ध-युक्त, दाढ़ी वाले हैहय! उसके मन में उद्वेग हुआ। क्या विवाह करना ही होगा? ऐसा हो तो फिर वह क्या करेगी? और यह अर्जुन तो कैसा भयंकर मनुष्य है, और देवदत्त रूपवान् तो है, परन्तु राम को छोड़कर जाना कैसे सम्भव हो सकता है? उसके मन में ये विचार उथल-पुथल मचाते रहे। उसने निःश्वास छोड़ा। वेग से पवन बहने लगा। चारों ओर सोये हुए सैनिकों के नकसुरों की घोर घरघराहट का उसे विचार आया। उसे भय लगने लगा, इसलिए वह राम के पास जा उसके शरीर पर हाथ रखकर स्थिर अवाक् पड़ी रही। नींद में राम ने लोमा के हाथ पर अपना हाथ रखा।

राम को छोड़कर जाना कठिन था। उसके बिना वह कभी नहीं रही थी। उसकी बातों के बिना उसे अच्छा नहीं लगता था। राम का मुख सदा उसे दिखाई दिया करता था। वह विवाह करेगी तो उसे छोड़ देना पड़ेगा। क्यों भला?

राम उसके जीवन का एक अङ्ग था। वे दोनों प्रतिदिन एक-दूसरे का हाथ पकड़कर दौड़ते, कूदते और कौतुक मचाते थे। एक-दूसरे का हाथ पकड़ना तो इनके लिए नई बात न थी। वह तो नित्य की सामान्य बात

थी। किन्तु इस समय राम के हाथ के स्पर्श ने उसके हृदय में नई संवेदना जागरित कर दी। उस स्पर्श ने मानो उसे दग्ध कर दिया। वह दग्ध हुई, किन्तु पूर्णतया न जली। उसे ऐसे हृदय-कम्प का अनुभव हुआ जैसा पहले कभी अनुभव नहीं था। वह अनजान में राम से लिपट गई।

अग्नि की ज्वालाएं मानो उसकी नस-नस में जल उठी हों ऐसा लोमा को भास हुआ। उसका हृदय कम्पित होता सुनाई दिया। उसके कान में भी कोई नाद होता चल रहा था। यह क्या हुआ, उसकी समझ में न आया। उसे ऐसा कभी न हुआ था। राम की उठती हुई युवावस्था और उसके अंगों में छिपने की उसकी बड़ी उत्कट इच्छा हुई। पर उसे संकोच हुआ। राम से अलग हट जाने का भी विचार हुआ, पर अलग नहीं हट सकी।

उसकी थकी हुई आँखों में नींद नहीं आई। उसने आसपास दृष्टि डाली, और फिर धीरे से वह राम को निहारने लगी। इस समय चाँदनी में 'उसका राम' बदल गया था। उसकी सब रेखाएँ परिचित थीं, फिर भी लोमा को उसमें इस समय कुछ नवीनता दिखाई दी। राम उसे कुछ अलग-सा, नया-सा दिखाई देने लगा। उसके शरीर की रेखाओं में उसने कोई नया ही जादू देखा। ज्यों-ज्यों वह राम का निरीक्षण करती गई, त्यों-त्यों उसकी नसों में अग्नि-ज्वाला अधिकाधिक वेग से फैलने लगी। उसने धीरे से काँपते हुए हाथ से राम के मस्तक और आँखों पर गिरी हुई बालों की लट हटाई। राम ने आधी आँख खोली।

"क्यों, नींद नहीं आती ?" उसने नींद में ही पूछा।

"नहीं," लोमा ने कहा। उसके स्वर में कम्प था, "मुझे नींद नहीं आती। राम, मुझे डर लगता है।"

राम ने नींद में ही उसे अपने पास खींचा। लोमा उसकी बाँहों में छिप गई, पर अभी उसका शरीर काँप रहा था, उसकी त्वचा जल रही थी। वह राम से लिपट गई।

सहसा उसकी नसें इस प्रकार तड़पने लगीं मानो प्यासी हों। उनमें

से पुकार उठी। यह पुकार काहे की थी, वह जान न सकी। उसने राम के शरीर को अधिक कसकर दबा लिया, पर राम का शरीर जैसा था वैसा ही रहा। नींद में वह शान्त, स्थिर और निश्चेष्ट था। उसके हृदय की पुकार, तृषा अधिक दृढ़ हुई—मानो वह बोल उठी, राम उठो, सोये क्यों हो ? उठो, मैं मर रही हूँ।

निश्चेष्ट बालक का श्वास घोर निद्रा में नियमित आ-जा रहा था। लोमा को जान पड़ा कि वह स्वयं भी अचेत हो जायगी। वह कब उठी, यह भी उसे स्मरण न रहा। उसे निरन्तर राम ही अपने सपने में दिखाई दे रहा था। जब वह उठी तो राम नदी में खड़ा-खड़ा अर्घ्य दे रहा था। भद्रश्रेण्य ने अपने सैनिकों से राम का परिचय कराया था, और अनूपदेश के असंस्कारी योद्धा अपने लोककथा के गुरु के इस पौत्र को आदरपूर्वक देख रहे थे। अर्जुन तो कब से ही उठकर आगे बढ़ गया था।

लोमा की आँखें तो केवल राम को ही देख रही थीं।

वृद्ध ऋषि के समान अर्घ्य देकर राम धीरे से तट पर आया और भद्रश्रेण्य ने उसे हाथ जोड़े।

फिर यात्रा प्रारम्भ हुई। दोनों—लोमा व राम—एक घोड़े पर बैठे; आगे राम, पीछे लोमा। दिन-भर राम से सटकर बैठना, उसके शरीर के साथ तालबद्ध कूदना, उसके बालों में अपने बालों का उलझकर नाचना, उसकी बात सुनना आदि सब आज लोमा के हृदय के लिए बदला हुआ था। लोमा को ऐसा प्रतीत हुआ मानो इस सामान्य हलचल में से भी कोई अद्भुत सङ्गीत निकलकर उसकी नसों में गूंज रहा हो।

वे वेग से आगे बढ़ने लगे। लोमा के कानों में सृष्टि के नूपुर झंकार कर रहे थे। पर आज उसकी वाणी बन्द हो गई थी। उसे तो मूक-भाव से केवल राम के शरीर के साथ तालबद्ध उछलना था और ऐसी घबराहट से बार-बार उसका मुँह देखते रहना था मानो चोरी से कोई अपराध कर रहीं हो।

आज राम पहले जैसा निकट नहीं लगता था। आज वह बालसखा-

मात्र नहीं रहा था। आज वह ऐसा लगता था मानो किसी रहस्यपूर्ण सृष्टि के मध्य जाकर खड़ा हो गया हो। वह भी वहाँ पहुँचना तो चाहती थी, पर वह वहाँ पहुँच नहीं पा रही थी···और राम ? वह तो भद्रश्रेण्य के साथ कुत्ते की, शस्त्रों की, अपने ग्राम की, अपने भृगुओं की बातें कर रहा था, और भद्रश्रेण्य का चकित हृदय राम के व्यक्तित्व से पूर्णतया भर गया था।

रात हो जाने पर फिर थोड़ी देर सो जाने का समय आया। राम ने कहा, "लोमा, रात को तुम्हें बहुत डर लगता है। तुम मेरे पास आकर सो जाओ, तुम्हें डर न लगेगा।"

लोमा यही चाहती थी। बिना बोले वह राम की बाँहों में लिपटकर सो गई। वह्नि-ज्वालाएँ पुनः उसके अङ्ग-अङ्ग में, उसकी नसों में प्रकट हुईं। उसकी त्वचा जल उठी। उसके स्तन, जो राम के शरीर का स्पर्श कर रहे थे, जलते कोयले के समान धधकने लगे। किन्तु इस रसपूर्ण वेदना से मुक्त होने को उसका तनिक भी मन न हुआ। 'राम···राम··· राम' उसका रोम-रोम बस एक ही शब्द की रट लगाने लगा। उसका सिर भन्नाने लगा। प्रभात होते-होते बड़ी कठिनाई से कहीं उसकी आँख लगी।

वह उठी, राम ने अर्घ्य दिया, फिर वे घोड़े पर जा बैठे। फिर घोड़े की गति से उनके अङ्ग तालबद्ध नाचने लगे।

लोमा के हृदय में राम के प्रति उत्कण्ठा जग गई थी, पर राम अपने ही ढङ्ग से व्यवहार कर रहा था। लोमा को ज्ञात होता था कि वह ठण्डे पत्थर के समान बरताव कर रहा है, और उससे उसका जी घबरा रहा था। कब रात हो और कब उसकी नसों में अग्नि व्याप्त हो, कब वह उस भयंकर किन्तु आह्लादक वेदना का पुनः अनुभव कर पाए, इसी के लिए वह तरस रही थी।

नौ रातों तक वे दोनों इसी प्रकार साथ-साथ सोये और साथ-साथ घोड़े पर बैठे। लोमा को इन दिनों कुछ नया ही अनुभव हुआ, और

नई ही दृष्टि मिली। राम से व्यवहार करने में उसे एक नये प्रकार का संकोच होने लगा। बालक राम तो जो व्यवहार करता था वह वैसे ही विश्वास, स्नेह और अभेद्य एकता से करता था। किन्तु लोमा को यह अच्छा नहीं लगता था। वह राम का सिर दीवार से ठोककर कहना चाहती थी कि 'राम, देखो, समझो, मैं मर रही हूँ।' किन्तु लज्जा, संकोच, क्षोभ का नवजागृत चैतन्य उसके और राम के मध्य आ खड़ा हुआ था।

तृत्सुग्राम आने पर सब अर्जुन के आवास पर पहुँच गए। वहाँ इन दोनों को भीतर के भाग में रखा गया। बाहर सैनिक उन पर पहरा दे रहे थे।

"हमें कब तक इस प्रकार रखेंगे ?" लोमा ने भद्रश्रेण्य से पूछा।

"मैं क्या जानूं ?"

"वृद्ध कवि यहाँ नहीं हैं, नहीं तो जान जाते," राम ने कहा, "हमें बन्दी रखते हो ?"

"मैं क्या करूँ, राजा की आज्ञा है," भद्रश्रेण्य ने कहा। थोड़ी देर बाद फिर पूछा, "चलोगे हमारे देश ?"

"जब मैं बड़ा हो जाऊँगा और आपके राजा प्रायश्चित्त कर लेंगे, तब मैं अपने दादा की आन पूरी करके आऊँगा।"

"यदि मैं प्रायश्चित्त कर लूं तो क्या मेरे राज्य में चले चलोगे ?"

"मैं वहाँ चल सकता हूँ पर तुम सबको धर्मानुसार व्यवहार करना होगा। मेरे आने पर देव भी तो वहाँ आयेंगे न !" राम ने गाम्भीर्य से कहा।

भद्रश्रेण्य ने गुरुपुत्र की ये सब बातें सेनानायकों में चलाईं और जब आगे के भाग में अर्जुन सोने के लिए लेटा तब कुछ-न-कुछ बहाना निकालकर सब नायक महाअथर्वण के पौत्र पर दृष्टिपात करने भीतर जा पहुँचे। किसी-न-किसी प्रकार सभी गुरु-विहीन अनूप देश को लगे हुए शाप के भागी बने थे और सबके हृदय में यह विचार आनन्द की प्रेरणा कर रहा था कि यह उनका वंश-क्रमागत गुरु यदि उनके यहाँ चला चले तो कितना

अच्छा हो !

"लोमा, यह समाचार मिलते ही राजा सुदास तुरन्त हम लोगों को बुलवा लेगा। फिर अर्जुन के साथ तुम्हें ब्याहने की बात करेगा।"

लोमा की पहले की धृष्टता और आत्म-विश्वास जाता रहा था।

"राम, तुम तो मुझे छोड़कर नहीं जाओगे न ?"

"नहीं, मैं छोड़कर नहीं जाऊँगा," राम ने कहा, "पर यदि तुम्हारा विवाह हुआ तो ? मैं बड़ा होता तो···"

"तो ?" लज्जित होकर लोमा ने पूछा।

थोड़ी देर बाद गाम्भीर्य से विचार करके राम ने कहा, "तो मैं ही तुमसे ब्याह कर लेता, फिर यह सब झगड़ा ही न खड़ा होता।"

"मेरे राम," कहकर लोमा राम से लिपट गई और उसका गाल चूम लिया।

चौदह वर्ष के भोले राम ने, जहाँ लोमा ने ओंठ छुए थे वहाँ हाथ से पोंछते हुए कहा, "लोमा, तुम कितनी गन्दी हो !"

लोमा इस प्रकार काँप उठी मानो शीत ऋतु में ठण्डे पानी में कूद पड़ी हो। वह नीचे देखने लगी। मानो खेलते-खेलते वह रुष्ट हो गई हो, इस प्रकार राम उसे मनाने के लिए उसके पास आया।

"लोमा," राम ने कहा, "ऊपर देखो, रोष न करो, क्या कहीं इस प्रकार रुष्ट हुआ जाता है ? आओ इधर देखो, यदि तुम यह सब करोगी तो फिर···"

लोमा ने राम की आँखों का बाल-तेज देखा। नौ दिन में उसमें स्त्रीत्व का चैतन्य प्रकट हुआ था। वह स्त्री बन गई थी और राम तो जैसा था वैसा ही बालक था। हँसकर उसने राम के गाल दोनों हाथों से दबाकर कहा, "तुमसे क्या रुष्ट हो सकती हूँ राम !"

और लोमा ने अपना सिर राम के कन्धे पर रख लिया।

राम ने उसके बाल खींचे।

लोमा का हृदय पुकार उठा, "खींचो···खींचो···मुझे मारो।"

: ५ :

जब अर्जुन अपने आवास पर जाने के लिए घोड़े पर बैठा तब उसकी नस-नस में क्रोध व्याप रहा था। उसे सीख दी गई, उसे धमकाया गया, उसे नीचा दिखाया गया। उससे वे प्रायश्चित्त कराना चाहते थे, उससे वे लोमा को छीन लेना चाहते थे, उसके द्वारा निश्चित विवाह में विक्षेप डालना चाहते थे। आन! आन! ये नपुंसक धर्मान्ध उसे पितृकोप के नाम पर डरा रहे हैं, उसे एक ब्राह्मण की शपथ से त्रस्त कर देना चाहते हैं।

इस आर्यावर्त से, इसके आचार-विचार से, इसके ऋषियों और राजाओं से वह उकता गया था। क्यों वह यहाँ सहायता के लिए आया? यदि साथ में दस सहस्र घुड़सवार लाया होता तो समस्त आर्यावर्त को जला देता। अपने प्रदेश में वह स्वच्छन्द रूप से राज्य करता था। वहाँ जो वह कहता वही होता था। वह जहाँ भ्रूभंग करता वहीं विनाश का प्रसार होता था। और यहाँ? प्रतिबन्ध—सर्वत्र प्रतिबन्ध, इसके अतिरिक्त और कुछ है नहीं। ऐसा अत्याचार कैसे सहन किया जा सकता है?

उसके हाथ के स्नायु किसी को पीस डालने के लिए, किसी का छेदन करने के लिए फड़क रहे थे। वह स्वतः जगत् का नाथ था। उसे उसकी प्रजा सहस्रार्जुन कहती थी। उसकी शक्ति से पातल के वीर भी काँपते थे। और उसे—सहस्रार्जुन को—ये क्षुद्र लोग उपदेश देने की धृष्टता कर रहे थे। अब वह इस स्थान पर नहीं रहना चाहता था। सुदास का आमन्त्रण स्वीकार करके वह पछता रहा था। उसे पुनः इन ऋषियों के देश में आने की साध नहीं थी—नहीं, थी तो, किन्तु सेना लेकर वह आना चाहता था—सबको वश में करने के लिए, राजाओं से अपने पैर धुलवाने के लिए, ऋषियों द्वारा बन्दी-गान गवाने के लिए।

इन मूर्खों के साथ मेरा निर्वाह कैसे होगा? सुदास ठीक हो जाय तो अभी मैं लोमा से विवाह कर लूँ और फिर हम दोनों की सेनाएँ चारों ओर 'त्राहि-त्राहि' मचा दें, और ऐसे-ऐसे सत्रह मुनियों को पितृलोक में पहुँचा दें। पर सुदास कायर है। धर्म······धर्म······धर्म! जो वह ऋषि

कहे वह धर्म है, वह जिसे अस्वीकार कर दे वह अधर्म है !

देव के कोप, भृगुओं की आन और ऋषियों के शाप का भय दिखाकर सबने उसे डराने का प्रयत्न किया था। पर वह उन सबको बता देने के लिए तत्पर हो गया था कि वह किसी से डरने वाला नहीं है।

आवास पर आते ही उसने निश्चय कर लिया। वहाँ पहुँचते ही उसने भद्रश्रेण्य को आज्ञा दी कि अनूप देश लौटने के लिए सेना तैयार कर लो। फिर वह भीतर गया और उसे ये बच्चे स्मरण हो आए। वह लड़की ऋषि-कन्या नहीं थी, लोमा थी—लोमा, जो कि उसकी रानी होने वाली थी; वह दिवोदास की कन्या, आर्यावर्त का नारी-रत्न, उसका लिया हुआ व्रत। अब वह उससे नहीं ब्याही जायगी। जमदग्नि की आन ! मूर्ख लोग ऐसी आन से डरते हैं, वह बड़बड़ाया।

उसने ये शब्द कह तो दिए पर उसके हृदय में भय अवश्य था। अनूप, आनर्त और सौराष्ट्र के गाँवों में भृगुओं का नाम उनकी आन से अधिक माना जाता था। महाअथर्वण की आन की कथा सब लोगों के मुख पर थी, और उनके शाप से पड़ी हुई विपत्ति के स्मरण से वीरों के हृदय भी काँपते थे। अर्जुन ने भीतर आँगन में दृष्टिपात किया और उसकी विचारमाला रुकी, टूट गई।

एक पत्थर पर राम हँसता हुआ बैठा था। उसकी आँखों में मृदुता थी, उसके गात्रों में बाल-सिंह का छटापूर्ण तेज प्रस्फुरित हो रहा था।

लोमा उसकी जटा सँवार रही थी। उसके दुपट्टे में से उसके बाल-स्तन दो श्वेत पारावतों के समान, अपूर्व मार्दव के सत्व के समान, दर्शन दे रहे थे। उसका गठीला शरीर सौन्दर्य से ओत-प्रोत था। उसके सुवर्ण ओंठ पर मनोहर हास्य शोभायमान हो रहा था। उसकी आँखों में मादक तेज चमकता था।

अर्जुन का शरीर इस प्रकार काँप उठा मानो सहसा आँधी उठ चली हो। वंश-क्रमागत संस्कार के वशीभूत होकर अभी तक उसने लोमा को ऋषि-कन्या समझा था; उसकी ओर दृष्टिपात नहीं किया था। पर अब

तो वह थी उसकी लोमा, जिसे ब्याहने वह आया था, जिसके ब्याह के विरुद्ध भार्गव की आन थी।

उसके रोम-रोम में दावानल प्रज्वलित हो उठा। उसकी आँखों में अग्नि-ज्वाला जलने लगी।

यह स्त्रीत्व का सत्व, यह सौन्दर्य, यह देह, यह स्तन, यह ओंठ!

मस्तिष्क के किसी कोने से ध्वनि आई, "विवाह के विरुद्ध आन है।"

कहीं से उसका प्रतिशब्द हुआ, "विवाह के विरुद्ध, पर मैं कहाँ उससे विवाह करता हूँ?"

अभी मुनि उसे बुलाने के लिए कोई सेवक भेजेंगे, ऐसा उसे विचार आया। उसने खड्ग खोल फेंका, कन्धे पर से दुपट्टा उतार डाला। वह भीतर गया। उसकी आँखें काम-विह्वलता से लाल हो गई थीं। उसका श्वास अवरुद्ध हो रहा था।

"राम, बाहर जाओ।"

राम उठा और लोमा के आगे डटकर खड़ा हो गया, "क्यों?"

"बाहर जाओ," काँपते हुए स्वर में उसने आज्ञा दी। एक प्रचण्ड, विशाल वक्ष, आजानबाहु, अधेड़ वय के विकट योद्धा के आगे चौदह वर्ष का ओजस्वी और चंचल बटु खड़ा था। दोनों एक-दूसरे की ओर देखते रहे। वासना के आवेश में अर्जुन का श्वासोच्छ्वास वेग से चलने लगा। राम का मुख शान्त और गम्भीर था।

लोमा चेत गई, "राम...राम...राम...राम!"

राम की आँखें स्थिर हो गईं मानो दो जलते हुए कोयले हों। अर्जुन की विकराल आँखें उसे देखने लगीं, आज्ञा करने लगीं।

राम ने अपनी आँखें अर्जुन पर ही गड़ाए रखीं। वह धीरे-धीरे वहाँ से हटा। अधीर अर्जुन उसके बाहर जाने की प्रतीक्षा करता हुआ ठहरा। घबराई हुई लोमा कोने में घुसकर खड़ी हो गई। अर्जुन के सावधान होने से पहले ही गोफन में से पत्थर छूटने के समान राम अर्जुन पर लपका। वह झुका, उछला और उसका झुका हुआ सिर अर्जुन के पेट से

जा टकराया। क्षण-भर के लिए अर्जुन थरथरा उठा, फिर कुशल मल्ल की कला से उसने राम को पकड़कर उलटा करना प्रारम्भ किया। जंगली जानवर की कला से राम उससे लिपट गया था। कहीं उसके दाँत और कहीं उसके नख अर्जुन के शरीर को नोच रहे थे। अर्जुन का बाहुबल अप्रतिम था। लड़खड़ाते हुए और पीछे गिरते हुए भी उसने राम को अपने शरीर से अलग करके दूर फेंक दिया। राम जैसे दूर फेंका गया वैसे ही उसका सिर दीवार से जा टकराया।

लोमा डरकर चिल्लाई, "राम......राम......राम......राम !" पर राम तुरन्त खड़ा हो गया। मुट्ठी बाँधकर उसने सिर झुका लिया। वह फिर कूदा। अर्जुन पर वह फिर से टूट पड़ा।

अर्जुन ने कितने ही हिंस्र प्राणियों के प्राण इन्हीं हाथों से लिये थे। उसने दोनों हाथों से राम का गला दबाया।

राम ने छूटने का प्रयत्न किया, पर सफल न हुआ। अर्जुन ने दाँत पीसे। उसकी आँखों में आवेश चढ़ा। उसने दोनों हाथों से राम का गला दबाया। राम की नसें बाहर निकल आईं......श्वास रुँध गया...... आँखें बाहर आ गईं।

एक प्रचण्ड खड्ग अर्जुन की आँख के सामने दिखाई दिया।

"छोड़ दो, छोड़ दो।"

खड्ग की धार उसकी आँखों के पास आई। भद्रश्रेण्य का विकृत मुख उसे दिखाई दिया।

"छोड़ दो, छोड़ दो।"

तलवार की नोंक ने उसके गले का स्पर्श किया।

"छोड़ दो, छोड़ दो।"

अर्जुन के हाथ शिथिल हुए, उसके पंजे खुल गए, अचेत-सा राम उसके हाथ में से निकलकर नीचे गिर पड़ा।

हिंसक गुर्राहट करके अर्जुन अपने सेनापति की ओर क्रोध से घूमा।

"गुरु-पुत्र की हत्या करके क्या सर्वनाश करना चाहते हैं ?" भद्रश्रेण्य

ने पूछा।

"क्या ?" अर्जुन गरजा और उसने भद्रश्रेण्य पर हाथ उठाया। भद्रश्रेण्य ने तलवार म्यान में रख ली।

"एक बार गुरु ने शाप दिया था, अब उनके पुत्र को मारकर कहाँ जाना चाहते हैं ?"

"तुम······तुम······" अर्जुन फिर से गरजा, पर मरते हुए व्याघ्र के समान होते हुए भी वह सोचने लगा कि मैं क्या करने जा रहा हूँ। महाअथर्वण भार्गव के पौत्र को वह मार ही डालने वाला था। उसने सिर पर हाथ रखा। तुरन्त वह पुनः सावधान हुआ। उसने धरती पर बैठे, मुँह पर हाथ फेरते हुए राम को देखा; कोने में घुसकर खड़ी हुई लोमा को देखा।

"चलो अपने देश। इस दुष्ट भूमि में नहीं रहना है। और उसे ले चलो। वह इसकी बहन नहीं है। वह तो सुदास की बहन लोमा है। वह तो मेरी···मैं उसे ले आया हूँ। उठाओ झटपट···वसिष्ठ के आने से पहले ही," कहकर अर्जुन चला गया।

भद्रश्रेण्य ने लोमा की ओर देखा। "दिवोदास की पुत्री ! हा······हा······हा !" वह हँसा। आर्यावर्त के बलिष्ठ तृत्सुराज की कन्या ! उसका राजा अर्जुन सचमुच भाग्यशाली था। राजा की पुत्री का अपहरण करना तो एक खेल है !

भद्रश्रेण्य ने अपने अधीन एक व्यक्ति को बुलाकर कहा, "नायक, उठाओ इस राज-कन्या को।"

"राम···राम···राम !" लोमा चिल्लाई। राम सावधान हुआ और बीच में आकर खड़ा हो गया।

नायक लोमा को उठाने गये। राम कूदकर उस ओर जा पहुँचा और कमर पर हाथ रखकर बीच में खड़ा हो गया। उसके मुँह की भूरी नसें अभी वैसी ही उठी हुई थीं। उसका श्वास अभी तक रुँधता हुआ चल रहा था, और उसके नकसुरे फट रहे थे।

बिखरे हुए बालों की श्रयाल वाला श्रपना सिंह जैसा सिर उसने गर्व से ऊँचा किया। उसकी खुली हुई श्राँखें भद्रश्रेण्य पर स्थिर थीं।

"भद्रश्रेण्य ! क्या लोमा को ले जाना चाहते हो ?" श्रभी राम स्पष्ट बोल नहीं सक रहा था।

"राजा की श्राज्ञा है।"

"तो श्रपना खड्ग पहले मुझ पर चलाश्रो। मुझे मार डालो श्रौर फिर लोमा को ले जाना।"

शक्ति श्रौर तेज की इस राशि की श्रोर भद्रश्रेण्य देखता रह गया। राम बालक नहीं था, वह स्वयं देव था। वह श्रसमंजस में पड़ गया।

उसे मारा कैसे जा सकता है ? श्रौर यदि वह न हटे तो लोमा को ले जाया भी कैसे जा सकता है ?

"भद्रश्रेण्य !" राम ने कहा, "नहीं तो लोमा के साथ मुझे भी ले चलो।"

"पर तुम...तुम तो गुरु-पुत्र हो, तुम्हें कैसे ले जा सकते हैं ? श्रौर हमारे यहाँ तो महाश्रथर्वण की श्रान है।"

"तुम मुझे थोड़े ही ले जा रहे हो ?" राम ने गाम्भीर्य से कहा, "मैं स्वयं ही चल रहा हूँ।"

"तुम...तुम..."

"हाँ, महाश्रथर्वण ने जिसे पापभूमि कहकर छोड़ा था, उसे मैं उनका पौत्र पावन करूँगा...मैं चलूँगा, पर श्रर्जुन के यहाँ नहीं, तुम्हारे यहाँ।"

भद्रश्रेण्य के हृदय में श्रकल्प्य दीनता का संचार हुश्रा—"क्या तुम मेरे सौराष्ट्र चलोगे ? साथ में देवों को भी ले चलोगे ?"

राम की श्राँखें श्रानन्द से खिल उठीं।

"यदि मुझे तुम लोमा से श्रलग न होने दो तो मैं तुम्हारे साथ चल सकता हूँ; श्रौर देव भी मेरे साथ चलेंगे। तुम्हारा कल्याण होगा।" देव-सुलभ श्रमेय गौरव के साथ राम ने उसे श्राश्वासन दिया।

भद्रश्रेण्य ने हाथ जोड़े—"महाअथर्वण ! चलो मेरा आँगन पवित्र करो।"

: ६ :

मुनि अग्निकुण्ड पर दृष्टि स्थिर किये हुए देव के दर्शन कर रहे थे। देव ने उन्हें शक्ति दी और वे अर्जुन को समझा सके। वे अपने मनोबल द्वारा राग-द्वेष से परे जाकर देव के साथ तादात्म्य साध सके।

एकाएक उन्हें अग्निकुण्ड में से चीत्कार सुनाई दी, "राम···राम···राम···राम !"

वे एकदम चौंके। वह लोमा का स्वर था—लोमा का ही और किसी का नहीं।

वे एकदम चौंक उठे। "शक्ति, शक्ति," उच्च स्वर से वे चिल्लाए।

उन्होंने हाथ में दण्ड लिया और शक्ति के आने से पहले ही वे बाहर निकल पड़े। वहाँ खड़े हुए घोड़े पर चढ़कर वे चल पड़े। वहाँ जो उपस्थित थे, उनमें से कुछ शिष्य चकित होकर दूसरे घोड़ों पर चढ़कर उनके पीछे-पीछे चल दिए।

जो कभी शीघ्रता से चलते नहीं थे वे मुनिवर आज दौड़ते हुए—उड़ते हुए—घोड़े पर जा रहे थे। उनकी दृष्टि भयोत्पादक हो गई थी। वे दौड़ते हुए घोड़े पर वहाँ पहुँचे जहाँ अर्जुन का आवास था। शक्ति और अन्य शिष्य भी पीछे-पीछे पहुँच गए।

मुनि आवास के पास पहुँचे, पर वहाँ कोई नहीं था। उन्होंने घोड़े से उतरकर द्वार खटखटाए। वे यों ही उढ़के हुए थे। अन्दर कोई न था।

अर्जुन, उसकी सेना, लोमहर्षिणी और राम सब अदृष्ट हो गए थे।

फिर उन्होंने दृष्टि घुमाई। दूर क्षितिज पर जाती हुई सेना के घोड़ों की टापों से धूल छा गई थी।

: ७ :

लोमा और राम के दुखद हरण से समस्त आर्यावर्त को आघात पहुँचा। मुनि की योजना उलट गई। उनकी दृष्टि भी स्पष्ट देख न पाई। अर्जुन की सहायता भी चली गई। धर्मयुद्ध का रंग बिगड़ गया। अर्जुन का अत्याचार बड़ा या भेद का? यदि अर्जुन का अत्याचार बड़ा था तो उसका विरोध करने के बदले मुनि भेद का विरोध क्यों करते थे? और ऐसे कुछ संशयों के कारण आर्यावर्त की श्रद्धा डिग गई।

मुनि ने उग्र तपश्चर्या प्रारम्भ कर दी। उन्हें देवों ने जो आज्ञा दी थी वह स्पष्ट थी। लोगों को यह समझाने की शक्ति उन्हें प्राप्त करनी थी। धीरे-धीरे उन्हें अपना मार्ग प्रशस्त होता दिखाई दिया।

भले ही भेद का अत्याचार अर्जुन जैसा ही हो, पर ऐसे दासों के इन आचरणों के कारण समस्त आर्यावर्त निर्बल हो रहा था। यदि आर्यावर्त ऐसे दासों को वश में कर सके तो फिर अर्जुन को वश में करने में कितनी देर लगेगी! मुनिवर ने निरन्तर ध्यान किया। अन्त में देव प्रसन्न हुए, उन्हें दृष्टि दी। आर्यावर्त को सशक्त करने से पहले भेद का विनाश आवश्यक था।

मुनिवर ने पुनः सप्तसिन्धु का पर्यटन किया। शंका-समाधान, लाभालाभ की समझ, धर्म का आदेश आदि सब शस्त्रास्त्र का उपयोग किया। आर्यों के ग्रामों में फिर उनके प्रेरक शब्द गूंजने लगे। पुनः लोगों में श्रद्धा प्रकट हुई। विश्वामित्र द्वारा सिखाई हुई उदारता में मृत्यु की जड़ें हैं, इसका पुनः लोगों को भान हुआ। दास आकर आर्यों को उठा ले जायें, इस अधर्म को निर्मूल किये बिना गति नहीं है, यह परम कर्तव्य सबकी दृष्टि में ओत-प्रोत हो गया। तृत्सुग्राम में पुनः सेनाएँ एकत्रित होने लगीं।

धर्मयुद्ध के रणशृंग फूंके जाने लगे। मुनि वसिष्ठ और राजा सुदास के नेतृत्व में आर्य कटिबद्ध होकर खड़े हो गए। श्वेत अश्व पर चढ़कर मुनि वसिष्ठ राजाओं और सेनापतियों को प्रेरणा-मन्त्र देने लगे।

"आज का दिन तो देव द्वारा निर्दिष्ट है, हम लोग तो निमित्त-मात्र

हैं। आर्यत्व का संरक्षण ही हमारा कर्तव्य है। आर्य विशुद्ध बनें, विशुद्ध रहें, यही हमारा व्रत है। आर्यों की शक्ति द्वारा रक्षित आर्यावर्त ही हमारा ध्येय है। अनार्यत्व का उच्छेदन ही हमारा धर्म है।"

इन शब्दों का उच्चारण करके मुनिश्रेष्ठ ने घोड़े को एड़ दी, और आर्यत्व के संहार के लिए तृत्सु, भृंजय आदि की आर्य सेनाएं दासों पर टूट पड़ीं।